ANTJE WINDGASSEN

Die Akte Mata Hari

ANTJE WINDGASSEN

Die Akte Mata Hari

Kriminalroman

GMEINER SPANNUNG

Bisherige Veröffentlichungen im Gmeiner-Verlag:
Die Zeppelin-Verschwörung (2017), Die Hexe von Hamburg (2015)

Personen und Handlung sind frei erfunden.
Ähnlichkeiten mit lebenden oder toten Personen
sind rein zufällig und nicht beabsichtigt.

Besuchen Sie uns im Internet:
www.gmeiner-verlag.de

Im Ehnried 5, 88605 Meßkirch
Telefon 07575/2095-0
info@gmeiner-verlag.de

1. Auflage 2017

Lektorat: Sven Lang
Herstellung: Mirjam Hecht
Umschlaggestaltung: U.O.R.G. Lutz Eberle, Stuttgart
unter Verwendung eines Fotos von: © ullstein bild –
Heritage Images/Fine Art Images
Druck: GGP Media GmbH, Pößneck
Printed in Germany
ISBN 978-3-8392-2163-1

Für Aqui, Be, Kaychen, Manu, Mafia, Morga, Niki, Norri
und die gesamte BBO-Mannschaft –
euch allen immer eine Handbreit Wasser unter dem Kiel.

1. KAPITEL – DER ANFANG VOM ENDE

Paris, 12. Februar 1917.

Das prachtvolle Stadtpalais der US-amerikanischen Millionenerbin Natalie Clifford Barney, in der Rue Jacob 20, war am Abend dieses Tages hell erleuchtet.

Die Amerikanerin hatte zu einer Soirée geladen. Und da ihre allmonatlich stattfindenden Festlichkeiten als besonderes gesellschaftliches Ereignis angesehen wurden, drängten sich auch heute zahlreiche Gäste in ihrem Ballsaal. Es war alles vertreten, was in Paris Rang und Namen hatte – eine bunte Gesellschaft aus der Welt des Adels, des Militärs, der Politik, der Kunst und der Demimonde. Man amüsierte sich prächtig, der Champagner floss in Strömen und das Büfett – obwohl man sich im dritten Kriegsjahr befand und Lebensmittel rationiert waren – bestand aus den erlesensten Speisen.

»Eine unvergessliche Begegnung mit dem geheimnisvollen Indien«, hatte Natalie ihren Gästen diesmal versprochen. Und was eine Clifford Barney versprach, hielt sie auch.

So stand ihre Februar-Soirée unter dem Motto: »Die Nacht der Anrufung Shiva Natarajas«, des vierarmigen indischen Gottes des Tanzes. Und die Millionenerbin hatte weder Kosten noch Mühen gescheut, um diesem Ereignis einen gebührenden Rahmen zu geben. Der große Ballsaal war zu einer Art Tempel umgestaltet worden. Auf übermannshohen, orchideenbekränzten Säulen thronten barbusige, exotische Göttinnen. Und auf einem mit schwarzem Samt verkleideten Altar stand eine fast meterhohe und von einem bronzenen Flammenkranz umgebene Skulptur des tanzenden Shiva Natarajas. In der Luft lag der schwere Duft von Myrrhe, Patschuli und Sandelholz, und ein Orchester, hinter einem schwarzen Paravent verborgen, spielte fernöstliche Weisen.

Während draußen noch immer ein blutiger Weltkrieg tobte und in den Schützengräben des erstarrten Stellungskriegs Millionen Soldaten ums Leben kamen; verzauberte Natalie Clifford Barney ihre Gäste mit der Illusion einer »indischen Begegnung«.

Als der erste Gongschlag ertönte, verstummte das Stimmengewirr. Im Saal wurde es dunkel. Nur ein gedämpftes, bläulich weißes und fast magisch wirkendes Licht fiel auf die Bühne.

Gespannt blickten die Anwesenden auf acht, mit safranfarbenen Hüfttüchern bekleidete Priester, die nun die Szene betraten. Sie umringten die Statue des Hindu-Gottes, hüllten seinen Bronzeleib in kostbare Gewänder und behängten ihn mit funkelndem Schmuck. Dann boten sie ihm Früchte, Blumen, erlesene Speisen und Wasser aus den heiligen Fluten des Ganges dar.

Ein weiterer Gongschlag ertönte.

Die Priester wichen zurück. Von vier, in schwarze Togen gekleideten Dienerinnen umgeben betrat eine Tänzerin mit anmutigen, fast katzenhaften Schritten die Szene. Seidene Schleier umschmeichelten ihre Hüften, von einem reichverzierten Metallgürtel gehalten, fielen sie bis auf ihre nackten Füße hinab. Schalen aus durchbrochenem, gleichfalls verziertem Metall bedeckten ihre Brüste und wurden von dünnen Ketten über den Schultern und im Rücken gehalten. Goldene Reifen umschlossen ihre Fußknöchel, Handgelenke und Oberarme. Auf dem Kopf trug sie ein exotisch anmutendes Diadem, und weiße Perlenschnüre wanden sich um ihr schweres, schwarzes Haar.

Die als Mata Hari international bekannte Tänzerin war der Star des Abends. Und sie begann nun zu tanzen – zu Ehren Shivas.

*

Nervös zündete sich Commissaire Albert Priolet eine Zigarette an. Er hasste Hotels. Zu viele Eingänge, zu viele Ausgänge, zu viel Kommen und Gehen. Da war es schwer, den Überblick zu bewahren.

Missmutig sah er sich in dem eleganten Foyer des Champs-Élysées Palace um. Es war ein modernes und schönes Hotel, anlässlich der großen Pariser Weltausstellung vor 17 Jahren im Art-nouveau-Stil erbaut – ausgestattet mit fließenden Linien und floralen Ornamenten.

Für die Überwachung einer verdächtigen Person war es allerdings denkbar ungeeignet. Allein die vielen kleinen Geschäfte – Boutiquen, ein Fotostudio, ein Coiffeur, ein Theaterbüro – boten viel zu viele Möglichkeiten sich zu verbergen.

Priolet drückte seine Zigarette aus und schickte sich zum wiederholten Male an, seine Leute zu kontrollieren.

Zwei Inspektoren und etwa zwanzig Gendarmen – allesamt in Zivil – waren im Hotel und an seinen Eingängen postiert. Sie hatten Befehl, unter keinen Umständen ihren jeweiligen Platz zu verlassen, sondern nach der großen dunkelhaarigen Frau Ausschau zu halten, deren Haftbefehl in seinem Jackett steckte. Ihr bürgerlicher Name lautete wahrscheinlich Margaretha Geertruida MacLeod. Berühmt war sie allerdings unter ihrem Künstlernamen Mata Hari. Und sie stand in Verdacht, eine Doppelspionin zu sein.

Seit zwei Wochen observierten seine Inspekteure die Dame bereits, die ein luxuriöses Zimmer im dritten Stock des Hotels bewohnte – mit einem herrlichen Ausblick über die Avenue des Champs-Élysées. Heute Abend hatte nun der Zugriff erfolgen sollen – zumindest war der Befehl von dem Untersuchungsrichter des Kriegsgerichts, Capitaine Pierre Bouchardon, ausgegeben worden. Priolet verzog das Gesicht. Ausgerechnet an einem Samstagabend! Welche Künstlerin, welche Angehörige der Pariser Demimonde traf man zu diesem Termin zu Hause an? Natürlich hatte auch eine Mata Hari an einem Samstagabend ein Engagement oder zumindest eine Einladung – zu einer Party oder einem Rendezvous. An einer Hand hätte man sich abzählen können, dass die Verhaftung, die unter Wahrung größter Diskretion im Hotel Élysée Palace erfolgen sollte, nicht vorgenommen werden konnte. Denn natürlich war der Vogel ausgeflogen.

Priolet wusste sogar, wo sich die Gesuchte aufhielt: im 6. Pariser Arrondissement, genauer gesagt in der Rue Jacob 20. Dort befand sich nämlich das Stadtpalais der

Millionenerbin Natalie Clifford Barney und dort würde Mata Hari heute Abend einen ihrer spektakulären Auftritte haben.

Da man ihm jedoch aus diplomatischen Gründen untersagt hatte, die Tänzerin bei der Tochter des wohlhabenden Eisenbahnbesitzers festzunehmen – immerhin war Miss Clifford Barney Amerikanerin – würden er und seine Männer sich auf eine voraussichtlich lange Nacht einrichten müssen. Schließlich war es mehr als unwahrscheinlich, dass die Gesuchte gleich nach ihrer Darbietung ins Élysée Palace zurückkehrte.

Nun ja, das war sein Beruf. Wenn Politik im Spiel war, hatten die kleinen Beamten zu warten. Aber egal zu welcher Uhrzeit die berühmte Mata Hari ihren Fuß über die Schwelle des Hotels setzte – seine Leute würden ihn sofort informieren. Er beabsichtigte, die Dame zunächst in ihr luxuriöses Zimmer im dritten Stock hinaufgehen zu lassen, um sie dort zu verhaften. Das war zumindest der Plan, den man mit Rücksicht auf die Hotelleitung entwickelt hatte. Auf diese Weise würde die Gefangennahme so wenig Aufsehen wie möglich erregen. Und das war schließlich im Interesse aller.

*

Die Musik zog das Publikum immer mehr in ihren Bann. Sie hatte denselben hypnotischen und monotonen Rhythmus, mit dem die Schlangenbeschwörer ihre Tiere beruhigten. In diesem Takt tanzte Mata Hari, bewegte lauernd ihren Kopf, drehte ihren Hals im Rhythmus einer Schlange. Ihre Arme und Hände beschrieben immer höhere Wellenlinien, ihr ganzer Körper gewundene Kreise, er bebte und streckte sich. Andächtig verfolgte das Publikum jede ihrer Bewegungen.

Schon bald begann sich das Tempo der Musik zu beschleunigen – aufreizender, mitreißendender, lauter schwangen die Klänge durch den Saal. Auch Mata Haris Tanz wurde schneller, ekstatischer. Ihre großen dunklen Augen waren halb geschlossen – wie in Trance. Sie war Göttin und Reptil zugleich – und eben dies fing nun an sich zu häuten. Schleier um Schleier fiel zu Boden. Und mit jedem entfernten Seidentuch schimmerten die langen schlanken Beine und das dunkle Dreieck, in dem ihr bebender Leib mündete, deutlicher durch die verbliebenen Stoffbahnen.

Schließlich brach die Musik abrupt ab. Die Tänzerin hielt in ihrer Bewegung inne. Und während ihre Zuschauer sie atemlos anstarrten, öffnete sie mit rascher Gebärde die Schließe ihres Gürtels. Der letzte Schleier fiel. Bis auf die Schalen, die ihre Brüste bedeckten, war sie nackt. Anmutig hob sie ihre Arme, streckte herausfordernd ihren Körper und ließ sich, hochaufgerichtet, bewundern, um dann vor dem Standbild des Gottes Shiva Nataraja niederzusinken und dreimal flehend mit dem Kopf die Erde zu berühren.

Das Publikum verharrte noch unter dem Eindruck dieses Erlebnisses. Alle Anwesenden waren davon überzeugt: Das, was sie eben zu sehen bekommen hatten, war nicht die gewöhnliche Show einer erotischen Nackttänzerin, sondern eine Art Gottesdienst, das Anbeten der

Götter in seiner sinnhaftesten Form. Sie, die handverlesenen Gäste in diesem Ballsaal, waren Zeugen einer Darbietung geworden, die, streng genommen, nur für die Augen eines höheren Wesens bestimmt gewesen war – für Shiva Nataraja.

Ein religiöser Schauer überlief sie. Dann brach tosender Beifall los. Mata Hari feierte einen glänzenden Triumph – und sie genoss ihn. Augenblicke wie dieser waren in ihrem Leben, seit dem Ende der Belle Époque und dem Beginn des schrecklichen Krieges, rar gesät, ihr Stern erlosch langsam. Die Engagements blieben aus. Sie wusste schon lange nicht mehr, wann und wo sie ihren nächsten Auftritt haben würde. Und eines war auf jeden Fall klar: In Kriegszeiten konnte sie nicht gleichzeitig ein Star in Berlin, London, Mailand und Paris sein. Außerdem, vor wem sollte sie noch tanzen? Die Männer wurden immer weniger. Die, die sie früher auf der Bühne bewunderten, lagen nun in den Schützengräben Europas.

Während die Gäste Natalie Clifford Barneys sich mit Champagner, Hummer und Austern stärkten und Mata Hari sich für ihren nächsten Auftritt umkleidete, trafen zwei bekannte Größen der Pariser Demimonde an der Bar zusammen: Liane de Pougy – Tänzerin, Kurtisane sowie ehemalige Geliebte der Gastgeberin und Émilienne d'Alençon – Tänzerin, Schauspielerin und zeitweilige Mätresse vermögender Herren. Ihre Begeisterung für die gerade gesehene Darbietung hielt sich allerdings deutlich in Grenzen.

»Diesen Schlangentanz gibt sie nun schon seit zehn Jahren zum Besten«, stellte Liane geringschätzig fest. »Wird wirklich Zeit, dass sie sich mal etwas Neues einfallen lässt.«

Émilienne grinste. »Das würde jetzt auch nicht mehr helfen. Ihre besten Zeiten hat sie doch ohnehin hinter sich. Aber wenn sie für Warnungen empfänglich wäre, würde ich ihr den Rat geben, nicht immer neue Versionen ihrer Lebensgeschichte zu erfinden. Einmal ist sie die illegitime Tochter des englischen Kronprinzen und einer indischen Prinzessin, dann wieder gibt sie sich als verstoßene Ehefrau eines Offiziers aus dem schottischen Hochadel aus, mit dem sie in Indien gelebt hat. Langsam macht sie sich wirklich lächerlich mit diesen Geschichten. Sie können schließlich nicht alle wahr sein.«

Liane nickte lachend. »Wie recht du hast. Übrigens, hörtest du von dem Skandal, den sie verursachte, als sie bei einem Kostümball auf einem weißen Pferd einritt? Sie wollte Lady Godiva darstellen, es hieß, sie war nackt – bis auf einen weißen Seidenschal, den sie um die Brust geknotet hatte, und der wie eine Fahne hinter ihr her wehte.«

Émilienne hatte der Geschichte interessiert gelauscht. »Weißt du, was ich eigentümlich finde?«, entgegnete sie dann. »Egal ob auf einer Bühne oder in einer Gesellschaft – die gute Mata geniert sich niemals, ihren Körper nackt zu präsentieren. Nur ihre Brüste hält sie immer verhüllt. Möchte wirklich wissen, was sie damit bezweckt.«

Liane grinste.

»Das weißt du nicht?«

Émilienne schüttelte den Kopf und ihre Freundin beeilte sich, die Wissenslücke zu schließen: »Ihr geschiedener Gatte, Hauptmann MacLeod, war so eifersüchtig – behauptet sie zumindest – dass er ihr sehr oft drohte, sie zu verunstalten. Um jeden Preis wollte er verhindern, dass ein anderer Mann sie begehrenswert fand. Vor allem der Gedanke, ihre Brüste würden von anderen Händen gestreichelt, von anderen Lippen liebkost, soll ihn so wahnsinnig gemacht haben, dass er ihr eines Nachts eine Brustwarze abbiss und sie verschlang.«

Émilienne war entsetzt. »Das ist nicht wahr, oder?«, wollte sie ungläubig wissen.

Liane zuckte mit den Schultern. »Was weiß denn ich? Zumindest habe ich die Geschichte von Mata Hari selbst ...«

Ein leises Lachen unterbrach sie. Von den beiden Damen unbemerkt war der Maler Octave Guillonnet näher getreten und hatte ihre Unterhaltung mit angehört.

»Ich denke, die Dame hält uns alle zum Narren«, meinte er schmunzelnd. »Nicht nur was die Geschichte ihrer Herkunft angeht – ich würde meinen eigenen Zylinder verspeisen, wenn sie wahrhaftig eine indische Tempeltänzerin ist –, sondern auch in dieser Sache. Zufällig kenne ich nämlich das wahre Geheimnis um die Brüste der Mata Hari.«

Neugierig sahen die beiden Damen ihn an.

»Erzählen Sie, Octave«, bat Liane und auch Émilienne, eine dramatische Sensation witternd, drängte: »Wir würden Ihre kleine Indiskretion auch gewiss nicht verraten.«

Guillonnet zierte sich nicht lange, zog sich einen der Clubsessel heran, lehnte sich bequem zurück und schlug die Beine übereinander.

»Es ist fast 15 Jahre her, als eine Frau mein Atelier aufsuchte, sich als Madame MacLeod vorstellte und sich um eine Beschäftigung als Modell bewarb«, begann er. »Da sie ein hübsches Gesicht hatte, forderte ich sie auf, mir ihren Körper zu zeigen. Sie entkleidete sich und ich konnte ihre schönen Schultern bewundern, ihre perfekt geformten Arme und Beine. Ihre Taille war schmal, ihre Hüften wohlgerundet, nur ihre Brüste …« Bedauernd verzog er das Gesicht. »Sie waren klein, welk und schlaff. Was für ein Jammer. Ihr ansonsten nahezu perfekter Körper wurde durch diese abgezehrten Brüste völlig verunstaltet.«

»In der Tat. Was für ein Jammer«, bestätigte Émilienne. Ihr höhnisches Grinsen bewies jedoch, dass sie ihre Worte nicht allzu ernst meinte.

»Haben Sie sie trotzdem engagiert?«, wollte Liane wissen.

Guillonnet nickte. Auch er schmunzelte nun. »Ja, aber nur als Kopfmodell.«

Während alle drei in Gelächter ausbrachen, erloschen erneut die Lichter im Saal. Neugierig beugte sich Émilienne zu dem Maler.

»Und warum glauben Sie, dass uns Mata Hari mit ihrer Herkunft zum Narren hält?«, flüsterte sie.

»Nun ja«, entgegnete er gedehnt. »Sie behauptet, in der unterirdischen Halle des Gottes Shiva von Kindesbeinen an in den rituellen Tempeltänzen unterrichtet worden zu sein und aus der heiligen Stadt Jaffnapatam, an der Malabarküste im Süden Indiens, zu stammen, nicht wahr?«, antwortete er ebenso leise.

Émilienne nickte.

»Ja und?«

»Nun, Jaffnapatam liegt nicht in Indien sondern auf Ceylon«, erklärte er grinsend.

Wieder erhellte das gedämpfte, bläulich weiße Licht die Bühne, auf die nun Natalie Clifford Barney trat.

»Ich habe das große Vergnügen«, erklärte sie lächelnd, »euch eine der berühmten Pantomimen Mata Haris anzukündigen: die Sage der schwarzen Perle. In der Geschichte, die unsere hochgeschätzte Künstlerin darstellen wird, geht es um eine indische Prinzessin, die sich sehnlichst eben dieses Kleinod wünscht. Doch die Perle liegt in einer Muschel auf dem Grunde des Meeres und wird von einem Ungeheuer bewacht, das jeden tötet, der ihm zu nahe kommt. Um die Kostbarkeit trotzdem zu erlangen, versucht die Prinzessin einen Fischer zu verführen. Sie wird ihm zu Willen sein, gibt sie ihm zu verstehen, wenn er ihr die schwarze Perle überreicht. Der Fischer wehrt sich gegen dieses Anliegen. Er ist nicht bereit, sein Leben für die Laune der schönen Frau zu riskieren. Doch die Prinzessin lässt ihm keine Ruhe. Sie beginnt ihm zu schmeicheln, ihn mit ihren Blicken zu berauschen. Schließlich gibt der Fischer nach und taucht ins Meer hinab. Das Ungeheuer fügt ihm schwere Verletzungen zu, dennoch geht er als Sieger aus dem Kampf hervor und kann, am ganzen Körper geschunden, der

Prinzessin schließlich die ersehnte Perle überreichen. Die Schöne ist entzückt, streichelt das blutbefleckte Kleinod und beginnt, bevor sie ihr Versprechen einlöst, für den Fischer zu tanzen.«

Natalie beendete ihre Ausführungen mit einem Lächeln und der Erklärung: »Gewiss muss ich nicht betonen, dass auch die nun folgende Darbietung eine genaue Nachahmung der geweihten Bajaderentänze von Benares ist. Und eben diese Sensation kann uns nur eine bieten: Mata Hari – das Auge des Tages. Sie hat auf den Bühnen von Paris, Berlin, Wien, Madrid, Monte Carlo, Mailand und Rom gestanden und ist heute Abend unser Gast …«

Als die Amerikanerin ihren Arm ausstreckte und mit der flachen Hand auf die Tänzerin wies, die nun abermals die Szene betrat, setzte die Musik ein und Schwaden von Räucherstäbchen waberten über die Bühne. Langsam, mehr gleitend als schreitend, trat Mata Hari ins Licht. Sie trug nun einen goldfarbenen Sarong, der tief in der Hüfte geknotet war und bei jedem Schritt ihre langen, wohlgeformten Beine freigab. Ein knappes, besticktes Bustier bedeckte ihre Brüste und glitzernde Ketten und Perlengehänge zierten ihre nackte Haut.

Sie nahm den Rhythmus der Musik auf, tippte ihre nackten Zehen auf den Boden, spreizte ihre Finger wie Palmblätter und begann die Szenen des sagenhaften Dramas um die Prinzessin, den Fischer und die schwarze Perle heraufzubeschwören.

Gespannt verfolgten die Anwesenden auch diese Darbietung. Nur die drei Gäste an der Bar steckten wieder ihre Köpfe zusammen.

»Wie hat es unsere Gastgeberin so schön formuliert?«, wollte Octave Guillonnet wissen und beantwortete seine Frage gleich selbst: »Auch diese Darbietung soll eine genaue Nachahmung der geweihten Bajaderentänze von Benares sein, nicht wahr?«

Liane und Émilienne nickten.

»Nun, offen gesagt will es mir nicht recht gelingen, den religiösen Kern in dieser Sage um die schwarze Perle zu entdecken«, fuhr der Maler fort. »Ich gehe vielmehr davon aus, dass Mata Hari Geschichte und Tanz selbst erdacht hat.«

»Und damit alle an der Nase herumführt?«, vergewisserte sich Émilienne. »Käme das nicht einem Betrug gleich?«

Octave lachte. »Betrug? Was für ein hartes Wort. Ich denke, künstlerische Freiheit wäre der treffendere Begriff. Im Grunde genommen hat Mata Hari nichts anderes getan, als den ständigen Hunger der Pariser Gesellschaft nach exotischen Sensationen zu stillen. Und das hat sie, wie Sie zugeben müssen, meine Damen, nicht schlecht gemacht.«

*

Sie war in Gefahr. Das spürte sie bereits seit einigen Tagen. Und daher sah sie sich auch vorsichtig um, als sie das Stadtpalais um vier Uhr morgens verließ. Die Rue Jacob lag jedoch in tiefer Dunkelheit. Alles schien ruhig. Von den bedrohlichen Schatten, die sie während der letzten Wochen so häufig beobachtet und verfolgt hatten, war nichts zu sehen.

In der Villa Natalie Clifford Barneys, unter all den feiernden Menschen, hatte sie sicher gefühlt. Doch nun war die »Nacht der Anrufung Shiva Natarajas« vorbei und die Gesellschaft nahezu aufgelöst. Es hatte keinen vernünftigen Grund gegeben, länger zu bleiben.

Hastig stieg Mata Hari in das wartende Automobil, zögerte jedoch, bevor sie dem Chauffeur ihr Ziel nannte. Konnte sie es überhaupt wagen, ins Hotel zurückzukehren? Dass sie auch dort überwacht wurde, wusste sie, dass man ihre Post öffnete, ihre Telefonanrufe belauschte. Sie wusste nur nicht, in wessen Auftrag das alles geschah. War es die Polizei, der deutsche Nachrichtendienst oder das französische Gegenstück, das Deuxième Bureau?

»Wohin darf ich Sie bringen, Madame?« Die Stimme des Droschkenfahrers klang höflich, aber zugleich auch ungeduldig.

»In das Hotel Champs-Élysées Palace bitte«, sagte die Vierzigjährige in Ermangelung einer Alternative. Wo sollte sie schließlich sonst hin? In ihrem Hotelzimmer befand sich ihr gesamter Besitz. Ohne ihre Papiere, ihr Geld und ihre Juwelen konnte sie unmöglich fliehen. Zumal sie noch nicht einmal wusste wohin. Wo war sie vor ihren Feinden sicher? Um diese Frage zu beantworten, musste sie zuerst herausfinden, wer ihre Verfolger waren.

Sie drehte sich im Kreis.

Als der Fahrer in die Avenue des Champs-Élysées einbog, änderte sie daher spontan ihre Pläne und gab ihm neue Anweisungen: »Ich habe es mir anders überlegt. Bevor wir ins Hotel fahren, habe ich noch etwas in der

Polizeipräfektur zu erledigen. Bringen Sie mich daher bitte zuerst in die Rue de la Cité.«

Der Mann schwieg. Er hatte es schon lange aufgegeben, sich über das Verhalten seiner Fahrgäste zu wundern, und es war ihm egal, was die Dame mitten in der Nacht in der Dienststelle der Sûreté zu schaffen hatte. Solange sein Taxameter tickte, konnte ihm der kleine Umweg nur recht sein.

Wenige Minuten später stoppte das Automobil vor dem beeindruckenden Gebäude im Stil der Neo-Renaissance.

»Soll ich warten, Madame?«

Mata Hari zögerte kurz und nickte dann. Zwar wusste sie nicht, wie lange ihre Unterredung dauern würde, aber ins Hotel musste sie auf jeden Fall zurück.

»Ja, bitte«, entgegnete sie daher und stieg aus der Droschke.

»Den Polizeipräfekten wollen Sie sprechen, Madame? Aber es ist mitten in der Nacht …« Unsicher sah der junge Polizeileutnant die Besucherin an.

Mata Hari lächelte. Sie kannte diesen Blick. Auch wenn sie nahezu doppelt so alt sein mochte wie ihr Gegenüber, war er doch offensichtlich fasziniert. Nun, unter normalen Umständen hätte sie diesen uniformierten Leckerbissen – ach, sie hatte eine ausgeprägte Schwäche für Uniformen – vielleicht sogar mit in ihr Hotel genommen. Doch im Augenblick hatte sie leider ganz andere Probleme.

»Und wann wird er wieder zugegen sein?«

»Sein Dienst beginnt um acht Uhr«, lautete die Antwort. »Meistens ist er aber bereits eine halbe Stunde früher im Haus.«

Die Tänzerin überlegte kurz, ob sie warten sollte. Bisher hatte sie ihren Namen nicht genannt. Niemand würde sie hier, im Gebäude der Pariser Polizeipräfektur, vermuten, und sie wäre für den Rest der Nacht vor ihren Verfolgern in Sicherheit – wer immer sie auch sein mochten. Andererseits – eine böse Vorahnung sagte ihr, dass sie keine Zeit mehr zu verschwenden hatte.

»Darf ich Sie vielleicht dem ranghöchsten Beamten melden, der sich zurzeit im Hause aufhält?« Der junge Leutnant bemühte sich gefällig zu sein. »Vielleicht kann auch er Ihnen weiterhelfen.«

Mata Hari schenkte ihm ein Lächeln, eins von der unwiderstehlichen Sorte, das den Männern sofort weiche Knie bescherte. »Das wäre wirklich reizend von Ihnen, Leutnant.«

Er nahm Haltung an, grüßte zackig und verschwand. Wenig später kehrte er zurück. »Commissaire Leroy lässt bitten, Madame. Wenn Sie mir folgen wollen?«

Im März 1667 richtete Sonnenkönig Ludwig XIV. eine eigene Polizeibehörde für Paris ein, die die ersten 30 Jahre von Lieutenant-Général Gabriel Nicolas de la Reynie geleitet wurde. Im Zuge der Französischen Revolution 1789 wurde sie zwar aufgelöst, im Februar 1800 durch Napoleon jedoch als Polizeipräfektur wieder ersetzt.

117 Jahre später hieß der Leiter der Behörde Polizeipräfekt Émile Laurent. Mata Hari war mit ihm persön-

lich bekannt, gut bekannt. Von daher hatte sie sich von ihm, der immer über alles, was in der Stadt vor sich ging, bestens informiert war, Hilfe erhofft – zum einen Schutz vor ihren Verfolgern, zum anderen die Auskunft, wer ihr auf den Fersen war.

Sicher hätte Laurent sie unterstützt – wenn es in seiner Macht gestanden hätte. Und ganz gewiss hätte er ihr die nötigen Informationen geliefert – wenn er denn welche gehabt hätte.

Da er nicht im Hause war, musste sie nun mit seinem Vertreter vorliebnehmen – Commissaire Leroy.

Bei ihrem Eintritt in sein Dienstzimmer erhob er sich höflich. Und während seine Augen sie bewundernd musterten, sagte er: »Womit kann ich dienen, Madame?«

»Mein Name ist Lady Gretha MacLeod«, entgegnete sie. »Und ich erbitte Ihren Schutz, da ich seit geraumer Zeit von Unbekannten verfolgt werde.«

Aufmerksam sah sie ihn an, doch bei der Nennung ihres Namens hatte er mit keiner Wimper gezuckt. Stattdessen lächelte er nun.

»Ich kenne Sie«, sagte er. »Sie sind die berühmte Mata Hari, nicht wahr? Ich habe Sie einmal im Musée Guimet tanzen sehen und kann mich, ohne zu übertreiben, zu einem Ihrer größten Bewunderer zählen. Allerdings habe ich nicht gewusst, dass Mata Hari nur ihr Künstlername ist. Ich hatte angenommen …«

»So hat man mich früher in Indien genannt, als ich in den rituellen Tempeltänzen unterrichtet wurde«, erklärte sie bereitwillig. »Seit meiner Heirat mit dem schottischen Adligen Campbell Rudolph MacLeod trage ich jedoch den Namen meines Gatten. Und habe ihn auch nach der Scheidung beibehalten.«

»Ich verstehe«, beeilte sich Leroy zu versichern. »Kommen wir also zu Ihrem Anliegen zurück. Sie werden verfolgt und wissen nicht von wem? Habe ich das richtig verstanden?«

Mata Hari nickte, war aber an einer weiteren Unterredung eigentlich nicht mehr interessiert. Was sie wissen wollte, hatte sie in Erfahrung gebracht. Denn nach dem Verhalten des Commissaires, seiner Reaktion auf ihren Namen, den er noch nicht einmal gekannt hatte, konnte sie davon ausgehen, dass es auf jeden Fall nicht die Pariser Polizei war, die sie beschatten ließ. Folglich musste es einer der beiden Geheimdienste sein. Verdammt. Warum nur hatte sie sich auf diese Spionagegeschichte überhaupt eingelassen? Bisher hatte sie es nur als gutbezahltes Spiel angesehen und dabei offensichtlich die Schwierigkeiten unterschätzt, die ihr diese Tätigkeit einbrachte. Doch plötzlich hatte sie eine Eingebung.

»Natürlich ist mir bewusst, Monsieur le Commissaire, dass Sie keinen Ihrer Beamten zu meinem dauerhaften Schutz abstellen dürfen. Aber Sie können mir helfen, mich selbst in Sicherheit zu bringen. Wenn ich richtig informiert bin, ist die Polizeipräfektur ermächtigt, Ausweise und Ähnliches auszustellen. Richtig?«

Leroy nickte zustimmend.

»Dann möchte ich hiermit gerne ein Visum für die Schweiz beantragen«, fuhr sie fort, nicht ohne ihm dabei tief in die Augen zu blicken. »Meinen Sie, dass Sie mir diesen Gefallen erweisen können?«

»Aber selbstverständlich, Madame«, entgegnete Leroy prompt und schmolz unter ihren großen dunklen Augen dahin wie Butter in der Sonne. »Gerne werde ich gleich alles Erforderliche in die Wege leiten. Normalerweise dauert die Ausstellung eines Visums 14 Tage, aber ich denke, in dieser besonderen Zwangslage können wir sicher eine Ausnahme …« Er zögerte kurz und überlegte. »Sie können sich das Dokument am Mittwoch der kommenden Woche abholen. Wäre Ihnen das recht?«

Sie hielt seinen Blick noch immer gefangen. »Bitte, Monsieur le Commissaire«, hauchte sie, und in ihre Augen stiegen nun Tränen. »Es ist wirklich eine Notlage, und ich habe Angst um mein Leben, sehr große Angst sogar. Könnten Sie nicht jetzt? Sofort …?«

Mit aufrichtigem Bedauern schüttelte Leroy den Kopf. »Leider nein, Lady MacLeod«, gab er zurück. »Selbst wenn ich Ihnen das Dokument eigenhändig ausstelle, brauche ich noch immer die Unterschrift des Polizeipräfekten. Und der wird erst in einigen Stunden hier sein.«

»Ja, ich weiß«, antwortete Mata Hari. »Aber wenn ich jetzt in mein Hotel zurückkehre, meine Sachen packe und, sagen wir, gegen neun Uhr wieder hier bin, meinen Sie, dass das Visum bis dahin ausgestellt sein könnte?«

Leroy konnte gar nicht anders. Er musste einfach zustimmen.

»Geben Sie mir bis zehn Uhr Zeit, ja? Dann, das verspreche ich, wird das Dokument zur Abholung bereit sein.«

Erleichtert atmete Mata Hari auf. »Ich danken Ihnen sehr, Monsieur le Commissaire. Und ich stehe tief in Ihrer Schuld.«

Jetzt endlich gab sie seinen Blick frei.

Als die Tänzerin das Gebäude verließ und wieder auf die nächtliche Straße trat, fühlte sie sich wie erlöst. Sie hatte einen Ausweg aus ihrer beängstigenden Situation gefunden. Morgen um diese Zeit war sie bestimmt schon in der Schweiz. Mochte das kleine neutrale Land auch vollständig von kriegführenden Nachbarstaaten umgeben sein, galt es derzeit als Insel des Friedens. Dort würde sie fürs Erste in Sicherheit sein und in Ruhe das Ende des Krieges abwarten können. Und danach hatten bestimmt auch die Geheimdienste das Interesse an ihr verloren.

Zufrieden stieg sie in die wartende Droschke.

»So, ich bin so weit. Bringen Sie mich nun bitte in den Élysée Palace.«

Als Mata Hari wenige Minuten später das Hotel betrat, war es halb sechs Uhr morgens. Sie fühlte sich müde und abgespannt, wie stets nach einem ihrer Auftritte, doch zum Schlafen blieb ihr keine Zeit. Ein Bad wollte sie sich gönnen und dabei überlegen, auf welchen Teil ihrer Habe sie am ehesten verzichten konnte. Aus naheliegenden Gründen durfte ihre Abreise natürlich nicht auffallen, und darum war sie gezwungen, mit leichtem Gepäck zu reisen. Nur die Tasche, die sie immer für ihre Bühnenkostüme benutzte, würde sie mitnehmen – und da hinein passte natürlich nicht ihr ganzer Besitz.

Einen Augenblick überlegte sie, Anna zu wecken – Anna Lintjes, ihre Hausangestellte und zugleich einzige Vertraute, die in der Bediensteten-Etage des Hotels untergebracht war. Sie entschied sich dann aber dagegen. Die Gute würde sich nur wieder schreckliche Sorgen machen und ansonsten im Wege herumstehen.

Ich werde ihr eine Nachricht hinterlassen, beschloss die Tänzerin. Begleiten könnte sie mich ja ohne Visum sowieso nicht. Am besten würde es sein, wenn sie zurückkehrte nach Den Haag, um dort das Kriegsende abzuwarten.

In Gedanken versunken durchschritt sie die Lobby und sah sich nicht einmal mehr nach etwaigen Beschattern um, als sie den Aufzug betrat. Der Liftboy grüßte höflich und brachte sie, ohne Anweisungen zu erwarten, in den dritten Stock hinauf. Schließlich war sie Dauergast und man kannte einander.

Ihr Zimmer empfing sie freundlich und anheimelnd. Es sah genau so aus, wie sie es verlassen hatte, und es gab absolut nichts, was ihre Besorgnis erweckte.

Im Badezimmer ließ sie Wasser in die weiße Wanne laufen, die in einem schwarzen Gestell aus schmiedeeisernen Blüten ruhte. Anschließend entkleidete sie sich und legte das mit Perlen bestickte Kleid aus Seidenorganza sorgfältig zusammen. Wer wusste schon zu sagen, wann sie sich wieder kostspielige Modelle leisten konnte?

Um nicht aufzufallen, würde sie in der Schweiz zurückhaltend leben müssen. An spektakuläre Shows, die ihr Einnahmen bescherten, war nicht zu denken. Von daher bestand eigentlich auch keine Notwendigkeit, die Bühnengarderobe überhaupt mitzunehmen. Sie überlegte kurz, ließ aber das Kostüm für den Schleiertanz in der Tasche und schob ihr Schmuckkästchen dazwischen. Dann ging sie zurück ins Badezimmer und stieg in die Wanne.

Eine halbe Stunde döste sie in dem heißen Wasser, entspannte sich und fühlte sich anschließend ein wenig erfrischt. Sie wickelte sich in ein vorgewärmtes Handtuch und fuhr dann fort, ihre Tasche zu packen.

Schnelle Schritte im Flur ließen sie aufsehen und mahnten erneut zur Vorsicht. Wer mochte das sein? Für die Zimmermädchen war es entschieden zu früh – einmal abgesehen davon, dass diese niemals durch die Hotelgänge liefen.

Hastig löschte sie das Licht und lauschte angestrengt. Zwar war nun wieder alles ruhig, aber sie spürte die Bedrohung fast körperlich. Schnell wollte sie sich ankleiden, doch dazu kam es nicht mehr. Lautes Klopfen an der Tür durchbrach die Stille.

Instinktiv sah sie sich um, suchte nach einem sicheren Versteck – ein aussichtsloses Unterfangen in einem Hotelzimmer. Dennoch kauerte sie sich hinter die schweren Samtportieren am Fenster.

Erneut wurde gegen die Tür geschlagen, und wieder reagierte sie nicht, sondern schloss angstzitternd die Augen. Vielleicht würde der ungebetene Besucher ja einfach fortgehen, auch wenn die Hoffnung verschwindend gering war.

Wieder war alles still. Dann ließ sie das Geräusch splitternden Holzes zusammenfahren. Die Tür wurde aufgebrochen!

Gleich darauf betrat Commissaire Priolet den dunklen Raum, der durch die Flurbeleuchtung nur notdürftig erhellt wurde. Er schaltete das Licht ein und sah sich suchend um.

Es war niemand zu sehen.

Trotzdem, und um deutlich zu machen, dass er genau wusste, dass sie zugegen war, sagte er: »Sie sind verhaftet, Madame.«

Mata Hari öffnete die Augen. Sie saß in der Falle und es gab kein Entkommen mehr. Dessen war sie sich bewusst. Doch aufgeben wollte sie dennoch nicht.

»Wer sind Sie und was wollen Sie von mir?«, fragte sie herausfordernd, und ohne den Schutz des Vorhangs aufzugeben.

Priolet nannte seinen Namen und Dienstgrad.

»Ich stehe in Diensten der französischen Spionageabwehr und bin von Capitaine Pierre Bouchardon, dem Untersuchungsrichter des Kriegsgerichts, beauftragt, Sie festzunehmen.«

Sie zuckte zusammen. Das Deuxième Bureau also? Ob Ladoux von ihrer Verhaftung wusste? Er war der Chef der zweiten Abteilung des französischen militärischen Nachrichtendienstes, hatte sie persönlich angeworben und – war ihr Freund. Zumindest hatte sie das bisher angenommen. Aber hätte er sie dann nicht warnen müssen? Er musste doch wissen, dass sie seit Wochen beschattet wurde. Und über ihre Verhaftung musste er gleichfalls informiert sein – auch wenn er sich zurzeit nicht in Paris aufhielt.

Sie war verwirrt. Wem konnte sie überhaupt noch trauen?

»Kommen Sie aus Ihrem Versteck, Madame«, forderte Priolet nun energisch.

Sie zögerte.

»Ich habe gerade ein Bad genommen und bin nicht angekleidet«, antwortete sie. »Gehen Sie also bitte. Und was die Festnahme angeht, muss ohnehin ein Irrtum vorliegen.«

Doch der Commissaire ließ sich nicht abweisen.

»Es ist kein Irrtum möglich«, entgegnete er. »Zumindest nicht, wenn Sie Margaretha Geertruida MacLeod, geborene Zelle, heißen.«

»Mein Name ist Mata Hari«, sagte sie stolz, trat aus den Falten der weinroten Samtportieren hervor und ließ das Handtuch fallen.

Nackt, wie Gott sie geschaffen hatte, ging sie auf Priolet zu.

»Verraten Sie mir auch, warum ich verhaftet werden soll, Monsieur le Commissaire?«

Ihre Stimme, ihr Aussehen, ihr gesamter Auftritt war die reinste Versuchung. Doch wenn sie gehofft hatte, Priolet dazu zu bringen, sie laufen zu lassen, erkannte sie schnell, dass ihr Überraschungsangriff keinen Erfolg haben würde. Hinter dem Commissaire drängten sich zu viele Gendarmen, denen allesamt vor Verzückung fast die Augen aus dem Kopf fielen.

Priolet hingegen wusste vor Verlegenheit kaum, wohin er blicken sollte.

»Wegen des Verdachtes auf Doppelspionage«, beantwortete er mühsam ihre Frage, um gleich darauf fortzufahren: »Ziehen Sie sich bitte etwas an, Madame.«

Mata Hari warf den Kopf in den Nacken und lachte schallend auf.

»So wie Sie es sagen, könnte man fast glauben, dass ich mich des Hochverrats schuldig gemacht habe.«

»Genau so lautet die Anklage«, gab Priolet ernst zurück. »Aber ich bin nicht hier, um mit Ihnen über Ihre Schuld oder Unschuld zu verhandeln. Ich habe lediglich den Befehl, Sie zu verhaften und in ein Gefängnis zu bringen. Dort werden Sie während der Verhöre ausreichend Gelegenheit haben, zu den Vorwürfen Stellung zu nehmen.«

Stumm sah sie ihn an. Aufs Neue begann in ihr die Angst emporzukriechen. Ohne weiteren Widerspruch sammelte sie mit zitternden Händen ein paar Kleidungsstücke zusammen und ging ins Bad, um sich anzuziehen.

Natürlich, es war ihr stets bewusst gewesen, dass sie sich mit ihrer Spionagetätigkeit Ärger einhandeln konnte – aber Hochverrat? Mein Gott, dafür wurde man mit dem Tod bestraft!

2. KAPITEL – IM FRAUENGEFÄNGNIS SAINT-LAZARE

Die Rue du Faubourg-Saint-Denis war eine der ältesten Straßen von Paris und stellte bereits im ersten Jahrhundert den historischen Weg nach Flandern dar. 1632 errichtete der Heilige Vinzenz von Paul, der sich dem Dienst an den Armen von Paris verschrieben hatte, hier ein Lepra-Krankenhaus. Rund 150 Jahre später, zur Zeit der Schreckensherrschaft während der Französischen Revolution, wurde das Gebäude als Gefängnis umgebaut. Wiederum 100 Jahre darauf, also 1896, richtete die Stadt Paris das Saint-Lazare als Frauengefängnis ein und stellte es unter die Leitung der Barmherzigen Schwestern des Ordens Marie-Joseph du Dorat.

Das Saint-Lazare hatte einen denkbar schlechten Ruf – schon allein wegen der katastrophalen hygienischen Zustände, die hier herrschten. Aber auch wegen der ständigen Konflikte zwischen den Insassinnen. Immerhin traf hier alles zusammen, was weiblich und mit dem Gesetz in Konflikt geraten war oder dessen zumindest verdächtigt wurde – Kriminelle, Prostituierte, politische Gefangene, Unschuldige. Und sie alle waren auf engstem Raum zusammengepfercht.

Es war kurz nach sieben Uhr, als das Automobil, in dem man Mata Hari befördert hatte, vor dem Saint-Lazare hielt.

Sie stieg aus. Es war sehr kalt. Fröstelnd blickte sie an dem düsteren, heruntergekommenen Gebäude empor, an dem der Putz abbröckelte und das sich an den hohen, rostigen Gittern auf den Mauern leicht als Gefängnis identifizieren ließ.

Sie schüttelte den Kopf so, als müsse sie ihn frei bekommen. Ihre bedrohliche Lage erschien ihr als einziger Albtraum. Bestimmt würde sie gleich daraus erwachen und in ihrem warmen, weichen Bett im Élysée Palace liegen. Ja, genau. Die ganze Situation war so unwirklich – es *musste* einfach ein Albtraum sein

Dagegen sprach jedoch die sehr real wirkende Nonne, in schwarzer Ordenstracht, die sie nun in Empfang nahm und sich als Oberin Léonide vorstellte. Sie mochte um die 60 Jahre alt sein, war ein wenig rundlich und wirkte sehr energisch. Nur der sanfte Blick aus ihren klaren Augen zeugte von ihrer Fähigkeit, Mitgefühl empfinden zu können.

Mata Hari folgte der Oberin über scheinbar endlose Flure und Treppen, wurde in einem Raum von zwei Schwestern auf das genaueste durchsucht und in einem anderen Zimmer erkennungsdienstlich fotografiert. Schweigend und ohne aufzubegehren ließ sie wie in Trance alles mit sich geschehen und hatte dabei das unwirkliche Gefühl, gar nicht selbst, sondern nur als Zuschauerin anwesend zu sein, als Außenstehende, die den Verlauf der Situation teilnahmslos beobachtete.

Oberin Léonide erklärte ihr, dass sie noch am Vormittag dieses Tages dem Untersuchungsrichter vorgeführt werden sollte. Und das war so ziemlich die einzige Information, die ihre lähmende Verzweiflung durchdrang. Der Untersuchungsrichter! Der Mann, der über ihr weiteres Schicksal entschied. Ihn musste sie von ihrer Unschuld überzeugen, dann würde dieser Spuk auch bald ein Ende haben.

Als alle Aufnahmeformalitäten erledigt waren, wurde die Tänzerin durch eine schwarze Tür in eine gepolsterte Zelle geführt. Der Raum war klein, schmutzig, wurde lediglich von einem schummrigen Gaslicht erhellt und wies als einziges Inventar einen Strohsack auf. Eine Gummizelle für Verrückte? Immerhin, in Saint-Lazare schien man nicht bereit, bezüglich möglicher Selbstmordabsichten, auch nur das kleinste Risiko einzugehen.

Es war zehn Uhr. Zu dieser Zeit hätte sie auf der Polizeipräfektur ihr Visum für die Schweiz abholen können. Gewiss würde der hilfsbereite Commissaire Leroy bereits auf sie warten.

Verzweifelt ließ sich Mata Hari auf den Strohsack fallen. Sie, die stets so starke Frau, die ihr Geschick immer in die eigenen Hände genommen und größten Wert auf ihre Unabhängigkeit gelegt hatte, fühlte sich hilflos und ausgeliefert. Eine grauenvolle Erfahrung. Verängstigt begann sie zu weinen.

*

Im Zentrum von Paris, auf der Ostspitze der Seineinsel Île de la Cité, dem ältesten Teil der französischen Hauptstadt, erhob sich die charakteristische Silhouette der Kathedrale Notre-Dame de Paris. Nur einen Steinwurf entfernt befand sich das ehrwürdige Gebäude des Palais de Justice, in dem auch Capitaine Pierre Bouchardon, seines Zeichens Untersuchungsrichter des französischen Kriegsgerichts, seinen Arbeitsplatz innehatte. Das Büro des 46-Jährigen lag im dritten Stock und bot einen Blick über den gesamten Innenhof. Und genau den nutzte er gerade, um nach der Frau Ausschau zu halten, die ihm heute Vormittag um elf Uhr zu einem ersten Verhör überstellt werden sollte.

Ungeduldig trommelte Bouchardon mit den Fingern gegen die Fensterscheibe. Wo sie nur blieb, die sagenhafte Mata Hari? Das Automobil, das sie zu ihm bringen sollte, hätte längst eingetroffen sein müssen.

Seufzend wandte er sich ab. Er hasste Unpünktlichkeit. Die Verspätung der Verdächtigen würde seinen ganzen Zeitplan durcheinanderbringen. Und Zeit war etwas, über das er im Augenblick am allerwenigsten verfügte. Immerhin hatte er die größte Spionageaffäre des Krieges zu bearbeiten – den Fall des dreisten Schurken und Landesverräters Paul Bolo. Dieser stand unter Verdacht, ein Spion Deutschlands zu sein, weil er, unter dem Vorwand den Krieg in Europa beenden zu wollen, defätistische Friedenspropaganda betrieben hatte.

Trotz dieses spektakulären Verfahrens hatte man ihm, dem Untersuchungsrichter, nun zusätzlich den Fall Mata Hari aufgehalst. Das ärgerte ihn – obwohl er davon überzeugt war, um diese Tänzerin nicht viel Aufhebens machen zu müssen. Auch wenn die Beweislage gegen sie dünn erschien, war sie schuldig – so viel stand fest. Eine geschiedene Frau, die sich als schamlose Nackttänzerin betätigte und die Geliebte unzähliger Männer gewesen war, hatte sich als vollkommen sittenlos und skrupellos erwiesen. Und damit war sie die geborene Spionin. Ihr war alles zuzutrauen.

Ungeduldig trat der Capitaine zurück ans Fenster. Endlich. Ein Automobil fuhr im Hof vor. Eine Frau stieg aus. Zwei Männer eskortierten sie in das Innere des Gebäudes. Wenige Minuten später wurde an seine Tür geklopft.

»Ja, bitte«, bellte Bouchardon und schaute gespannt auf. Natürlich war er – das gab er zumindest sich selbst gegenüber zu – neugierig auf diese berühmte Tänzerin, die in den größten Hauptstädten Europas Triumphe gefeiert und mit vielen einflussreichen Männern ein Verhältnis gehabt hatte. Doch einstweilen war es nur der Gerichtsschreiber Manuel Baudouin, der den Raum betrat, höflich grüßte und sich auf seinem angestammten Platz niederließ.

»Die Angeklagte wird gleich eintreffen«, informierte der Untersuchungsrichter den Sergent. »Zumindest ist das Automobil …« Er unterbrach sich, als erneut geklopft wurde.

Diesmal war es Mata Hari, die eskortiert von zwei Wachen eintrat, katzenhaft geschmeidig auf ihn zukam und lächelte.

»Guten Tag, Monsieur le Capitaine.«

Offensichtlich hatte sich die Frau, die vor einer Stunde noch verzweifelte Tränen vergossen hatte, wieder gefangen, ihre Selbstsicherheit zurückgewonnen und war bereit zu kämpfen.

Bouchardon musterte sie und war etwas enttäuscht. *Das* sollte die berühmte, betörende Tänzerin sein, die reihenweise Männer verzaubert hatte? Aber sie war nicht einmal schön zu nennen. Im Gegenteil. Ihr viel zu großer Mund, der kupferfarbene Teint und die riesigen Augen, in denen das Weiße gelblich schimmerte und mit roten Äderchen durchzogen war, wirkten auf ihn eher hässlich. Gewiss, ihre harmonischen Körperformen und ihre geschmeidigen Bewegungen waren nicht ohne Anmut, doch die große Lücke zwischen ihren Schneidezähnen und die offensichtlich gefärbten Haare, die an den Schläfen, wo das Färbemittel nicht lange hielt, stark ergraut waren, fielen viel zu offensichtlich ins Auge, um dieses Geschöpf wirklich attraktiv nennen zu können.

Und dennoch wirkte sie anziehend – sogar auf ihn – irgendwie. Auch wenn er es selbst nicht wahrhaben wollte.

Dass ihr Gegenüber die übliche Faszination zeigte, die sie für gewöhnlich auf Männer ausübte, bemerkte Mata Hari wohl. Jedoch war ihr dies im Augenblick gleichgültig. Schließlich sprachen die Fakten für sich und die war sie sofort bereit, Bouchardon auf den Tisch zu legen.

»Das Ganze ist eine Verwechslung, mon Capitaine. Ich weiß ja nicht, ob es sich bereits bis zu Ihnen herumgesprochen hat, aber ich gehöre dem französischen Geheimdienst an. Erkundigen Sie sich dort. Capitaine Ladoux, der Chef der Spionageabwehr, wird meine Aussage sofort bestätigen.«

Da er noch immer kein Wort sagte und sie nur schweigend ansah, zuckte sie mit den Schultern.

»Sie sehen also – ein Missverständnis, das zweifellos uns beiden unnötig Zeit gestohlen hat. Daher möchte ich Sie auch nicht länger aufhalten und mich gleich verabschieden.«

Mata Hari wandte sich zum Gehen, als sich Bouchardon jedoch räusperte, drehte sie sich noch einmal um.

Er hatte einen Aktenordner aufgeschlagen und verlas nun, statt einer Antwort, die Anklageschrift: »Die weibliche Person Zelle, Margaretha Geertruida, geschiedene Gattin von Rudolph MacLeod, Offizier in Niederländisch-Ostindien, bekannt als Mata Hari, geboren in den Niederlanden am 7. August 1876, wohnhaft im Hotel Élysée Palace, protestantisch, Ausländerin, 1,78 Meter groß, des Lesens und Schreibens kundig, wird der Spionage beschuldigt, teils begangen durch den Verrat von Staatsgeheimnissen oder dadurch begangen, dass sie sich Staatsgeheimnisse beschaffte, um diese dem Feind zu verraten, in dem Bestreben, ihm bei seinen Operationen zu helfen. Die Beschuldigte wurde in das Frauengefängnis Saint-Lazare überstellt. Sie wird in Einzelhaft gehalten und darf keine Verbindungen zur Außenwelt aufnehmen.«

Er schlug den Aktenordner zu und sah sie an.

»Wie Sie sehen, Madame, handelt es sich weder um eine Verwechslung noch um ein Missverständnis. Und daher bleibt mir für heute nur noch die Frage, wer Ihr Verteidiger sein wird.«

Erschrocken blickte sie ihn an. »Aber … aber das kann doch nicht sein«, murmelte sie verstört, fasste sich dann jedoch wieder und erklärte energisch: »Ich brauche keinen Verteidiger. Ich bin unschuldig!«

Bouchardon schien nicht beeindruckt zu sein. »Natürlich, Madame«, meinte er gleichgültig. »Das sagen alle. Wir werden sehen. Ich habe mit meinen Ermittlungen ja erst begonnen. Ich bitte Sie, nun die Anklageschrift zu unterzeichnen – als Bestätigung, dass sie Ihnen verlesen wurde. Und im Übrigen, wenn Sie keinen eigenen Anwalt benennen können, werde ich Ihnen einen zur Seite stellen. So verlangt es das Gesetz.«

Er schob ihr den Aktenordner auf seinem Schreibtisch entgegen.

Mata Hari zögerte kurz, sah aber ein, dass sie hier und jetzt nichts ausrichten konnte. Also unterschrieb sie und erklärte dann: »Meine Verteidigung möchte ich Maître Eduart Clunet übertragen.«

Bouchardon nickte. Er kannte Clunet. Ein in Künstlerkreisen sehr angesehener Jurist, der schon viele Berühmtheiten vor Gericht vertreten hatte.

»Ich werde Monsieur Clunet entsprechend informieren. Bis bald, Madame.«

Ohne sie eines weiteren Blickes zu würdigen, wies Bouchardon die Wächter an, die Beschuldigte nach Saint-Lazare zurückzubringen.

Als sich die Tür hinter den dreien geschlossen hatte, packte auch der Gerichtsschreiber seine Unterlagen zusammen. Sein Blick war verträumt.

»Was für eine Frau …«

Bouchardon verzog das Gesicht. Was um alles in der Welt hatte dieses verkommene Weibsstück an sich, das jeder Mann, wirklich jeder, derart anziehend fand? War es ihr Ruf, die Wollust, die sie ausstrahlte? Er wusste es nicht und es machte ihn wütend. Daher fuhr er Manuel Baudouin auch heftiger als nötig an: »Sie sollten wirklich keinen Gedanken an diese Tänzerin verschwenden. Sie ist eine gemeine Spionin, hat Frankreich großen Schaden zugefügt und wird dafür ihre gerechte Strafe erhalten – so wahr ich Bouchardon heiße.«

Verwirrt sah der Schreiber auf. »Ist ihre Schuld denn bereits erwiesen? Sollte darüber nicht ein Gericht …?«

Mit einer energischen Handbewegung brachte Bouchardon ihn zum Schweigen. »Reden Sie nicht, Sergent. Es gibt noch Arbeit für Sie. Das Saint-Lazare muss Instruktionen für die Haltung der Gefangenen bekommen. Schreiben Sie also …«

Manuel Baudouin beeilte sich, Schreibblock und Stift zu zücken.

»Ich bin so weit.«

Bouchardon diktierte: »Richterliche Anordnung bezüglich des Häftlings Margaretha Geertruida MacLeod – Nummer 721 44625: Für die Behandlung der Gefangenen sind besonders strenge Maßstäbe anzusetzen. Ausnahmen oder Hafterleichterungen werden nicht zugestanden. Diese Frau muss gebrochen werden.

Haben Sie das?«

Der Gerichtsschreiber nickte. »Jawohl, mon Capitaine.«

»Gut«, erwiderte Bouchardon, wieder ein wenig ruhiger geworden. »Die Anordnung muss sofort ins Saint-Lazare gebracht werden. Außerdem senden Sie noch heute eine Mitteilung an Maître Eduart Clunet und informieren ihn darüber, dass Mata Hari ihn als ihren Verteidiger benannt hat. Verstanden?«

»Jawohl, mon Capitaine.«

»Das wäre dann alles, Baudouin. Ich brauche Sie heute nicht mehr.«

Während der Gerichtsschreiber nun endgültig seine Unterlagen zusammenpackte und das Büro des Untersuchungsrichters verließ, beugte sich Bouchardon noch einmal über die Akte Mata Hari. Der Ordner war noch sehr dünn. Gegen die Angeklagte lagen zwar jede Menge Vermutungen vor, aber nur wenige handfeste Indizien. Wie zum Beispiel eine Notiz, in der von verschlüsselten Telegrammen die Rede war, die der Militärattaché der deutschen Botschaft in Madrid, ein gewisser Major Arnold von Kalle, an den deutschen Konsul in Amsterdam, Carl H. Cramer, geschickt hatte. Darin soll es unter anderem um Zahlungsanweisungen für einen Agenten mit dem Decknamen H 21 gegangen sein. Der britische Geheimdienst Secret Service hatte die Telegramme abgefangen, entschlüsselt und an den französischen Nachrichtendienst weitergeleitet. Dort fand man schnell heraus, dass sich hinter H 21 keine andere als Mata Hari verbarg. »Ein Irrtum ist ausgeschlossen«, stand in der Notiz. Allerdings war sie das einzige Indiz, das dem Untersuchungsrichter vorlag, da das Deuxième Bureau das Original des Telegramms nicht freigeben wollte.

Bouchardon seufzte. Im Grunde hielt er also nichts in den Händen und würde der Beschuldigten gegenüber, um ihr ein Geständnis zu entlocken, dennoch so tun müssen, als wisse er alles. Keine leichte Aufgabe – zumal ihm eine Frau gegenüberstand, deren Durchtriebenheit und Skrupellosigkeit ihresgleichen suchte und die er dennoch am liebsten und ohne Umwege in das nächste Bett gezerrt hätte.

Bouchardon schloss den Ordner, richtete sich gerade auf und rief sich selbst zur Ordnung. Nein, auf keinen Fall würde er diesen persönlichen Empfindungen Raum geben. Er war Untersuchungsrichter des militärischen Gerichts und Patriot. Seine Aufgabe war es, die inneren Feinde Frankreichs zu bekämpfen, und der würde er gewissenhaft nachkommen. Dazu gehörte unbedingt, sich nicht von dieser Person, der Agentin des Feindes, manipulieren zu lassen, sondern sie zu überführen und zur Strecke zu bringen. Und zu beidem war er fest entschlossen.

*

Auch Mata Hari war fest entschlossen – nämlich die vertrackte Situation, in der sie sich befand, zu überleben. Und das so komfortabel wie möglich.

Daher erwies sie sich schon bald als musterhafte Gefangene, gab sich bescheiden, diszipliniert und ordentlich. Die Ordensschwestern, mit denen sie Umgang hatte, begannen sie zu schätzen. Zwar durften sie ihr keine Hafterleichterungen gewähren, konnten ihr aber zumindest mit Freundlichkeit begegnen – und eben diese Freundlichkeit war wichtig für Mata Hari. Sie war noch nie gern allein gewesen, hatte stets den Kontakt zu anderen Menschen gebraucht. Doch nun war sie völlig auf sich gestellt, isoliert in einer Gummizelle, ohne die Erlaubnis, Besuch oder Post empfangen zu dürfen – da waren die gelegentlichen Gespräche mit den Schwestern der einzige Lichtblick.

Wegen ihrer vorbildlichen Führung und da offensichtlich keine Gefahr bestand, dass die Gefangene sich selbst das Leben nehmen wollte, wurde Mata Hari wenig später in eine andere Zelle verlegt. Sie lag in dem Trakt des Gefängnisses, der politischen Gefangenen vorbehalten war und der sich »Ménagerie« nannte – vermutlich wegen der zahlreichen Ratten und Kakerlaken, die dort ihr Leben fristeten.

Obwohl die hygienischen Zustände katastrophal zu nennen waren, beschwerte Mata Hari sich nicht. Lediglich als der Bezirksarzt der Pariser Sittenpolizei, Dr. Bizard, sie untersuchte und sie fragte, weil es die Vorschriften so verlangten, ob sie einen Wunsch habe, antwortete sie augenzwinkernd: »Ein Telefon und ein Badezimmer bitte. Seit meiner Verhaftung konnte ich mich nicht mehr richtig waschen.«

Bizard schmunzelte und erzählte die kleine Anekdote im Bekanntenkreis weiter. Sie verbreitete sich schnell und wurde abgewandelt weitererzählt. Am Ende hieß es, dass Mata Hari verlange, jeden Tag in Milch zu baden – und das in einer Zeit, in der es in Paris kaum genug Milch für alle Kinder gab. Die Öffentlichkeit zeigte sich entrüstet. Die Stimmung gegen die einst so gefeierte Tänzerin schlug um. Selbst ihre Freunde erkundigten sich nicht mehr nach ihr. Schließlich war es in Kriegszeiten nicht ungefährlich, eine Spionin zu kennen. Wie schnell konnte man unter Verdacht geraten, an ihren Machenschaften beteiligt gewesen zu sein.

Mata Hari war allein und musste versuchen, aus eigener Kraft und ohne Unterstützung von außen ihre Unschuld zu beweisen. Das Problem war nur: So unschuldig, wie sie sich zu geben versuchte, war sie nicht. Daher hoffte sie auch inständig, dass ihr alter Freund Clunet endlich auftauchte, der Rechtsanwalt, der sie verteidigen sollte. Der Mann, mit dem sie zu Beginn ihrer Karriere eine kurze Affäre gehabt hatte, ließ jedoch auf sich warten. Schon befürchtete Mata Hari, dass er es abgelehnt haben könnte, ihre Vertretung zu übernehmen, als Oberin Léonide ihr zwei Besucher meldete.

»Einer davon ist Maître Clunet, Ihr Anwalt.«

Am liebsten wäre die Tänzerin der Oberin vor Erleichterung um den Hals gefallen. Da sie jedoch wusste, dass Berührungen jeglicher Art im Saint-Lazare verboten waren, widerstand sie dem Impuls, dankte für die Information und ließ sich in den für Besprechungen vorgesehenen Raum führen. Gleich darauf stand sie zwei Herren gegenüber, den einen – er mochte Mitte 30 sein – kannte sie nicht. Der andere war ihr guter Freund – einer der letzten, der ihr geblieben war.

Mit ausgebreiteten Armen kam Clunet ihr entgegen.

»Liebste Marguerite. Bitte verzeih, dass ich dich so lange warten ließ, aber ich war beruflich auf Reisen. Erst gestern bin ich nach Paris zurückgekehrt und habe die Nachricht erhalten, dass du mich als Anwalt benannt hast. Ich hoffe, du hattest keine zusätzlichen Schwierigkeiten, weil ich mich erst so spät melde.«

Mata Hari lächelte. Der inzwischen 74-jährige Clunet war der einzige, der zumindest einen Teil ihrer wahren Identität kannte und sie daher Marguerite nannte, die französische Form von Margaretha.

»Nein, nein, Eduart. Ich freue mich, dich zu sehen. Und hoffe sehr, dass du bereit bist, mir zu helfen.«

»Aber selbstverständlich, liebste Freundin«, antwortete er erstaunt. »Hast du daran etwa gezweifelt?«

Hilflos zuckte sie mit den Schultern. »Nun ja. Eigentlich nicht. Aber als du dich so lange nicht gemeldet hast, war ich etwas besorgt. Doch nun bist du da und alles ist gut.« Sie lächelte erneut.

Er nahm sie in die Arme, drückte sie kurz an sich und hauchte einen Kuss auf ihre Stirn. »Ich werde immer für dich da sein«, sagte er leise. »Genauso, wie ich dich immer lieben werde. Meiner Unterstützung kannst du dir stets gewiss sein. Unter allen Umständen.«

Mata Hari war sichtlich gerührt. Ach, wie gut es tat, einen Menschen, diesen Menschen, an der Seite zu haben.

»Ich danke dir«, sagte sie schlicht, schmiegte sich für einen Moment an ihn und schloss die Augen. Als sie sie wieder öffnete, bemerkte sie Clunets Begleiter, der ein paar Schritte abseits stand und sie unverwandt musterte.

Sie erwiderte seinen Blick und las in ihm das übliche Interesse, das Männer ihr entgegenbrachten. Dennoch war es diesmal anders, denn sie spürte nicht nur seine, sondern auch ihre eigene Faszination. Wer war dieser Mann?

Sie löste sich von Clunet und richtete sich auf. »Willst du mir den Herrn nicht vorstellen, den du mitgebracht hast, Eduart?«

Der Anwalt räusperte sich. Er hatte den Augenblick wohl genossen, in dem die berühmte Mata Hari nur ihm gehörte.

»Aber natürlich, meine Liebe«, sagte er. »Darf ich bekannt machen? Das ist mein Mitarbeiter Henri Tailleur – mein fähigster Mann. Er wird uns unterstützen – wird ermitteln, recherchieren. Schließlich wollen wir dich hier so schnell wie möglich wieder rausholen, nicht wahr?«

Henri trat einen Schritt näher und verbeugte sich höflich. »Es ist mir ein Vergnügen, Madame.«

»Das Vergnügen ist ganz meinerseits, Monsieur«, erwiderte die Tänzerin lächelnd.

Clunet hob abwehrend die Hände. »Nun seid nicht so förmlich, Kinder. Ihr werdet in der nächsten Zeit eng zusammenarbeiten, denn du, Marguerite, wirst Henri deine ganze Lebensgeschichte erzählen – und zwar die richtige. Jeder Hinweis kann hilfreich sein. Aber setzen wir uns doch erst einmal …«

Die drei nahmen an einem kleinen Tisch Platz und Henri entnahm seiner Aktentasche einen Block und einen Stift, um sich Notizen zu machen.

»Wie also ist der augenblickliche Stand der Dinge?«, wollte Clunet wissen. »Uns ist bekannt, dass du wegen Spionage für den deutschen Geheimdienst festgenommen wurdest und dir wegen Hochverrats der Prozess gemacht werden soll. Das ist natürlich Unsinn, oder?«

»Nun ja«, gab Mata Hari gedehnt zurück. »Nicht ganz. Der deutsche Geheimdienst hat mich tatsächlich angeworben, weil man wegen meiner Kontakte zu bekannten Personen aus Politik und Gesellschaft annahm, dass ich über Informationen verfügte oder sie zumindest beschaffen könnte.«

»Und du bist darauf eingegangen?« Clunets Stimme klang nun absolut sachlich.

Mata Hari nickte zerknirscht. »Herrgott Eduart, ich hatte keine andere Wahl. Ich war vollkommen pleite. Weges des Krieges blieben die Engagements aus. Ich hatte keine Rücklagen und einen Haufen Schulden. Da kam mir das Angebot der Deutschen ganz gelegen. Geheime Informationen haben sie natürlich nicht von mir bekommen. Was hätte ich auch mitteilen sollen? Du weißt, dass ich mich niemals für Politik interessiert habe.«

»Gut. Wenn das so ist, frage ich mich, welche konkreten Beweise Capitaine Bouchardon gegen dich vorliegen hat.«

Sie zuckte mit den Schultern. »Ich weiß es nicht. Eigentlich kann er nichts haben, da ich als Agentin nicht wirklich tätig geworden bin.«

»Also sollten wir zunächst einmal Akteneinsicht beantragen«, schlug Henri Tailleur vor.

Clunet nickte.

»Ganz genau. Bevor wir nicht wissen, um was es eigentlich geht, können wir gar nichts machen.«

Er erhob sich.

»Du hörst von uns, Marguerite. Und mach dir keine Sorgen. Wir werden es nicht zulassen, dass sie dich als

Sündenbock missbrauchen und an dir ein Exempel statuieren.«

Fragend sah sie ihn an. »Was meinst du damit?«

Clunet verzog das Gesicht. »Nun, nach den Misserfolgen der großen Schlachten an der Somme und bei Verdun wurde General Joffre als Oberbefehlshaber der französischen Armee bekanntlich durch General Nivelle ersetzt. 200.000 französische Soldaten haben dort ihr Leben lassen müssen. Um nun von der Unfähigkeit der Militärs abzulenken, gibt es nur eine Erklärung: Verrat. Und um den Beweis dafür anzutreten, braucht man ein paar feindliche Spione – wie zum Beispiel den angeblichen Agenten Paul Bolo und – dich, die berühmte Mata Hari.«

Sie schauderte. »Das würde ja bedeuten, dass ein Schuldspruch gegen mich von vornherein feststeht«, hauchte sie entsetzt. »Du machst mir Angst, Eduart.«

»Aber nein, Liebes«, versuchte er sie zu beruhigen. »Auch ein Militärgericht benötigt hieb- und stichfeste Beweise, um eine Verurteilung aussprechen zu können. Und außerdem habe ich dir doch gesagt, dass wir das nicht zulassen werden. Vertraue mir. Wenn du unschuldig bist, werden wir das auch nachweisen und dich hier so schnell wie möglich rausholen. So lange musst du das hier – er machte eine Handbewegung, die das ganze Saint-Lazare einschloss – noch ertragen, so leid es mir tut.«

*

Unschlüssig blätterte Capitaine Bouchardon in der inzwischen etwas umfangreicher gewordenen Akte Mata Hari.

Er hatte heute Morgen den Antrag auf Akteneinsicht von Maître Clunet zugestellt bekommen und konnte sich nicht entscheiden, ihm nachzugeben. Natürlich würde er es müssen – früher oder später. Aber solange sich seine Anklage lediglich auf zusammengetragene Spekulationen, Meinungen und Gerüchte stützte, traute er sich kaum, die Unterlagen dem versierten Anwalt zukommen zu lassen. Er würde die Anklage in der Luft zerreißen und sofort die Einstellung des Verfahrens beantragen. Und das wäre vermutlich sogar rechtens – wenn da nicht die Notiz über die aufgefangenen Funksprüche gewesen wäre. Nur leider hielt das Deuxième Bureau besagte Telegramme noch immer unter Verschluss.

Bouchardon seufzte und las die Zeugenaussage einer Pariser Schneiderin, die gleichfalls heute Morgen eingegangen war. Darin wurde von einer umfangreichen Kleiderbestellung berichtet, die die Angeklagte getätigt hatte. Nachdem die Schneiderin, eine gewisse Madame Clotas, geliefert hatte und ihre Bezahlung forderte, muss es jedoch zu Unstimmigkeiten gekommen sein.

»Statt Geld schlug mir Mata Hari eine Reise nach Deutschland vor, wo mein Mann in Kriegsgefangenschaft saß. Ich habe ihr darauf geantwortet, dass ich als Französin niemals ins Land der *Boches* fahren würde. Meine Kundin beharrte jedoch auf ihrem Vorschlag und behauptete, mir die benötigten Papiere beschaffen zu können. Wenn das so ist, habe ich ihr sofort auf den Kopf zugesagt, müsse sie eine Spionin sein. Daraufhin drohte sie mich umzubringen, wenn ich diese Behauptung auch nur ein einziges Mal wiederholen …«

»Was für ein Gewäsch«, murmelte Bouchardon angewidert. »So etwas kann ich doch Maître Clunet nicht als Beweisstück vorlegen.«

Sofort sah Sergent Baudouin auf. »Was sagten Sie, mon Capitaine?«

»Nichts, nichts«, winkte Bouchardon ab. »Oder vielmehr doch. Wie lange haben wir für die Bearbeitung des Antrags auf Akteneinsicht Zeit, Sergent?«

Baudouin wandte sich wieder seiner Arbeit zu. »Vier Wochen, mon Capitaine«, gab er zurück.

Bouchardon nickte erleichtert, legte die Unterlagen zusammen und den Ordner beiseite. Laut sagte er: »Laden Sie Madame MacLeod und ihren Anwalt für morgen zum Verhör vor. Es wird Zeit, dass wir uns in diesem Fall mehr Klarheit verschaffen.«

»Für morgen?« Erstaunt blickte Sergent Baudouin seinen Chef an. »Ist das nicht ein wenig kurzfristig?«

»Wieso?«, wollte Bouchardon grinsend wissen. »Glauben Sie, Madame hat wichtigere Termine?«

»Natürlich nicht«, gab sein Schreiber ein wenig pikiert zurück. »Aber für Maître Clunet dürfte es schwierig werden, sich von heute auf morgen frei zu machen.«

»Sein Problem«, stellte der Capitaine schulterzuckend fest. »Ebenso wie es seine Sache ist, sich über Unterschiede zu informieren. Wie ich weiß, ist der große Staranwalt noch niemals vor einem Kriegsgericht als Verteidiger aufgetreten und so ist ihm vermutlich nicht einmal bekannt, dass er lediglich bei dem ersten und letzten Verhör seiner Mandantin anwesend sein darf.« Bouchardon, überzeugt davon, den alten Fuchs Clunet ausmanövriert zu haben, rieb sich zufrieden die Hände. Dann griff er nach der Akte Paul Bolos und öffnete sie. Sofort war sein kurzer Anfall von guter Laune vorbei. Auch in dieser Untersuchung lief nämlich längst nicht alles so, wie er es sich wünschte. Die Beweislage war dünn, der Angeklagte alles andere als geständig.«

Bouchardon seufzte verdrossen. Natürlich war ihm bewusst, dass eigentlich beide Verfahren – gegen Mata Hari und Paul Bolo – eingestellt gehörten. Dass man gegen die Verdächtigen trotz unzureichender Beweislage bereits Anklage erhoben hatte, war auf das Betreiben des Kriegsministers General Lyautey zurückzuführen. Allerdings war sich Bouchardon sicher, dass sich Lyautey, der seine Position erst seit einem guten Monat inne hatte und keinesfalls unumstritten war, mit zwei aufsehenerregenden Spionagefällen profilieren wollte. Das konnte er auch nachvollziehen. Aber warum hatte man ausgerechnet ihn damit beauftragt, dem Herrn Minister die Kastanien aus dem Feuer zu holen? Die Welt war ja so ungerecht.

*

»Ihr ständiges Auf-und-ab-Laufen macht mich ganz nervös.« Ärgerlich sah Mata Hari zu Bouchardon auf. Sie saß auf einem Stuhl vor seinem Schreibtisch, während er im Zimmer herumwanderte und seine Fragen stellte.

»Lenken Sie nicht ab, Madame«, fuhr er sie an. »Erzählen Sie mir lieber, was Sie mit den Visitenkarten vorhatten, die wir in Ihrem Hotelzimmer gefunden haben.«

Sie zuckte mit den Schultern. »Was soll ich damit vorgehabt haben? Ich führe kein Adressbuch, sondern sammle sie, um mich bei Bedarf mit den jeweiligen Personen in Verbindung zu setzen. Was machen Sie mit Visitenkarten?«

Eine Antwort auf die Frage blieb der Untersuchungsrichter schuldig. Stattdessen stellte er fest: »Immerhin fällt auf, dass viele dieser Karten die Namen von hochrangigen französischen Offizieren tragen. Warum haben Sie gerade Kontakt zu diesen Herren gepflegt?«

Mata Hari grinste ihn herausfordernd an. »Ich habe nun einmal eine unkontrollierbare Schwäche für Uniformen. Das war schon immer so. Was soll ich machen?«

Bouchardon wechselte das Thema. Es gehörte zu seiner Taktik, erst beiläufigere Fragen zu stellen. Allerdings konnte er seiner üblichen Verhörmethode bei der Tänzerin nicht ganz treu bleiben. Er war einfach zu sehr abgelenkt – von diesem verkommenen Weibsstück, dieser Hure aus Lust und Geldgier. Sie erweckte erotische Fantasien in ihm, die er nie zuvor gekannt hatte. Und dafür hasste er sie aus tiefster Seele. Er räusperte sich.

»Wir haben in Ihrem Hotelzimmer ein Röhrchen mit Geheimtinte gefunden. Wofür brauchten Sie die – wenn Sie nicht als Agentin für den deutschen Geheimdienst gearbeitet haben?

»Geheimtinte?« Verständnislos sah Mata Hari ihn an. »Sie meinen so ein Zeug, mit dem man unsichtbar schreiben kann?«

»Ja, natürlich«, fuhr er sie an. »Wofür sollte man Geheimtinte sonst verwenden?«

»Aber so was habe ich noch nie besessen«, gab Mata Hari kopfschüttelnd zurück. »Ich weiß wirklich nicht, was Sie meinen.«

»Oh, ich kann Ihrem Gedächtnis gern auf die Sprünge helfen«, giftete Bouchardon, ging zu seinem Schreibtisch und entnahm einem Fach ein blaues Röhrchen. »Wollen Sie abstreiten, dass Ihnen diese Tabletten gehören? Unser Labor hat sie untersucht. Sie sind wasserlöslich und werden in flüssiger Form als Tinte verwandt.«

Mata Hari lachte. »Ach, das meinen Sie. Aber das ist doch keine Geheimtinte. Das ist Quecksilbersalz. Ich habe es von einem Arzt in Madrid bekommen. Nach dem Geschlechtsverkehr gebe ich eine Tablette in mein Waschwasser. Es dient der Desinfektion und der Empfängnisverhütung.«

Baudouin sah unwillkürlich auf. Seine Wangen waren gerötet. Dann beugte er sich jedoch wieder hastig über seinen Block und beeilte sich, auch weiterhin jedes gesprochene Wort sorgfältig mitzuschreiben.

Die unbefangene Art der Angeklagten, über derart delikate Angelegenheiten zu sprechen, brachte aber nicht nur den jungen Sergent für einen Augenblick aus dem Konzept. Auch Bouchardon hielt kurz inne. Zwar wehrte er sich dagegen, stellte sich aber trotzdem für einen Moment vor, wie sie die Waschungen an sich durchführte, mit gespreizten Beinen dasaß …

Hastig wechselte er das Thema. Er war fest entschlossen, die Untersuchungen so schnell wie möglich abzuschließen und den Fall vom Tisch zu bekommen. Dabei war es natürlich hilfreich, dass der Anwalt der Tänzerin zu diesem ersten Verhör nicht aufgetaucht war. Nun würde er erst wieder beim Abschlussverhör zugelassen sein und bis dahin hatte er, Bouchardon, freie Hand. Deshalb kam er nun zum wichtigsten Punkt des Tages: »Uns liegen Kopien von Telegrammen vor, die der Militärattaché der deutschen Botschaft in Madrid, ein gewisser Major Arnold von Kalle, an den deutschen Konsul in Amsterdam, Monsieur Carl H. Cramer, geschickt hat«, erklärte er mit leicht krächzender Stimme. »Aus Ihnen geht zweifelsfrei hervor, dass Sie unter dem Decknamen H 21 für den deutschen Geheimdienst gearbeitet haben und dafür Geld erhielten. Was haben Sie dazu zu sagen?«

Mata Hari, die das Verhör bisher eher amüsiert über sich ergehen gelassen hatte, senkte hastig die Augen um ihr Erschrecken zu verbergen. Angelegentlich spielte sie mit dem Ende ihres Schals und bemühte sich, ihre Stimme gelangweilt klingen zu lassen.

»Einmal mehr habe ich nicht die geringste Ahnung, wovon Sie eigentlich sprechen, mon Capitaine.«

Jetzt habe ich Sie in die Enge getrieben, triumphierte Bouchardon.

»Die uns vorliegenden Beweise sind eindeutig, Madame«, bluffte er. »Sie sollten Ihre letzte Chance nutzen und ein umfassendes Geständnis …«

Die Tänzerin wusste nicht, wie sie reagieren sollte. Gestehen? Ja, aber nur wenn es gar nicht anders ging. Und dann auch nur das, was unbedingt notwendig war. Nur – was war unbedingt notwendig? Wie viel wusste der Untersuchungsrichter wirklich?

»Nun reden Sie endlich, Madame«, drängte Bouchardon energisch. »Seit wann haben Sie für den deutschen Geheimdienst gearbeitet? Wer waren Ihre Mittelsmänner? Welche Informationen haben Sie weitergeleitet und wo haben Sie sich die …«

Laute Stimmen auf dem Flur – jemand schien sich zu streiten – unterbrachen ihn. Ärgerlich sah Bouchardon zur Tür. Was war das für ein Radau? Ausgerechnet jetzt, wo die Angeklagte ganz offensichtlich mit dem Rücken an der Wand stand, konnte er nun wirklich keine Unterbrechung gebrauchen.

Als der Krach nicht verstummen wollte, meinte er resignierend zu seinem Schreiber: »Schauen Sie nach, was da los ist Sergent.«

Baudouin wollte gerade zur Tür gehen, als diese aufgerissen wurde. Herein stürmte Rechtsanwalt Henri Tailleur.

»Ich bin die Vertretung von Maître Clunet und habe eben erst von dem Verhörtermin erfahren. Ihre Wachen wollten mich aber nicht eintreten lassen.«

»Weil Sie nicht pünktlich erschienen sind«, verteidigte sich einer der beiden Männer. »Sie können doch nicht mitten in ein Verhör platzen und …«

Bouchardon hob die Hand. »Ist schon gut«, meinte er und konnte seinen Ärger kaum unterdrücken. Fast hätte er der Angeklagten ein Geständnis abgerungen und den Fall damit abschließen können. Doch nun, da dieser Anwalt hier aufgetaucht war, würde sie gar nichts mehr sagen – so viel stand fest.

»Nun ist das Verhör ohnehin unterbrochen. Also kann der Mitarbeiter Maître Clunets ebenso gut bleiben.«

Die beiden Wachen salutierten und verließen den Raum. Bouchardon hingegen wandte sich wieder der Tänzerin zu: »Wo waren wir stehen geblieben? Ach ja, bei der Geheimtinte …«

Erstaunt sah Schreiber Baudouin auf, hielt aber wohlweislich den Mund. Und auch Mata Hari schwieg. Sie war viel zu erleichtert darüber, dass das heikle Thema – Henri sei Dank – damit fürs Erste vom Tisch war.

Natürlich wusste auch Bouchardon, dass sie eigentlich gerade über die Telegramme gesprochen hatten. Wenn er das Verhör jedoch an diesem Punkt fortsetzte, hätte Tailleur die dazugehörigen Unterlagen einsehen wollen. Und die konnte er natürlich nicht vorweisen. Einmal mehr verfluchte er Capitaine Ladoux und das gesamte Deuxième Bureau, die die Beweise für die Schuld der Angeklagten hartnäckig unter Verschluss hielten.

Dass die Tänzerin über den Themenwechsel sichtbar erleichtert gewesen war, hatte Bouchardon ein wenig für das unterbrochene Verhör entschädigt. Damit hatte sie sich nun endgültig verraten.

Beim nächsten Termin ist sie fällig, dachte er. Dann kann ihr kein Anwalt zur Hilfe kommen. Und dann werde ich das Geständnis ihrer Schuld aus ihr herauspressen.

»Capitaine?«

Mit ungeduldiger Stimme forderte Henri Tailleur die Aufmerksamkeit des Untersuchungsrichters ein.

Bouchardon sah auf. »Äh – ja bitte?«

»Was hat es nun auf sich, mit dieser Geheimtinte?«

»Wir haben im Hotelzimmer Ihrer Mandantin ein

Röhrchen mit wasserlöslichen Quecksilbersalz-Tabletten sichergestellt«, gab Bouchardon nun mit anscheinender Bereitwilligkeit Auskunft. Unser Labor hat die Tabletten untersucht und festgestellt, dass man aus ihnen Geheimtinte produzieren kann. In diesem Zusammenhang stellt sich für mich natürlich die Frage: Wofür benötigt eine Tänzerin Geheimtinte?«

»Kann ich den Laborbericht bitte sehen?« Auffordernd streckte Tailleur die Hand aus.

»Aber selbstverständlich«, lächelte Bouchardon freundlich und reichte dem Anwalt bereitwillig das Dokument.

Henri erkannte sofort, dass die Tabletten einzig und allein darauf geprüft worden waren, ob sie als Geheimtinte zu verwenden waren. Andere gebräuchlichere Verwendungsmöglichkeiten waren dabei völlig außer Acht gelassen worden.

»Quecksilbersalz als Geheimtinte? Das wäre immerhin neu«, stellte er mit deutlichem Spott in der Stimme fest. »Hätten Sie auch eine Zitrone oder eine Flasche Milch im Hotelzimmer meiner Mandantin sichergestellt? Beides ist als Geheimtinte bestimmt besser geeignet als ausgerechnet Quecksilbersalz.«

Bouchardon zuckte mit den Schultern. »Fakt ist«, beharrte er, »dass wir die Tabletten gefunden haben und dass sie – was der Laborbericht belegt – als Geheimtinte verwendet werden können.«

»Nun gut«, gab Tailleur zurück. »Aber wenn Sie keine weiteren Beweise gegen Madame Mata Hari vorbringen können, steht Ihre Anklage auf wackeligen Beinen, und wir verschwenden hier nur unsere Zeit.«

Eigentlich wollte der Anwalt mit dieser Bemerkung dem Untersuchungsrichter nur weitere Informationen entlocken, doch Bouchardon reagierte völlig anders als erwartet.

»Apropos Zeit«, meinte er und warf einen kurzen Blick auf seine Bürouhr. »Ich habe gleich den nächsten Termin und werde Ihren Vorschlag daher annehmen, das Verhör für heute zu beenden.« Schnell gab er noch die nötigen Anweisungen für den Rücktransport der Angeklagten ins Gefängnis Saint-Lazare und verließ dann eilig sein Büro.

Ungläubig sah Tailleur ihm nach. »Aber er kann doch nicht … So habe ich das ganz bestimmt nicht gemeint und … Was ist denn das für eine Art?«

Der Kerl hat mich ausgetrickst, stellte Henri fest und wandte sich nun zornig an den Schreiber.

»Capitaine Bouchardon hat das erste der beiden Verhöre, bei denen die Verteidigung zugelassen ist, ohne zwingenden Grund abgebrochen. Ich bestehe darauf, dass Sie diesen Vorfall in Ihrem Protokoll festhalten.«

Sergent Baudouin nickte. »Worauf Sie sich verlassen können, Monsieur.«

Erstaunt blickte Henri den Mann an. Mit dieser Reaktion hatte er nicht gerechnet. Immerhin würde man, wenn die Geschichte im Protokoll stand, Bouchardons Verhalten als Fehler in der Prozessführung anführen können. Von daher war die Bereitschaft des Schreibers schon bemerkenswert.

Doch dann nickte er grimmig. Hauptsache der Vorfall stand im Protokoll. Warum sollte er die Gründe dafür hinterfragen? Der Sergent würde schon wissen, was er tat.

3. KAPITEL – DIE WAHRHEIT UND NICHTS ALS DIE WAHRHEIT

Mata Hari wurde ins Saint-Lazare und in ihre Zelle zurückgebracht. Doch bereits eine halbe Stunde später meldete man ihr einen Besucher: Henri Tailleur.

Nachdem man sie in den Raum geführt hatte, der für Anwaltsgespräche vorgesehen war, berichtete sie ihm sofort von den Geschehnissen im Büro des Untersuchungsrichters – vor seinem Eintreffen.

Henri nickte.

»Wir brauchen unbedingt Akteneinsicht. Nur so können wir herausfinden, was die gegnerische Seite wirklich weiß. Der Antrag ist auch gestellt, aber mit der Bearbeitung kann sich Bouchardon bis zu vier Wochen Zeit lassen.«

Mata Hari biss sich auf die Lippen. »Und wann wird er mich zum nächsten Verhör vorführen lassen?«

»Ich weiß es nicht«, gab Henri zu. »Aber bestimmt nicht erst in vier Wochen.«

»Und was soll ich ihm dann auf seine Fragen antworten?«

»Auch das weiß ich nicht«, meinte Henri. »Einstweilen kenne ich Ihre Version der Geschichte ja nicht. Und daher wird es Zeit, das zu ändern. Eduart hat ja bereits angeordnet, dass Sie mir Ihr ganzes Leben erzählen sollen. Also fangen wir am besten gleich damit an.«

Gleichgültig zuckte die Tänzerin mit den Schultern. »Ich weiß zwar nicht, wozu es gut sein soll – aber bitte, wenn Sie drauf bestehen … Also, ich stamme aus dem Süden Indiens, von der Malabarküste, aus der heiligen Stadt Jaffnapatam. Meine Familie gehört der oberen Kaste der Brahmanen an. Meine Mutter war die erste Bajadere im Tempel von Randa Swany. Sie starb mit 14 Jahren, kurz nach meiner Geburt. Da auch mein Vater bereits verstorben war, adoptierten mich die Tempelpriester und tauften mich auf den Namen Mata Hari – was so viel bedeutet wie das Auge der Morgenröte. Bei ihnen bin ich aufgewachsen, in den unterirdischen Hallen des Gottes Shiva. Von Kindesbeinen an haben mich die Priester in den rituellen Tempeltänzen unterrichtet, die ich zu Ehren Shivas Tag für Tag getanzt habe. Ich durfte in herrlichen Gärten spazieren gehen, in denen es köstlich nach Jasmin duftete, und habe die Altäre der Götter geschmückt. Es war ein beschauliches Leben, das ich sicher auch bis zum Ende meiner Tage fortgeführt hätte, wenn nicht ein junger, britischer Offizier aufgetaucht wäre. Er hat mich tanzen sehen, sich sofort unsterblich in mich verliebt, mich aus dem Tempel entführt und geheiratet. Ein Jahr später habe ich ihm einen Sohn geboren, der auf den Namen Norman getauft wurde. Das Kind war vier Jahre alt, als es von einer Dienerin vergiftet wurde, die sich wegen einer kleinen Ungerechtigkeit an meinem Ehemann rächen wollte. Nach indischem Brauch habe ich die Dienerin mit eigenen Händen erdrosselt …«

Für einen Augenblick sah Henri die Tänzerin bestürzt an. Dann begriff er und grinste. »Das ist eine spannende

Geschichte. Aber ganz gewiss nicht die Wahrheit, richtig?«

Vage zuckte Mata Hari mit den Schultern. »Wer weiß das schon so genau?«

»Sie zum Beispiel, Madame. Und da Eduart darauf besteht, dass ich sie auch erfahre, werden Sie mir jetzt die Wahrheit erzählen – die ganze Wahrheit und nichts als die Wahrheit. Jedes kleine Detail kann sich für Ihre Verteidigung als wichtig erweisen.«

Die Tänzerin lächelte. »Die Wahrheit? Ach, Henri, für gewöhnlich ist sie schrecklich langweilig und banal.«

»Für diesen Prozess kann sie gar nicht langweilig und banal genug sein«, stellte Tailleur ernst fest.

»Nun gut«, gab Mata Hari nach. »Wo soll ich mit meiner Erzählung beginnen?«

»Am besten ganz am Anfang«, forderte der Anwalt. Allerdings war er ehrlich genug, sich selbst einzugestehen, dass er sich nicht nur aus beruflichen Gründen für die Lebensgeschichte der Tänzerin interessierte. Vom ersten Moment an war er von dieser außergewöhnlichen Frau fasziniert – von ihrem Aussehen, ihrer Art, ihrem Mut und ihrer Stärke. Und er brannte förmlich darauf, ihre wahre Vergangenheit zu entdecken.

»Ganz am Anfang? Da möchte es aber jemand genau wissen. Ich hoffe, Sie haben sehr viel Zeit mitgebracht, Monsieur Avocat.«

»Alle Zeit der Welt, Madame«, gab er zurück. Ihre Blicke trafen sich, tauchten für einige Augenblicke tief ineinander. Und dann war es Mata Hari, die den Kontakt als Erste abbrach und die Wimpern niederschlug. Sie spürte deutlich: Er wollte sie. Sie wollte ihn jedoch mindestens genauso. Und dabei ging es eigentümlicherweise weder um Geld noch um einen anderen Vorteil, nein, es war der Mann, der sie anzog. Das Gefühl war neu für sie – und verwirrte sie sehr. Um sich die Unsicherheit nicht anmerken zu lassen, begann sie zu erzählen.

»Ich wurde als Margaretha Geertruida Zelle im August 1876 im niederländischen Leeuwarden geboren – und damit kennen Sie nun auch mein genaues Alter«, fügte sie mit einem kleinen Lächeln hinzu. »Mein Vater war der Hutmacher Adam Zelle, er starb vor sieben Jahren. Meine Mutter hieß Antje. Sie hatte einen Großvater, der aus Java stammte und von dem ich mein exotisches Aussehen geerbt habe. Es gibt drei jüngere Brüder, zu denen ich aber schon seit Jahren keinen Kontakt pflege. Als wir noch Kinder waren, nannten sie mich Greet. Das habe ich gehasst. In Leeuwarden besuchte ich eine Mädchenschule mit nur mäßigem Erfolg. Dort hielt man mich für verzogen – und das vermutlich zu recht. Mein Vater verwöhnte mich wirklich sehr. Er hatte viel Geld mit Börsenspekulationen gemacht und konnte es sich leisten, auf großem Fuß zu leben. Er kaufte eine wunderschöne Villa für uns, in der ich ein eigenes Zimmer besaß, und schenkte mir zu meinem sechsten Geburtstag eine Kutsche, die von zwei Ziegen gezogen wurde. Noch heute spricht man in Leeuwarden von dem kleinen, weiß gekleideten Mädchen mit den schwarzen Haaren, das in der Ziegenkutsche durch die Stadt fuhr. Wie eine Prinzessin habe ich ausgesehen. Drei Jahre später war die sorglose Zeit vorbei. Mein Vater hatte sich an der

Börse verspekuliert. Er musste die Villa verkaufen und mit seiner Familie in eine Mietswohnung ziehen. Durch diese Umstellung wurde auch die Ehe meiner Eltern sehr belastet. Sie trennten sich. Zu einer Scheidung kam es nicht mehr, weil meine Mutter 1891 an Tuberkulose starb. Mein Vater verdiente mittlerweile seine Brötchen als Handlungsreisender, lebte in Amsterdam und hatte gleich nach dem Tod meiner Mutter wieder geheiratet. Er nahm nun meine beiden jüngsten Brüder zu sich. Mein dritter Bruder wurde bei meiner Großmutter untergebracht und ich bei meiner Tante und meinem Patenonkel, die in Sneek lebten. Meine Verwandten schickten mich nach Leiden, wo ich zur Kindergärtnerin ausgebildet werden sollte. Ich war damals 15 Jahre alt, hatte absolut keine Lust, diesen Beruf zu erlernen, und brach die Ausbildung schon bald ab. Begründet habe ich meine Entscheidung damit, dass der Direktor der Schule mir nachstellte – was auch stimmte. Sicher wäre es mir auch in dem Alter schon gelungen, mir den Mann vom Hals zu halten. Da ich aber keinen Wert auf die Ausbildung legte, nahm ich seine verliebten Annäherungsversuche als Vorwand, die Schule zu verlassen und …«

Sie unterbrach sich.

»Mir will einfach nicht einleuchten, wieso das alles für meine Verteidigung wichtig ist.«

»Das Problem ist«, gab Henri ernst zurück, »dass Sie der Öffentlichkeit bisher so viele Lügen über Ihre Vergangenheit aufgetischt haben. Ohne Zweifel wird die Anklage das zum Anlass nehmen, Sie als unglaubwürdig darzustellen. Und wenn Lieutenant André Mornet, der Ankläger am Militärgericht, während des Prozesses Ihre wahre Lebensgeschichte offenlegt, wollen wir, Eduart und ich, keine Überraschungen erleben. Auf keinen Fall darf Mornet mehr über Sie wissen als wir. Verstehen Sie jetzt?«

Nachdenklich sah Mata Hari ihn an, doch dann nickte sie und nahm ihre Erzählung wieder auf.

»Ich war 18, als ich durch eine Zeitungsanzeige auf meinen künftigen Ehemann aufmerksam wurde: ›Offizier auf Urlaub aus Indonesien sucht junge Frau mit liebenswürdigem Charakter zur Eheschließung.‹ Das Inserat sprach mich an – vor allem vermutlich, weil ich endlich das Haus meines Paten verlassen und auf eigenen Beinen stehen wollte. Also schrieb ich auf die Anzeige und lernte daraufhin Campbell Rudolph MacLeod kennen, einen Niederländer mit schottischen Wurzeln. Obwohl er rund 20 Jahre älter war als ich, gefiel er mir gut. Er wirkte so stattlich und stark in seiner Uniform. Also gab ich ihm, als er um meine Hand anhielt, das Jawort. Zwei Monate später heirateten wir in Amsterdam. Da MacLeod nicht ganz gesund war – er litt unter Rheuma und Diabetes – verbrachten wir unsere Flitterwochen im Kurbad Wiesbaden. Nach unserer Rückkehr zogen wir zu Rudolphs Schwester Frida, die mit ihrer Familie gleichfalls in Amsterdam lebte.«

Sie stockte kurz, atmete tief ein und fuhr dann fort: »Dort brachte ich auch im Januar 1896 unseren Sohn Norman zur Welt. Nach den Moralvorstellungen unserer Umwelt wurde er acht Wochen zu früh geboren, war groß und kräftig und konnte beim besten Willen nicht als Sieben-Monatskind gelten. Meine Schwägerin war entsetzt und ließ mich deutlich spüren, dass sie mich für eine Schlampe hielt. Da wir uns auch vorher nicht sonderlich gut verstanden haben, war ich froh, als der Heimaturlaub meines Mannes zu Ende ging und er nach Asien zurückkehren musste. Norman und ich begleiteten ihn natürlich …«

Sie unterbrach ihre Erzählung abermals und senkte den Kopf. Es war deutlich, dass es ihr schwerfiel, über ihren Sohn zu sprechen. Und Henri fragte sich unwillkürlich, ob ihre Behauptung, dass der kleine Norman von einer Dienerin vergiftet worden war, der einzig wahre Punkt in ihrer Lebensgeschichte sein könnte. Er sagte jedoch nichts, sondern wartete geduldig darauf, dass sie weitersprach.

»Rudolph MacLeod war auf Java stationiert, in der Kolonie Niederländisch-Indien. Der kleine Ort Ambarawa, in dem wir lebten, ist nicht weit entfernt von Semarang. Ich fühlte mich nicht wohl dort. Es war ein langweiliges Kaff und auch das Klima machte mir zu schaffen. Gegen Ende des gleichen Jahres wurde Rudolph jedoch zum Major befördert und nach Malang ersetzt – eine Stadt, die sich im Osten Javas befindet. Dort war das Leben wesentlich angenehmer, dort wurde im Mai 1898 meine Tochter Non geboren und dort hatte ich meinen ersten öffentlichen Auftritt. Anlässlich der Feierlichkeiten zur Thronbesteigung Königin Wilhelminas durfte ich in einem Schauspiel mitwirken. Ein Jahr später wurde Rudolph abermals versetzt – diesmal in die Stadt Medan in der Provinz Nord-Sumatra.

Durch den Umzug haben wir uns einige Zeit nicht gesehen, uns dafür aber in unseren Briefen heftig gestritten. Er hat mir ständig vorgeworfen, zu viel Geld auszugeben, und war außerdem übermäßig eifersüchtig. Das mit dem Geld stimmte vielleicht sogar, aber betrogen habe ich ihn kein einziges Mal. Mich hat es nicht gestört, dass er um so vieles älter war. Ihn hingegen schon. In jedem jungen Mann, der aus welchen Gründen auch immer meinen Weg kreuzte, hat er einen Nebenbuhler gesehen. Auf jeden Fall entfremdeten wir uns in dieser Zeit mehr und mehr. Ja, und dann geschah das schrecklichste, was mir in meinem Leben widerfahren ist: Ich verlor meinen Sohn.«

Ihre Stimme zitterte leicht.

»Norman war vier Jahre alt, als er an den Folgen einer Vergiftung qualvoll ums Leben kam. Wenige Wochen später starb eine Dienerin und beichtete ihrer Familie auf dem Sterbebett, dass sie Normans Essen vergiftet hatte, um sich an meinem Mann zu rächen. Angeblich hätte er ihren Freund zu Unrecht bestraft. Ich war fassungslos und nur froh, dass Non nichts passiert war. Da ich sie noch stillte, blieb ihr Normans Schicksal Gott sei Dank erspart.«

Mata Hari verstummte. Blicklos starrte sie in eine Ecke des kleinen ungemütlichen Raumes. Das intensive Eintauchen in ihre Vergangenheit war für sie offensichtlich ein sehr schmerzhafter Prozess.

Henri ließ ihr Zeit sich zu sammeln.

»Wollen wir für heute Schluss machen?«, fragte er schließlich leise.

Verständnislos sah sie ihn an. Gedanklich musste sie weit fort gewesen sein, und in ihren großen dunklen Augen standen Tränen.

Henri erhob sich, ging um den kleinen Tisch herum und kniete neben ihrem Stuhl nieder. »Kann ich irgendetwas tun, um Sie zu trösten?«

Sie schüttelte den Kopf, schluchzte leise auf und lehnte ihren Kopf an seine Schulter. Mitleidig nahm Henri sie in die Arme und hielt sie schweigend, bis sie sich wieder gefasst hatte.

»Entschuldigen Sie«, sagte sie und richtete sich auf, ließ aber seine Hand, die noch immer die ihre hielt, auch weiterhin nicht los.

»Durch den Tod Normans wurde unsere, ohnehin bereits kriselnde Ehe, noch weiter belastet«, nahm sie ihren Bericht wieder auf. »Es gab keinen Tag mehr, an dem wir nicht stritten. Rudolph war 44 Jahre alt, ich gerade einmal 24, als er aufgrund seiner angeschlagenen Gesundheit in den Ruhestand versetzt wurde. Wir hätten nun nach Europa zurückgehen können, was ich auch unbedingt wollte. Rudolph hingegen beabsichtigte, in Asien zu bleiben. Sein Pensionssold war nicht sonderlich hoch, und in Amsterdam wäre es schwieriger gewesen, von dem bisschen Geld zu leben. Also gingen wir zunächst zurück auf die Insel Java. Zwei Jahre später kehrten wir dann aber doch heim, mussten allerdings wieder bei Schwägerin Frida wohnen. Dort stritten wir uns weiter – bis zu unserer Scheidung im August 1902. In dem Prozess wurden mir das Sorgerecht für Non und ein monatlicher Unterhalt zugesprochen, den Rudolph allerdings nicht zahlte. Eine Weile versuchte ich, meine Tochter und mich alleine durchzubringen, aber ich fand keine Arbeit, die es mir erlaubt hätte, mich um mein Kind zu kümmern *und* ausreichend Geld zu verdienen. Schließlich gab ich auf, brachte Non zu ihrem Vater, der inzwischen wieder geheiratet hatte, und ging nach Paris. Dort sollte es für jedermann Arbeit geben, hieß es. Nun, das mochte auch stimmen. Wenn ich bereit gewesen wäre, in eine Fabrik zu gehen oder als Dienstmädchen mein Leben zu fristen, hätte ich gewiss bald eine Anstellung gefunden. Aber nun, da ich nicht mehr für meine Tochter, sondern nur noch für mich sorgen musste, wollte ich versuchen, einen anderen Weg einzuschlagen. Als Schauspielerin zum Beispiel oder als Tänzerin. Und dann hörte ich von einem neuen Traumberuf, den man in Paris, der Stadt der Mode, ergreifen konnte: den eines Mannequins. Renommierte Modeschöpfer wie Worth und Cartier ließen ihre Kreationen seit Neuestem in Hausmodenschauen von schönen Frauen präsentieren, die auch für Modezeitschriften und Kataloge fotografiert wurden.

Leider gab es mehr schöne Frauen in Paris als freie Mannequinstellen. Man brauchte Beziehungen, um einen dieser begehrten Arbeitsplätze zu bekommen – und die hatte ich nicht. Um mich über Wasser zu halten, saß ich schließlich verschiedenen Malern Model.

Immerhin stellte ich recht schnell fest, dass die feine Pariser Gesellschaft der Belle Époque für alles Orientalische, insbesondere Indische, schwärmte und stets auf der Suche nach exotischer Unterhaltung war. Also dachte ich mir die Geschichte der indischen Tempeltänzerin aus und begann, die dazu passenden Kostüme und Tänze zu entwerfen. Das fiel mir nicht sonderlich schwer. Schließlich hatte ich lange genug in Asien gelebt.

Da ich wirklich gut sein wollte, bevor ich mit meiner Kunst an die Öffentlichkeit ging, investierte ich zwei Jahre für die Entwicklung meiner Fantasiefigur, für die Choreografie der angeblich heiligen Tänze und für die Herstellung der dazugehörigen Kostüme. Erst als ich alles für perfekt hielt, machte ich mich auf die Suche nach einem Engagement. Angst davor aufzufliegen, musste ich keine haben. Es gab in der westlichen Welt nur sehr wenige Fachleute für indische oder javanische Tänze. Bis heute gilt meine exotische Herkunft und meine Kindheit als Tempeltänzerin in der Öffentlichkeit übrigens als unzweifelhafte Tatsache.

Meinen ersten Auftritt hatte ich in einem Lokal auf dem Montmartre. In der Ankündigung hieß es: Lady MacLeod – eine Tempeltänzerin aus dem Fernen Osten – präsentiert einen spektakulären indischen Schlangentanz. Gleich die erste Aufführung wurde ein großer Erfolg und brachte mir die Aufmerksamkeit Madame Kiréevskys, einer reichen russischen Emigrantin, die einen bekannten Privatsalon führte. Die handverlesene Pariser Gesellschaft, die dort verkehrte, war hingerissen von meiner Darbietung. Besonders der Industrielle Émile Guimet zeigte sich begeistert und engagierte mich vom Fleck weg für eine Vorstellung in seinem *Museum der asiatischen Künste* an der Place d'Iéna. Dort zeigte ich im März 1905 meine selbst kreierten indischen Tempeltänze und feierte einen weiteren Triumph. Die Hautevolee von Paris, verwöhnt, übersättigt und gelangweilt, war stets auf der Suche nach neuen Attraktionen. Freizügige Nackttänzerinnen gab es zwar bereits zur Genüge, aber eine exotische Tempeltänzerin, die sich entkleidete, als verrichte sie ein Gebet, die dabei hocherotisch aber nicht ordinär wirkte, war tatsächlich etwas Neues. Man jubelte mir begeistert zu, wenn ich in scheinbar religiöser Ekstase Schleier um Schleier abwarf und schließlich selbstentrückt und hüllenlos vor der Statue eines exotischen Gottes zu Boden sank. Man hielt meinen Nackttanz – den ich zugegebenermaßen perfekt beherrschte – für ein Gebet und ein Kunstereignis zugleich. Und eben diese Sichtweise ermöglichte mir meine erstaunliche Karriere. Übrigens war es Émile Guimet, der mir zu einem Künstlernamen riet. Und seit diesem Abend, an dem ich meinen ersten Auftritt in seinem asiatischen Museum absolvierte, nannte ich mich Mata Hari – das bedeutet, wörtlich übersetzt, Auge des Tages.«

Sie verstummte. Und da Henri noch immer neben ihrem Stuhl kniete und ihre Hand hielt, legte sie erneut ihren Kopf auf seine Schulter.

»Ich bin sehr müde.«

»Es ist gut«, antwortete er mit leiser, fast zärtlicher Stimme. »Wir machen Schluss für heute. Soll ich sofort nach der Oberin klingeln oder brauchen Sie noch ein paar Minuten, um sich zu sammeln?«

»Ja, bitte«, nickte sie erschöpft. »Nur einen Augenblick.« Und mit einem kleinen Lächeln fügte sie hinzu: »Die Wahrheit – sie kann sehr anstrengend sein.«

Der nächste Tag – man schrieb den 25. Februar 1917 – war kalt und klar.

Mata Hari fröstelte in ihrer Zelle. Da sie keine gewöhnliche Gefangene war und für ihren Aufenthalt im Saint-Lazare bezahlen musste, wurden ihr monatlich Heizungskosten abgezogen. Aber es war aufwendig, das alte Gemäuer warm zu bekommen, und in ihrer Zelle herrschten selten mehr als 16 Grad.

Auch für die Verpflegung musste sie bezahlen. Dafür war sie ganz annehmbar. Zum Frühstück reichte man ihr für gewöhnlich Kaffee und eine Consommé. Und genau darauf wartete sie nun sehnsüchtig in der Hoffnung, sich damit ein wenig aufwärmen zu können.

Hallende Schritte, das Rasseln von Schlüsseln und das Öffnen und Schließen von Zellentüren kündigten Schwester Auréa an. Sie besorgte die Küche des Saint-Lazare und verteilte die Mahlzeiten für gewöhnlich selbst.

Langsam kamen die Geräusche näher. Jetzt befand sich die Ordensschwester bereits in der Nachbarzelle. Erwartungsvoll sah Mata Hari zur Tür, hörte dann aber die Schritte Auréas vorbeigehen. Hatte man sie vergessen?

Die Tänzerin sprang von ihrer Pritsche und lief zur Tür, um sich bemerkbar zu machen, als ihre Zelle geöffnet wurde. Es war Schwester Léonide.

»Folgen Sie mir, Kind«, sagte die Oberin. »Ihr Anwalt möchte Sie sprechen.«

»Aber … aber ich hatte noch kein Frühstück«, gab Mata Hari überrascht zurück. »Bitte, ich habe Hunger und mir ist so kalt.«

»Folgen Sie mir«, wiederholte Léonide streng, doch ihr kleines Augenzwinkern ließ die Tänzerin neugierig werden. Ohne weitere Fragen zu stellen, kam sie der Aufforderung nach.

Als sie wenig später das Besucherzimmer betrat, erhob sich Henri sofort und lächelte ihr entgegen. Bevor er sie jedoch begrüßte, wandte er sich an die Oberin.

»Vielen Dank, Schwester Léonide. Ich weiß Ihr Entgegenkommen sehr zu schätzen.«

»Ich habe keine Ahnung, wovon Sie sprechen, Monsieur«, entgegnete die Nonne leise schmunzelnd. »Ich bringe Ihnen lediglich Ihre Mandantin. Ansonsten habe ich weder etwas gesehen noch gehört.« Mit einem freundlichen Nicken schloss sie die Tür hinter sich.

Verständnislos sah Mata Hari ihren Anwalt an. »Um was geht es?«, wollte sie wissen, doch dann sah sie den gedeckten Tisch. Kaffee und die unvermeidliche Consommé – aber auch Käse, Schinken und ein herrlich duftendes Omelett.

Die Tänzerin schrie vor Begeisterung leise auf. »Henri, was für eine großartige Idee.«

Ohne sich lange bitten zu lassen, nahm sie Platz und begann, mit Heißhunger zu essen.

»Es ist einfach köstlich«, stellte sie ungeniert und mit vollem Mund fest. »Vielen Dank für diese wunderbare Überraschung.«

»Gern geschehen«, lächelte er. »Ich will doch, dass meine Mandantin ausreichend gestärkt ist, wenn sie mir den zweiten Teil ihrer Lebensgeschichte erzählt.«

»Ah, daher weht der Wind«, grinste sie, aß mit großem Appetit alles bis zur letzten Krume auf und lehnte sich dann zurück. »Und jetzt hätte ich gerne eine Zigarette. Bitte.«

Sofort zog Henri ein Päckchen aus seiner Jackentasche, bot ihr eins der Stäbchen an und gab ihr Feuer.

»Danke sehr«, sagte sie und nahm einen tiefen Zug. »Bringen wir es also hinter uns. Wo habe ich aufgehört? Ach ja, im Musée Guimet.«

Sie überlegte einen Augenblick und fuhr dann mit ihrem Bericht fort: »Von da an ging es steil nach oben. Ich wurde bei den Rothschilds eingeladen, bei der Schauspielerin Cécile Sorel, bei Gaston Menier, dem Erben der großen Schokoladendynastie, und bekam schließlich ein Engagement im Théâtre du Trocadéro. Dort sah mich der berühmte Impressario Gabriel Astruc. Er wurde mein Manager und verschaffte mir Auftritte im L'Olympia.

Ich wurde – ohne zu übertreiben – zur Sensation und war in aller Munde. Die Zeitungen schrieben über mich, die Kritiker lobten mich in den höchsten Tönen und ganz Paris wollte mich sehen. Als ich im L'Olympia zur Hauptattraktion wurde, begann mein Siegeszug als gefeierte Tänzerin endgültig. Ein Engagement jagte das andere. Die größten Varietés buchten mich und mein Bild prangte als Werbung auf Postkarten, Keksdosen und Pralinenschachteln. 1906 kamen die ersten Anfragen aus dem Ausland. Mein Agent schloss für mich Verträge in Madrid, Monte Carlo und Wien ab. Überall, wo ich auftauchte, jubelte man mir zu, und die Zeitungen überboten sich gegenseitig mit fantastischen Geschichten über mich. Einmal sollte ich die Tochter einer indischen Prinzessin sein, ein anderes Mal die Enkelin eines indonesischen Königs. Weder dementierte ich derartige Berichte noch bestätigte ich sie, sondern gefiel mir auch weiterhin in der Rolle der geheimnisvollen Tempeltänzerin.

1907 hatte ich meinen ersten Auftritt im Varieté Wintergarten in Berlin – mit großem Erfolg. In einem Zeitungsinterview gab ich zu, mit einem deutschen Offizier liiert zu sein und sogar mit ihm zusammenzuleben. Tatsächlich hatte ich jedoch über Monate eine ziemlich leidenschaftliche Affäre mit Kronprinz Wilhelm, dem Sohn des deutschen Kaisers.«

Henri verzog das Gesicht. »Oh, oh. Weiß Bouchardon davon? Das würde er bestimmt als Indiz für Ihre Spionagetätigkeit sehen.«

Mata Hari zuckte mit den Schultern. »Ich habe seit Jahren keinen Kontakt mehr zum Kronprinzen und keine Ahnung, was Bouchardon weiß. Wenn er aber tatsächlich im Besitz abgehörter Funksprüche ist, in denen es um mich geht, wird er meine Schuld ohnehin für erwiesen halten. Und ich bin mir sicher, dass er solche Telegramme in den Händen hält. Woher sonst sollte er meinen Decknamen H 21 kennen?«

Henri war nicht überzeugt. »Selbst wenn ihm derartige Funksprüche vorliegen – woher will er wissen, wer sich hinter H 21 verbirgt? Decknamen werden doch benutzt, damit man die Agenten eben nicht identifizieren kann.«

Er goss seiner Mandantin und sich eine weitere Tasse Kaffee ein und meinte dann seufzend: »Nein, nein. Wir können es drehen und wenden, wie wir wollen – wir brauchen ganz dringend die Akteneinsicht. Bis die aber vorliegt, können wir nichts Sinnvolleres tun, als mit Ihrer Geschichte fortzufahren. Erzählen Sie also weiter, bitte.«

Mata Hari nickte, nahm einen Schluck Kaffee und folgte dann seiner Aufforderung: »Nach meinem Aufenthalt in Berlin kam ich nach Paris zurück. Allerdings nur für kurze Zeit, denn ich wollte mich noch einmal heimlich mit dem Kronprinzen treffen. Offiziell reiste ich mit dem deutschen Offizier, meinem angeblichen Liebhaber, nach Ägypten, um die dortigen religiösen Tänze zu studieren.

Als ich erneut nach Paris zurückkehrte, musste ich feststellen, dass es von Künstlerinnen, die mich und meine Tänze kopierten, nur so wimmelte. Sicher bin ich nicht objektiv, aber ich konnte mich behaupten, weil diese Tänzerinnen einfach nicht meine Klasse besaßen – schließlich war ich das Original, sie lediglich der Abklatsch. Schnell erhielt ich wieder Engagements – in Paris aber auch im Ausland. Nach einer längeren Affäre mit einem verheirateten Bankier feierte ich im Dezember 1911 den Höhepunkt meiner Karriere: ein Engagement an der Mailänder Scala. Unter anderem tanzte ich dort die Venus in dem Ballett *Bacchus und Gambrinus*. Normalerweise wurde die Rolle mit Blondinen besetzt. Zuschauer und Kritiker zeigten sich jedoch von meiner *Schwarzen Venus* sehr begeistert. Es war eine schöne Zeit in Italien.

Als ich nach Frankreich zurückkam, bezog ich eine kleine, aber charmante Villa im Westen von Paris, die mir mein Bankier zum Abschied geschenkt hatte. Dort lebte ich allein, nur mit meinem Dienstmädchen, einer Niederländerin namens Anna Lintjes. Wir verstanden uns sehr gut, waren fast Freundinnen. Daher bat ich Anna eines Tages in die Niederlande zu fahren und nach meiner Tochter Non zu sehen. Seit einiger Zeit kamen nämlich die Briefe, die ich ihr sandte, ungeöffnet zurück. Und auch Anna kehrte unverrichteter Dinge heim. Sie hatte Non nicht sprechen dürfen. Mein Exmann habe jetzt das alleinige Sorgerecht, berichtete sie, und er verbot jeden Kontakt zu mir, der unmoralischen Mutter.«

Mata Hari zögerte.

»Die ganze Wahrheit, sagen Sie? Ohne Ausnahme?«

Henri nickte. »Ohne Ausnahme.«

Sie seufzte. »Also gut. Ich habe damals versucht, meine Tochter entführen zu lassen. Nicht, um sie auf Dauer bei mir zu behalten, aber um ungestört mit ihr reden zu können. Schließlich war mein kleines Mädchen inzwischen 14 Jahre alt, und ich wollte ihre Meinung zu dem Kontaktverbot wissen. Der Versuch misslang jedoch. Daraufhin habe ich MacLeod mit Briefen geradezu bombardiert und ihn angefleht, Non sehen zu dürfen. Aber auch diese Briefe kamen alle ungeöffnet zurück. Schließlich habe ich aufgegeben. In wenigen Jahren wird meine Tochter alt genug sein, ihre eigenen Entscheidungen zu treffen, dachte ich. Als es dann aber so weit war, war es wohl zu spät. Vielleicht schämte sie sich meiner, vielleicht hatte ihr Vater sie zu sehr gegen mich aufgebracht. Jedenfalls verzichtete sie darauf, mich wiederzusehen. Und dabei ist es bis heute leider geblieben. Immerhin weiß ich, dass es ihr gut geht. Und das tröstet mich ein wenig.«

Mit der flachen Hand rieb sie sich über die Stirn, so, als wollte sie die traurigen Gedanken fortwischen. Es war offensichtlich, dass sie unter der Trennung von ihrer Tochter litt und sich nur widerstrebend in das Unabänderliche gefügt hatte.

Einmal mehr staunte Henri über die vielen Facetten dieser Frau. Sie konnte hart sein und doch so weich, sie gab sich tapfer und doch auch hilflos. Sie konnte das Blaue vom Himmel herunterlügen und dann wieder schonungslos offen sein. Sie erregte sein Mitleid, aber auch seine Leidenschaft, seinen Unmut, aber auch seine Liebe. Er musste aufpassen, die Distanz zu wahren und sich gefühlsmäßig nicht zu sehr zu verstricken.

Wenn nur diese großen ausdrucksvollen Augen nicht wären, die sein Herz höher schlagen ließen. Oder dieses kleine Lächeln, das ihm jedes Mal weiche Knie bescherte …

Henri rief sich selbst zur Ordnung und bemühte sich, konzentriert der Fortsetzung ihres Berichtes zu lauschen.

»Ab 1913 ging es abwärts mit meiner Karriere. Zwar bekam ich immer noch Engagements, aber doch deutlich weniger. Im Mai 1914 gelang es mir, einen Vertrag mit dem Metropol-Theater in Berlin abzuschließen. Ab September sollte ich dort für ein halbes Jahr in einer Oper auftreten. Also fuhr ich zwei Monate später nach Berlin, um mir eine Unterkunft zu besorgen und mich häuslich einzurichten. Ich legte mir auch wieder einen neuen Liebhaber zu, einen Polizeioffizier mit Namen Max Griebel.

Der Ausbruch des Krieges stellte mein Leben allerdings erneut auf den Kopf. Das Metropol-Theater wurde geschlossen und mein Vertrag gelöst. Da ich länger als zehn Jahre in Frankreich gelebt hatte, galt ich in Deutschland als Französin, obwohl ich niederländische Papiere vorweisen konnte. Die Folge daraus: Mein Konto bei einer Berliner Bank wurde gesperrt, mein ganzes Vermögen beschlagnahmt – einschließlich meines Schmucks und meiner Pelze. Zudem wurde ich aus Deutschland ausgewiesen. Mein Polizeioffizier war so freundlich, mir Geld zu leihen, damit ich die Hotelrechnung begleichen und mir eine Bahnfahrkarte kaufen konnte.

Der Zug sollte über die Schweiz nach Frankreich fahren. Als die Beamten meinen Ausweis jedoch an der Grenze kontrollierten, erklärten sie ihn für ungültig, da mir eine Transiterlaubnis fehlte.

Man schickte mich daher nach Berlin zurück. Und hier hatte ich, die rein gar nichts mehr besaß als das, was sie auf dem Leibe trug, Glück im Unglück: Ich traf einen Niederländer, der sich meiner erbarmte und mir eine Fahrkarte nach Amsterdam schenkte.

Dort angekommen suchte ich einen alten Freund auf, Baron Edouard van der Capellen, der bereit war, mir zu helfen. Er schickte seinen Anwalt nach Berlin und sorgte dafür, dass zumindest mein Konto wieder freigegeben wurde. Das Geld hatte ich auch bitter nötig, denn ich erhielt nur noch wenige Engagements. In einer Zeit, in der Millionen Soldaten in den Schützengräben ums Leben kamen, stand kaum jemandem der Sinn danach, eine indische Tempeltänzerin zu bewundern.

1915 war ich in akuter Geldnot, musste mein teures Hotelzimmer aufgeben und mich in einem kleinen Häuschen in Den Haag einmieten. Um es zu möblieren, ließ ich mir Möbel aus meinem Pariser Haushalt schicken. Außerdem einige Wertgegenstände, die ich veräußerte – Gemälde, silberne Tafelaufsätze. Das Geld hielt nicht lange vor. Ich konnte und wollte meinen extravaganten Lebensstil einfach nicht aufgeben und verschuldete mich immer mehr. Neue Engagements blieben aus, und zudem sehnte ich mich schrecklich nach Paris. Die Den Haager Kleinstadtatmosphäre ging mir auf die Nerven. Kurzum – meine ganze Lebenssituation erschien mir mehr als unbefriedigend.

Im November erwischte mich eine hartnäckige Erkältung und ich musste eine Weile das Bett hüten. Meine Laune war denkbar schlecht, hob sich aber, als ich einen wunderschönen Blumenstrauß von einem Mann zugesandt bekam, den ich zunächst irrtümlicherweise für einen Verehrer hielt: Carl Cramer, der deutsche Generalkonsul in Amsterdam.

Er erkundigte sich nach meinem Befinden, wünschte mir schnellste Genesung und bat mich, sobald ich dazu wieder in der Lage war, um ein Treffen – unter vier Augen und größtmöglicher Diskretion.

Ich war überzeugt davon, dass Cramer mir den Hof machen wollte, und nannte ihm einen Termin, zu dem er mich besuchen konnte. Er kam pünktlich und ich öffnete ihm selbst die Tür. Mein Dienstmädchen, Anna Lintjes, hatte ich fortgeschickt.

Wir tranken gemeinsam Tee und plauderten – über den Krieg und über mein geliebtes Paris, das auch er sehr gut kannte. Dann entstand eine Gesprächspause, während der er mich aufmerksam musterte. In diesem Augenblick begriff ich, dass er nicht gekommen war, um mir einen Krankenbesuch abzustatten, und erst recht nicht, um mein Liebhaber zu werden.

›Kann ich offen sprechen?‹, fragte er schließlich, und als ich nickte, fuhr er fort: ›Wir können uns gegenseitig große Dienste erweisen, Madame. Wissen Sie das?‹

Fragend sah ich ihn an. Doch auf das, was nun kam, war ich nicht im Geringsten vorbereitet.

›Sie wollen nach Paris zurück, und ich kann Ihnen die dafür erforderlichen Papiere verschaffen. Im Gegenzug können Sie uns interessante Informationen aus Frankreich liefern. Wenn Sie einwilligen, sind wir, der deutsche Nachrichtendienst, bereit, Ihre Schulden und zusätzlich 20.000 Franc zu zahlen. Ist das eine Offerte, über die Sie einmal nachdenken würden, Madame?‹

Ich war verblüfft. Schließlich bekommt man nicht jeden Tag das Angebot, als Spionin zu arbeiten. Aber ich war auch interessiert. Möglicherweise erschloss sich mir hier eine neue Einnahmequelle, der ich mehr als dringend bedurfte, wenn ich meinen gewohnten Lebensstil wenigstens halbwegs beibehalten wollte.

›Wie kommen Sie ausgerechnet auf mich?‹, wollte ich daher neugierig wissen.

Cramer lächelte. ›Nun Madame, im Laufe Ihrer Karriere sind Sie mit vielen einflussreichen Menschen in Kontakt gekommen – aus Gesellschaft, Politik und Militär. Darunter, wie es heißt, der ehemalige Kriegsminister Adolphe Messimy und der Generalsekretär im Außenministerium Jules Cambon, um nur zwei Beispiele zu nennen.‹

Fragend sah er mich an, während ich seine Informationen mit einem Kopfnicken bestätigte.

Zufrieden fuhr er fort: ›Wenn Sie wieder in Paris sind, können Sie die Bekanntschaften gewiss erneuern und auf diesem Wege ohne Aufwand Dinge erfahren, die für uns von großem Interesse sein dürften. Im Krieg ist alles von Bedeutung. Bringen Sie die Leute zum Reden, hören Sie aufmerksam zu und – erstatten Sie mir Bericht. Das ist keine schwere Aufgabe.‹

Ich gab ihm recht. Allerdings waren 20.000 Franc auch nicht allzu viel Geld. Er versicherte mir jedoch, dass es sich dabei lediglich um einen Vorschuss handelte. Würde ich gute Dienste leisten, könne ich bekommen, was ich wolle. Seine Regierung wäre diesbezüglich sehr großzügig.

Ich bat mir Bedenkzeit aus. Schließlich war die Idee, als Spionin tätig zu werden, noch sehr neu – und dann auch noch für die Deutschen, die mich bei Kriegsausbruch so rüpelhaft behandelt hatten. Letztendlich entschied ich mich jedoch bereits einen Tag später, das Angebot anzunehmen. Hatte ich eine andere Wahl? Ich musste doch irgendwie Geld verdienen.«

Henri konnte nur den Kopf über so viel Naivität schütteln.

»Gewiss hätte es andere Möglichkeiten gegeben, als ausgerechnet eine Spionin für das Deutsche Kaiserreich zu sein. Wer sich in Gefahr begibt, kommt darin um – kennen Sie das Sprichwort?«

Sie zuckte mit den Schultern. »Ich habe ehrlich gesagt überhaupt keine Gefahr gesehen. Ich wollte das Geld und ich wollte zurück nach Paris. Alles andere war mir egal. Ob ich jemals Informationen aufschnappen würde, die für die Deutschen interessant wären, wusste ich doch noch gar nicht – und ich habe dazu auch keine Versprechungen abgegeben.«

Sie griff nach ihrer Tasse. Der Kaffee war inzwischen kalt geworden. Dennoch nahm sie einen Schluck, bevor sie weiter erzählte: »Bevor ich nach Paris durfte, wurde ich jedoch zunächst nach Köln beordert. Dort erwartete mich der Chef des militärischen Nachrichtendienstes, Walter Nicolai, und eine Agenten-Ausbildung. Unter anderem brachte man mir das Schreiben mit Geheimtinte bei – ein kompliziertes Verfahren, für das drei verschiedene chemische Stoffe benötigt werden. Zum Abschied bekam ich drei Ampullen dieser Substanzen, die ich aber bei erster Gelegenheit fortwarf …«

Henri unterbrach ihren Bericht an dieser Stelle: »Kann ich daraus schließen, dass das Quecksilbersalz, an dem Untersuchungsrichter Bouchardon so ein großes Interesse gezeigt hat, von Ihnen tatsächlich nicht als Geheimtinte verwendet wurde?«

»Ganz genau«, bestätigte sie entschieden. »Es diente einzig und allein dem Zweck, den ich Bouchardon gegenüber auch zugegeben habe: für Waschungen nach dem Geschlechtsverkehr – zur Desinfektion und Empfängnisverhütung. Dass es auch als Geheimtinte verwendet werden kann, wusste ich nicht einmal. Und wenn ich es gewusst hätte, hätte es mich nicht interessiert. Ich habe niemals einen geheimen Brief an einen Angehörigen des deutschen Nachrichtendienstes geschrieben.«

Während Henri sich Notizen machte, nahm die Tänzerin ihren Bericht wieder auf.

»Bevor ich Köln verließ, erhielt ich einen Decknamen – H 21 – und einige Kontaktadressen. Neben Cramer in Den Haag befand sich auf der Liste auch ein gewisser Major Arnold Kalle, der in der Agentenzentrale der deutschen Botschaft in Madrid saß und ein Tabakladen in Paris, in der Nähe des Gare du Nord, der als sogenannter Briefkasten fungieren sollte. Dorthin konnte ich meine Informationen bringen, die dann entsprechend weitergeleitet würden. Ich bin jedoch nicht ein einziges Mal in diesem Laden gewesen.

Dann schickte man mich nach Den Haag zurück. Dort händigte Cramer mir die Quittungen für meine beglichenen Schulden, 20.000 Franc, und die Papiere für meine Reise nach Paris aus. Der offizielle Grund für diese Reise: die endgültige Auflösung meines Pariser Haushalts.

Leider war eine direkte Fahrt auf kürzestem Weg in diesen Kriegszeiten nicht möglich. Um von Den Haag aus nach Paris zu gelangen, musste ich erst mit dem Schiff nach England und von dort aus nach Frankreich, um die lange Front, die sich durch halb Europa zog und den Weg versperrte, zu umgehen.

Als ich endlich in Paris eintraf, wurde ich jedoch enttäuscht. Die Stadt hatte sich verändert. Cafés, Restaurants und Theater waren geschlossen, die Männer an der Front, die Frauen in Schwesterntracht. Die Belle Époque mit ihrer Heiterkeit, ihrer Unbeschwertheit und ihren zahlreichen Vergnügungen gehörte endgültig der Vergangenheit an. Trotzdem fühlte ich mich in Paris wesentlich wohler, als in Den Haag. Ich amüsierte mich, so gut es ging, nahm Kontakt zu meinem Manager Gabriel Astruc auf und versuchte Engagements zu bekommen. Meine eigentliche Aufgabe, für die Deutschen zu spionieren, verdrängte ich darüber völlig. Irgendwann erinnerte mich Cramer jedoch. Er wollte Informationen – und ich lieferte sie: Gerüchte, die ich irgendwo aufgeschnappt hatte, Vorkommnisse an der Front, von denen ich in der Zeitung las, und vor allem Salonklatsch, den ich ein wenig aufbauschte, um ihn interessanter klingen zu lassen. Zum Beispiel ging es dabei um das schlechte Verhältnis zwischen den Engländern und den Franzosen, die zwar miteinander verbündet waren, sich aber im Grunde nicht leiden konnten.

Kurz nach Weihnachten musste ich Paris wieder verlassen. Mein Haushalt war aufgelöst und in zehn Packkisten verstaut.

Wegen anhaltender Kampfhandlungen hatte ich diesmal, um nach Den Haag zurückkehren zu können, einen wesentlich größeren Umweg in Kauf zu nehmen. Ich reiste nach Südfrankreich und von dort mit dem Schiff nach Spanien. In Madrid sollte ich Major Kalle aufsuchen, um ihm persönlich Bericht zu erstatten. Die Deutschen waren nicht wirklich zufrieden mit mir und meinen gelieferten Informationen, aber ich gelobte Besserung.

Von Madrid fuhr ich mit dem Zug nach Vigo und von dort mit dem Schiff nach Southampton. Bei der dortigen Passkontrolle wurde ich jedoch verhaftet und nach London gebracht, wo ich Sir Basil Thompson, dem Leiter des britischen Spionageabwehrdienstes Secret Service, vorgeführt wurde. Schnell stellte sich heraus, dass es sich bei der Verhaftung um eine Verwechslung handelte, sodass man mich wieder laufen ließ. Schließlich landete ich wohlbehalten in Den Haag.

Da ich den Deutschen natürlich in Frankreich nützlicher war als in den Niederlanden, verschafften sie mir bald darauf eine neue Möglichkeit, nach Paris zu kommen. Wieder musste ich den weiten Umweg über Spanien nehmen, der sich diesmal allerdings ohne Probleme bewerkstelligen ließ – bis ich in Hendaye an die spanisch-französische Grenze kam. Dort durchsuchte man auffallend gründlich mein Gepäck. Als sich darin nichts von Bedeutung finden ließ, unterzog man mich einem ausgiebigen Verhör, in dem es vor allem um meine Herkunft ging. Letztendlich verweigerte man mir die Einreise nach Frankreich aus Gründen, die ich bis heute nicht nachvollziehen kann. Vermutlich war es die Entscheidung eines kleinen Grenzbeamten, der sich wichtigmachen wollte. Also setzte ich ein Schreiben an meinen alten Freund Jules Cambon auf, der als Generalsekretär im Außenministerium tätig war, und ging damit am nächsten Tag erneut an die Grenze. Ich erklärte den Beamten in aller Deutlichkeit, dass sie mit großem Ärger zu rechnen hätten, wenn ich diesen Brief abschickte, und sie sich und mir viele Unannehmlichkeiten ersparen könnten, wenn sie mich passieren ließen. Das wirkte und ich durfte meine Reise nach Paris fortsetzen.

Dort angekommen traf ich einen alten Bekannten wieder: Jean Hallaure. Als Kavallerieleutnant war er gleich zu Beginn des Krieges schwer verletzt worden und daher vom aktiven Dienst befreit. Wir hatten uns, Jahre zuvor, bei einem meiner Auftritte in den Folies Bergère kennengelernt. Zwar erinnerte ich mich nur vage an ihn – er sich hingegen sehr gut an mich. Daher erzählte er mir, dass der Besitzer des Folies Bergère mit dem Gedanken spielte, sein wegen des Krieges geschlossenes Revuetheater wieder zu eröffnen. In diesem Zusammenhang habe man ihn, Hallaure, damit beauftragt, nach zugkräftigen Künstlern für eine sensationelle Eröffnungsshow zu suchen. Und als er erfahren habe, dass ich in der Stadt sei, habe er dabei natürlich sofort an mich gedacht.

Ein Engagement! Ich war begeistert. Erst später erfuhr ich, dass Hallaure für die französische Spionageabwehr tätig und auf mich angesetzt worden war. Er sollte herausfinden, ob ich mit meinen internationalen Kontakten als Agentin für Frankreich taugte. Er war es auch, der mich schließlich mit Major Georges Ladoux, dem Leiter des Deuxième Bureau, bekannt machte.

Ich ließ Ladoux ein wenig zappeln. Dreimal bat er mich um ein Treffen, bis ich mich endlich bereiterklärte, für die französische Spionageabwehr tätig zu werden. Jedoch ausschließlich zu meinen Bedingungen.

Ich hatte Verbindungen zu Moritz von Bissing, dem Generalgouverneur des von den Deutschen besetzten Belgiens. Dort wollte ich tätig werden – allerdings nicht für etliche Monate und für irgendwelche Kleinigkeiten. Die deutschen Aufmarschpläne wollte ich auskundschaften. Ja, es sollte ein spektakulärer Coup werden, ein einziger und dann würde ich wieder verschwinden. Wenn ich mit meinem Vorhaben scheiterte, würde ich auf eine Bezahlung verzichten. War ich jedoch erfolgreich, hatte das Deuxième Bureau eine Million Franc an mich zu zahlen. In beiden Fällen, so forderte ich, sollte der französische Geheimdienst meinen Namen vergessen und mich für den Rest meines Lebens nicht mehr behelligen.

Das waren meine Bedingungen und Ladoux, mit dem ich zuletzt ein sehr freundschaftliches Verhältnis pflegte, akzeptierte sie allesamt.

So weit so gut. Die Sache hatte nur einen Schönheitsfehler: Da ich ein Erfolgshonorar vereinbarte, weigerte sich Ladoux, mir einen Vorschuss zu zahlen – und ich war schon wieder völlig pleite. Irgendwie musste ich aber meine Kosten decken – für die Reise und neue Kleider. Immerhin wollte ich den deutschen Generalgouverneur in Belgien erobern und musste dafür hinreißend aussehen. Da mir nichts Besseres einfiel, setzte ich mich schließlich mit Carl Cramer in Amsterdam in Verbindung, also dem Mann, der mich für den deutschen Nachrichtendienst angeworben hatte und …«

Ungläubig unterbrach Henri an dieser Stelle ihren Bericht: »Um als Agentin für das Deuxième Bureau tätig werden zu können, ließen Sie sich vom deutschen Geheimdienst bezahlen? Sind Sie … sind sie verrückt?«

Für einen Augenblick sah sie ihn verwirrt an, so, als wäre ihr noch immer nicht bewusst, in was für eine gefährliche Situation sie sich mit ihrem Handeln selbst manövriert hatte. Doch dann zuckte sie mit den Schultern.

»Es ist Krieg. Die ganze Welt ist verrückt. Ich habe

nur versucht, für mich das Beste aus diesem Irrsinn herauszuholen. Hätte mein Plan funktioniert, wäre ich für viele Jahre versorgt gewesen. Ich hätte mich nicht mehr um Engagements sorgen oder als Mätresse reicher Galane aushalten lassen müssen. Die Aussicht auf ein vollkommen unabhängiges Leben hat mich vermutlich so sehr gelockt, dass ich die Risiken überhaupt nicht gesehen habe.«

Henri schüttelte den Kopf. »Man spielt nicht ungestraft mit den Geheimdiensten zweier verfeindeter Staaten«, stellte er vorwurfsvoll fest. »Wozu das führt, sehen wir jetzt.« Dann wurde er jedoch schnell wieder sachlich. »Und wie ging die Geschichte weiter?«

Mata Hari seufzte. »Das Ende ist schnell erzählt«, sagte sie. »Cramer schickte Geld und am 5. Oktober 1916 verließ ich Paris, um mit dem Zug via Madrid nach Vigo zu fahren. Dort schiffte ich mich nach Rotterdam ein, sollte mein Ziel aber nicht erreichen. Ein britisches Kriegsschiff stoppte die Hollandia und eskortierte sie nach Falmouth, wo die Papiere der Passagiere kontrolliert und ihr Gepäck gründlich durchsucht wurden. Ich weiß nicht, wem oder was sie auf der Spur waren, aber gefunden haben sie offensichtlich nichts. Die Hollandia durfte ihre Fahrt schließlich fortsetzen – allerdings ohne mich. Ich wurde nach Spanien, ohne Nennung von Gründen, zurückgeschickt. In Madrid suchte ich meine Kontaktperson, den deutschen Militärattaché Major Arnold Kalle, auf. Da ich nicht nach Belgien kam, versuchte ich, von ihm Informationen zu bekommen. Ich wurde seine Geliebte und da er mir offensichtlich vertraute, verriet er mir einige sorgsam gehütete Geheimnisse, die ich über die französische Botschaft an Ladoux weitergab. Dabei ging es zum Beispiel um deutsche Truppen, die in Unterseebooten nach Marokko transportiert wurden, um die Standorte der Betankungsanlagen für diese U-Boote und um einen gewissen Baron von Roland, der seit Neuestem als Leiter des deutschen Spionagenetzes in Barcelona eingesetzt worden war.

Anfang Januar 1917 reiste ich in der festen Überzeugung nach Paris zurück, meinen Teil der Vereinbarung mit dem Deuxième Bureau erfüllt zu haben. Ich wollte Ladoux aufsuchen, erfuhr jedoch, dass er auf Reisen sei. Gleich nach seiner Rückkehr würde er sich mit mir in Verbindung setzen, hieß es. Bevor es dazu kommen konnte, wurde ich jedoch verhaftet und hierhergebracht. Den Rest der Geschichte kennen Sie.«

Tailleur nickte und begann, seine Notizen zusammenzupacken.

»Ich möchte die Geduld der Barmherzigen Schwestern nicht noch länger strapazieren«, sagte er. »Sie haben uns jetzt bereits mehrere Stunden in Ruhe gelassen, und auch die Besuchszeiten für Anwälte haben Grenzen. Darum werde ich mich gleich verabschieden.«

Mata Hari wusste, dass er recht hatte. Dennoch graute ihr vor dem Abschied und dem Augenblick, in dem sie in ihre Zelle zurückgeführt werden würde. In seiner Gegenwart fühlte sie sich seltsam wohl und geborgen, ohne ihn dagegen hilflos und verloren.

»Werden … werden Sie bald wiederkommen?«, wollte sie bedrückt wissen.

Er erhob sich und schloss seine Aktentasche. »Aber natürlich«, versicherte er, mied dabei aber ihren Blick. Auch ihm fiel es nicht leicht zu gehen und sie in dieser Umgebung allein zurückzulassen. Abgesehen davon konnte er nicht leugnen, dass sich zwischen Ihnen – bedingt durch die langen offenen Gespräche – eine gewisse Vertrautheit eingestellt hatte. Und sie machte den Abschied weiß Gott nicht leichter.

»Ach ja, da fällt mir ein, ich soll Ihnen herzliche Grüße von einer gewissen Anna Lintjes ausrichten«, lenkte er ab.

Überrascht sah sie auf. »Von Anna? Ja ist sie denn noch immer in Paris?«

Henri nickte. »Die Zeitungen haben natürlich von Ihrer Festnahme berichtet – ebenso wie über die Tatsache, dass Maître Clunet Ihre Verteidigung übernommen hat. Dadurch ist sie auf uns aufmerksam und in der Kanzlei vorstellig geworden. Sie ist in großer Sorge um Sie und hat sich daher erkundigt.«

»Ja, sie ist eine treue Seele«, entgegnete die Tänzerin gerührt. »Aber wenn Sie Anna noch einmal sehen, richten Sie ihr bitte aus, dass sie unbedingt in mein Haus nach Den Haag zurückkehren soll. Dort ist etwas Bargeld versteckt. Sie weiß schon wo. Davon kann sie eine Weile sorgenfrei leben. Und ich werde ihr folgen, sobald ich hier raus bin.«

Sie lauschte ihren eigenen Worten nach und sah dann ängstlich zu ihm auf.

»Ich komme hier doch wieder raus, irgendwann, oder?«

Er zog die Klingel, um die Schwestern zu verständigen, dass er zu gehen wünschte. Dann wandte er sich mit ernstem Gesicht nach ihr um. »Ich verspreche Ihnen, dass ich alles in meiner Macht stehende tun werde, um schnellstens dafür zu sorgen«, erwiderte er. Fast klangen seine Worte wie ein Schwur.

Sie blickten einander an – vertraut, liebevoll und verlangend zugleich.

Und plötzlich schien es das Selbstverständlichste auf der Welt zu sein, aufeinander zuzugehen und sich zu umarmen.

Ihre Lippen fanden sich.

Der erste Kuss war zart, liebevoll.

Der zweite voller Leidenschaft und Verzweiflung. Wie Ertrinkende klammerten sie sich aneinander – bis das knirschende Geräusch des im Schloss gedrehten Schlüssels laut wurde.

Hastig fuhren sie auseinander.

»Ich liebe dich«, sagte er leise.

Dann wurde die Tür von Schwester Léonide geöffnet.

Henri nickte ihr noch einmal zu und folgte dann der Oberin.

Mata Hari blieb alleine zurück.

4. KAPITEL – DER PLAN

Mata Hari hatte es befürchtet und vorausgeahnt. Bevor ihren Anwälten die beantragte Akteneinsicht gewährt wurde, lud Capitaine Pierre Bouchardon sie zu einem weiteren Verhör in das Palais de Justice auf der Île de la Cité.

Als sie an diesem Vormittag in das Büro des Untersuchungsrichters geführt wurde, hatte sie also nicht die geringste Ahnung, was er wusste, was er beweisen konnte und was sie demzufolge sinnvollerweise zugeben sollte und was nicht.

»Zeige dich kooperativ, aber bleib vorsichtig«, hatte ihr Anwalt Eduart Clunet gewarnt. »Auf banale Fragen kannst du antworten. Du darfst dich nur nicht selbst belasten und auf keinen Fall Geständnisse ablegen. Wenn du gar nicht weiter weißt, verweigerst du einfach die Aussage. Das wird man zwar gegen dich auslegen, ist aber noch immer besser, als Dinge zuzugeben, die sie dir nicht beweisen können. Hast du das verstanden?«

Natürlich hatte sie begriffen. Dennoch beschlich sie ein ungutes Gefühl, als sie Bouchardon gegenüberstand. Obwohl er sich heute freundlich, ja, fast heiter gab, wusste sie doch, dass dieses Verhalten nur Fassade war. Ein falsches oder unbedacht geäußertes Wort von ihr und er würde sich unerbittlich auf sie stürzen. Sie fühlte sich diesem Mann einfach nicht gewachsen.

»Nehmen Sie Platz, Madame«, forderte er sie auf und schlug die Akte zu, die vor ihm lag. Wenn es der Ordner war, der den Fall Mata Hari dokumentierte, hatte er in den letzten Tagen an Umfang deutlich zugenommen. Was mochte er alles enthalten? Die Unsicherheit der Tänzerin nahm zu.

Bouchardon griff nach einem Stapel Karten. Seiner üblichen Taktik folgend stellte er zunächst beiläufigere Fragen, um dann, wenn sich die Verdächtige sicher fühlte, gezielt anzugreifen. Zwar hatte er sie zu den bei ihrer Verhaftung konfiszierten Visitenkarten schon einmal befragt, aber inzwischen gab es neue Theorien, die er überprüfen wollte.

Wie zufällig zog Bouchardon nun eine Karte aus dem Stapel und deckte sie auf seinem Schreibtisch auf – so als würde er mithilfe der Chartomantik die Zukunft vorhersagen wollen.

»Was hatten Sie zu schaffen mit – Oberleutnant Henri Mége?«

Mata Hari blickte irritiert auf. Sie hatte fest damit gerechnet, dass der Untersuchungsrichter sein Verhör dort weiterführen würde, wo er bei Henris Eintritt aufgehört hatte – nämlich bei den Telegrammen, die der Militärattaché der deutschen Botschaft in Madrid, Major Arnold Kalle, an den deutschen Konsul in Amsterdam, Monsieur Carl Cramer, gesandt hatte.

»Wie bitte?«

Der Capitaine wies auf die Visitenkarte. »Oberleutnant Henri Mége. Welcher Art war der Kontakt zu ihm?«

»Henri Mége?«, wiederholte Mata Hari verwirrt. »Ich

war mal mit ihm zum Tee im Plaza. Das war unser einziger Kontakt. Er ist ein Langweiler.«

Bouchardon zog die nächste Karte und legte sie auf den Tisch. »Hauptmann Henri de Marands?«

»Er hat mir schon vor dem Krieg den Hof gemacht«, lautete die Antwort. »Wir sind oft gemeinsam im Bois de Boulogne ausgeritten.«

Offen sah sie ihn an.

»Sie können mich jetzt nach jedem Namen befragen, den sie auf meinen Visitenkarten finden«, sagte sie. »Aber es ist kein einziger dabei, dem ich versucht habe, militärische Geheimnisse zu entlocken.«

Bouchardon reagierte nicht. Er wusste, dass sie in diesem Punkt die Wahrheit sagte, weil er die Männer bereits alle verhört hatte. Aber eigentlich wollte er ja auch auf etwas ganz anderes hinaus. Er zog erneut eine Karte, deckte sie aber nicht auf.

»Capitaine Wladimir Masloff.«

Mata Hari sog hörbar die Luft ein. Dann schüttelte sie den Kopf. »Das ist Unsinn. Von ihm besitze ich keine Visitenkarte.«

Bouchardon grinste. »Nehmen wir einmal an, ich hielte die seine in meiner Hand. Was gäbe es über ihn zu sagen?«

Die Tänzerin schwieg. Wladimir, oder vielmehr Vadim, wie sie ihn nannte, war ein wunder Punkt in ihrem Leben. Von ihm hatte sie nicht einmal ihrem Anwalt Henri Tailleur erzählt. Und das aus dem einfachen Grund, weil sie ihn vergessen wollte.

Als Vadim und sie einander im August 1916 in Paris kennenlernten, war es für sie die berühmte Liebe auf den ersten Blick gewesen – und das, obwohl sie wusste, dass eine Beziehung mit ihm keine Zukunft haben würde. Immerhin war der junge Offizier 20 Jahre jünger als sie. Von daher hatte sie sich auch nichts vorgemacht. Sicher, Vadim fühlte sich geschmeichelt, dass eine so begehrte Frau, wie sie es war, ihm ihre Gunst schenkte. Aber niemals hatte er ihre Gefühle gleichermaßen erwidert. Dennoch verlebten sie damals eine sehr leidenschaftliche Zeit …

Bouchardon wartete auf eine Antwort. Ungeduldig klopften seine Finger auf die Schreibtischplatte.

»Madame?«

Sie räusperte sich. »Capitaine Wladimir Masloff ist ein russischer Offizier und damit ein Verbündeter Frankreichs«, erklärte sie endlich mit spröder Stimme.

»Das ist nun wirklich nichts Neues«, gab der Untersuchungsrichter sarkastisch zurück. »Was mich vielmehr interessiert: Als Masloff die Giftgasverletzung erlitt und sich in Vittel auskurieren sollte, reisten sie zu ihm. Warum? Um lediglich einen Krankenbesuch zu machen oder um die nahe Front für die Deutschen auszuspionieren?«

»Seien Sie gewiss. Als ich von seiner Verwundung erfuhr, haben mich weder die Deutschen noch die Franzosen oder die Frontbewegungen interessiert«, begehrte sie auf. »Da war ich nur noch um Sorge um den Mann, den ich liebte.«

Höhnisch lachte Bouchardon auf. »Spielen Sie mir keine Komödie vor, Madame. Sie wissen doch gar nicht, was Liebe ist. Oder haben Sie vergessen, dass Sie sich in der Zeit, in der Sie Masloff angeblich liebten, auch mit anderen Männern vergnügten – wie zum Beispiel mit dem Militärattaché der deutschen Botschaft in Madrid, Major Arnold Kalle?«

»Das ist mir schwer genug gefallen«, entgegnete die Tänzerin leise. »Aber ich tat es für Frankreich – und es hat Ladoux und dem Deuxième Bureau einige nützliche Informationen eingebracht. Mit meinen Gefühlen für Vadim hatte es absolut nichts zu tun.«

Abrupt wechselte der Untersuchungsrichter das Thema, indem er eine neue Karte aus dem Stapel zog.

»Paul Ruaux.«

Mata Hari zuckte mit den Schultern. »Der Name sagt mir nichts.«

»Oh, das sollte er aber«, grinste Bouchardon. »Monsieur Ruaux ist Journalist der Tageszeitung *Le Temps* und hat bereits im Jahr 1907 einen sehr aufschlussreichen Artikel über Sie verfasst. Moment, ich zitiere: ›Mata Hari ist Berlinerin geworden, spricht Deutsch mit leicht orientalischem Akzent und gedenkt, ihr Leben an den Ufern der Spree zu beschließen.‹«

»Und was ist daran aufschlussreich?«, wollte die Tänzerin kopfschüttelnd wissen. »Das ist lediglich das Geschreibsel eines Zeitungsmannes und entbehrt jeglicher Grundlage. Ja, ich habe mich in jener Zeit länger in Berlin aufgehalten – wegen eines Engagements. Doch ich habe mich niemals als Berlinerin gefühlt und ganz gewiss nicht die Absicht gehabt, dort den Rest meines Lebens zu verbringen. Abgesehen davon ist es keine Sensation, wenn man als Holländerin der deutschen Sprache mächtig ist.«

»Sie wollen also abstreiten, dass Sie schon damals für den deutschen Geheimdienst gearbeitet haben?«

»Mit aller Entschiedenheit«, erwiderte Mata Hari ohne zu zögern.

»Dann war es also Zufall, dass Sie sich bei Kriegsausbruch in Berlin aufhielten?« Die Ironie in Bouchardons Stimme war nicht zu überhören.

»Zufall?«, wunderte sich die Tänzerin. »Nun gut, wenn Sie es so nennen wollen. Ich war wegen eines Engagements in der Stadt. Eben weil der Krieg ausbrach, wurde der Kontrakt jedoch storniert.«

»Der Aufenthalt hatte also nichts mit Ihrer Spionagetätigkeit für das Deutsche Reich zu tun?«, wollte der Untersuchungsrichter wissen und sah sie lauernd an.

»Nein, natürlich nicht«, lautete die gereizte Antwort. »Überlegen Sie doch selbst. Wenn ich Frankreich hätte ausspionieren wollen, wäre ich zu diesem Zeitpunkt doch wohl eher in Paris gewesen anstatt in Berlin. Das hätte doch überhaupt keinen Sinn gemacht.«

Diesem logischen Argument konnte sich selbst Bouchardon nicht ganz verschließen. Hatte Ladoux ihn am Ende auf eine falsche Spur angesetzt? Der Chef des Deuxième Bureau behauptete nämlich steif und fest, dass Mata Hari wahrscheinlich schon seit vielen Jahren Angehörige des deutschen Geheimdienstes sei und dass dafür auch das H in ihrem Decknamen spräche, das vermutlich bereits lange vor dem Krieg gebräuchlich war.

Wahrscheinlich? Vermutlich? Einmal mehr verfluchte der Untersuchungsrichter Ladoux, der es immer wieder verstand, Behauptungen aufzustellen, die offensichtlich nur auf Mutmaßungen beruhten.

So kann ich doch meine Arbeit nicht erledigen, dachte

Bouchardon verärgert. Ich brauche endlich eindeutige Beweise in der Hand. Oder aber ein Geständnis von diesem Miststück hier.

Dass er mit dem Miststück jedoch kein leichtes Spiel haben würde, war ihm spätestens jetzt bewusst. Daher war es Zeit, einen seiner Trümpfe auszuspielen:

»Wenn Sie nicht als Agentin für die Deutschen gearbeitet haben, dann erklären Sie mir doch bitte die Herkunft der beiden ausländischen Schecks, die Sie im vergangenen Jahr bei der Bank *Comptoir national d'escompte de Paris* eingelöst haben«, fuhr er sie an.

Mata Hari lächelte unwillkürlich. Auf diese Frage war sie vorbereitet. Da sie nicht wusste, welche Beweise Bouchardon gegen sie in der Hand hielt, hatte sie sich überlegt, was er, logisch betrachtet, tatsächlich belegen könnte. Und dabei waren ihr auch die Schecks und eine passende, nicht zu überprüfende Erklärung dazu eingefallen.

»Das Geld stammt von meinem ehemaligen Liebhaber, dem niederländischen Generalmajor der Kavallerie Baron Edouard van der Capellen aus Den Haag. Es ist ihm stets ein Anliegen gewesen, mich finanziell abzusichern – vor allem in Zeiten, in denen ich kein eigenes Einkommen hatte. Üblicherweise sandte er mir die Schecks mit der Diplomatenpost, und ich habe sie dann bei einer Bank eingelöst.«

Bouchardon schnaubte vor Wut. Natürlich war dem Weibsstück bekannt, dass er aufgrund des Diplomatenstatus und der dazugehörigen Immunität keine Handhabe hatte, diese Aussage zu überprüfen.

»So, so. Mit der Diplomatenpost also.«

Mata Hari nickte freundlich. »Genau. Der Baron pflegte derartige Transaktionen immer über die Diplomatenpost vorzunehmen. Jede andere Versendungsmöglichkeit wäre in Kriegszeiten ja auch viel zu unsicher gewesen.«

Er erhob sich, kam um seinen Schreibtisch herum und baute sich drohend vor ihr auf. »Und auf welchem Wege haben die Deutschen Sie für Ihre Spionagetätigkeit entlohnt?«

Getreu der Absprache mit ihren Anwälten, die ihr geraten hatten, vorerst gar nichts zuzugeben, entgegnete die Tänzerin: »Ich weiß wirklich nicht, wovon Sie reden, mon Capitaine.«

Bouchardon musste sich abwenden, um dem Impuls zu widerstehen, sie von ihrem Stuhl hochzureißen und die Wahrheit aus ihr herauszuschütteln. Was dachte sich diese Schlampe eigentlich, ihm das Leben so schwer zu machen? Konnte sie nicht einfach gestehen und die abscheuliche Angelegenheit damit zum Abschluss bringen?

»Ich rede davon«, fuhr er sie an, »dass Sie unter dem Decknamen H 21 für den deutschen Geheimdienst gearbeitet haben und dafür Geld erhielten. Daran gibt es keinen Zweifel und das können wir auch beweisen.«

Abwartend sah er sie an. Als sie jedoch beharrlich zu seinen Anschuldigungen schwieg, fügte er drohend hinzu: »Ich weiß nicht, Madame, ob Sie sich des Ernstes Ihrer Lage bewusst sind. Sie haben sich des Hochverrates schuldig gemacht – und darauf steht bekanntlich der

Tod. Die einzige Chance, die Ihnen bleibt, Ihre Situation zu verbessern, ist ein umfassendes Geständnis abzulegen. Haben Sie das verstanden?«

Mata Hari sah auf. Sie wirkte gelassen und nicht die Spur eingeschüchtert. »Natürlich habe ich Sie verstanden, mon Capitaine. Ich bin schließlich nicht taub. Aber begriffen habe ich nicht. Wenn Sie meine angebliche Spionagetätigkeit für die Deutschen zweifelsfrei beweisen können, wie Sie behaupten, dann frage ich mich doch, warum Ihnen eigentlich so viel an meinem Geständnis liegt.«

Sergent Baudouin, der das Verhör wie üblich protokollierte, sah unwillkürlich auf und sog hörbar Luft ein. Was für eine Frechheit. Was für eine mutige Frau. Die Nummer mit dem Angst-Einjagen funktionierte bei ihr offensichtlich nicht. Entweder war sie tatsächlich unschuldig oder ein ganz harter Brocken, an dem sich selbst ein Bouchardon die Zähne ausbiss. Er konnte förmlich spüren, wie sein Chef vor Wut kochte. Dafür sprach auch der zornige Blick, der ihn in diesem Augenblick traf. Hastig wandte sich der Schreiber wieder seiner Arbeit zu.

In der Tat, der Untersuchungsrichter war mehr als aufgebracht. Und ohne ein weiteres Wort zu verlieren, rief er nun die Wachen.

»Bringen Sie die Angeklagte zurück ins Saint-Lazare«, bellte er und verließ dann selbst den Raum, um sich Türen schlagend in sein Richterzimmer zurückzuziehen.

Wütend fegte Bouchardon einen Stapel Akten vom Tisch. Den schweren Onyx-Aschenbecher, den er versucht war, hinterherzuschleudern, stellte er jedoch wieder zurück. Es hätte nur unnötigen Lärm verursacht und Baudouins Neugier geweckt. Und so weit durfte es nicht kommen, dass der kleine Sergent Zeuge seiner Unbeherrschtheit wurde.

Bouchardon setzte sich und konnte nur noch mit dem Kopf schütteln.

Warum nur brachte ihn dieser Fall so sehr aus der Fassung? Der Druck, den das Kriegsministerium auf ihn ausübte, hielt sich doch durchaus noch in Grenzen. Sicher würde man es dort gerne sehen, wenn er ein Schuldeingeständnis Mata Haris vorweisen könnte, aber einstweilen war die Tänzerin noch von untergeordneter Bedeutung – was sich jedoch schon bald ändern konnte. Seinen Informationen zufolge sollte eine großangelegte Frühjahrsoffensive die Wende in diesem verdammten Krieg bringen. Wann und wo sie stattfinden würde, wusste er, Bouchardon, natürlich nicht. Das wurde streng geheim gehalten. Dafür war ihm jedoch etwas anderes klar: Sollte die geplante Aktion scheitern und die Armee abermals eine Niederlage erleiden, würde eine Verurteilung Mata Haris von immenser Wichtigkeit werden – als Beweis dafür, dass Spione und Verräter wie sie den Fehlschlag zu verantworten hatten und nicht etwa ein unfähiger Kriegsminister Namens General Lyautey.

Von daher könnte ein mögliches Geständnis der Tänzerin zum Politikum werden. Aber so weit war es schließlich noch nicht. Warum also maß er, der bereits die härtesten Verbrecher geknackt hatte, diesem Fall so viel Wichtigkeit bei?

Die Antwort lag auf der Hand: Zum einen war es sein Zorn auf Geheimdienstchef Ladoux, der entscheidende Beweisstücke zurückhielt und damit die Arbeit an dem Fall wesentlich behinderte. Zum anderen aber war es sein ganz persönlicher Hass auf Mata Hari, der ihn so emotional reagieren ließ. Aus tiefster Seele verabscheute er diese verruchte Frau und ihren sittenlosen Lebenswandel. Und das nicht nur, weil er ein Moralapostel und Patriot war, sondern vor allem, weil er sie dennoch mehr begehrte als jede andere Frau.

Und das war allein ihre Schuld.

*

Maître Eduart Clunet war in der Zwischenzeit nicht untätig und agierte dabei an verschiedenen Fronten.

Zum einen versuchte er, Mata Haris Haftbedingungen zu erleichtern, dafür zu sorgen, dass sie genug Wasser zum Waschen, wärmere Kleidung und einfache Gegenstände zur Körperpflege bekam, dass sie Briefe schreiben und erhalten dufte – vergebens.

Einmal im Monat, also bisher zwei Mal, beantragte er außerdem, seine Mandantin mangels fehlender Beweise bis zur Verhandlung freizulassen – vergebens.

Er versuchte, die Militärprozessordnung zu umgehen und beantragte, nicht nur beim ersten und letzten, sondern bei allen Verhören zugegen sein zu dürfen – vergebens.

Mit seinen zahlreichen und regelmäßigen Anträgen erreichte der Maître nichts, sondern zog lediglich den Zorn Bouchardons auf sich. Schließlich drohte der

Untersuchungsrichter sogar damit, Clunet als langjährigen Freund Mata Haris selbst als Zeugen vorzuladen. In diesem Fall hätte der alte Anwalt die Vertretung der Tänzerin nämlich abgeben müssen, weil das Gesetz es verbot, Verteidiger und Zeuge zugleich zu sein.

Dennoch dachte Clunet nicht daran aufzugeben. Stattdessen beantragte er nun die Einstellung des Verfahrens. Seit mehr als einem Monat wäre seine Mandantin im Saint-Lazare in Untersuchungshaft, argumentierte er, und es sei kein einziger Beweis für ihre Schuld vorgelegt worden. Daher müsse sie nun endlich freigelassen werden. Alles andere wäre ungesetzlich.

Dieser Antrag bewirkte etwas. Auf diesen Vorwurf musste Bouchardon reagieren. Sofort benachrichtigte er Ladoux und forderte, zumindest die Abschriften der abgefangenen Funktelegramme sofort und ohne weitere Verzögerung zu den Ermittlungsakten zu geben.

Bevor das jedoch geschah, gab er Clunets Antrag auf Akteneinsicht statt.

»Sie haben Besuch, Kindchen. Ihre Anwälte wünschen Sie zu sprechen.«

Oberin Léonide überbrachte der Gefangenen persönlich die Nachricht und überreichte ihr dabei schweigend einen Kamm. Das konnte zwar strenggenommen als Hafterleichterung ausgelegt werden und war damit eigentlich vom Untersuchungsrichter verboten, doch die Oberin hielt Bouchardon ohnehin für einen Dummkopf. Was sollte es für einen Sinn machen, Häftlingen zu verbieten, sich die Haare zu kämmen?

Die eventuellen Konsequenzen, die sich aus der Missachtung seiner Befehle ergeben konnten, war sie jedenfalls gern bereit zu tragen.

Dankbar lächelte Mata Hari die Oberin an und kämmte sich eilig. Gerne hätte sie die langen Haare aufgesteckt, aber da sie auch keine Nadeln besitzen durfte, flocht sie lediglich einen seitlichen Zopf. Da sie keinen Spiegel besaß, blickte sie Schwester Léonide anschließend fragend an.

Auch die Oberin lächelte nun, nahm den Kamm wieder an sich und nickte leicht, zum Zeichen, dass die Notlösung gelungen war. Dann führte sie die Tänzerin in das Besucherzimmer.

Bevor sie die Tür wieder hinter sich schloss, fragte sie freundlich und wohl wissend, wie die Antwort lauten würde: »Wünschen die Herrschaften Kaffee?«

Die Herrschaften wünschten, und die Oberin verschwand, um den Auftrag an die Küche weiterzugeben.

Inzwischen begrüßte Mata Hari ihre Anwälte und bemerkte sofort, dass beide bedrückt zu sein schienen.

»Ist etwas geschehen?«, fragte sie besorgt.

Da es nicht Clunets Art war, lang um den heißen Brei herumzureden, antwortete er prompt:

»Nun, die gute Nachricht ist die, dass wir endlich Akteneinsicht nehmen durften. Im Grunde geben die Unterlagen nicht viel her. Einige unbedeutende Zeugenaussagen, die aber nicht als Beweise angesehen werden können, weil sie zu banal sind. Eine Maniküre sagte zum Beispiel aus, dass du die Briten, die Verbündeten Frankreichs also, für Dummköpfe hältst. Warum auch immer Bouchardon solche nichtssagenden Schriftstücke in die Akte aufgenommen hat – sie sind nicht relevant. Anders sieht es da schon mit den beiden ausländischen Schecks aus, die du bei der Bank *Comptoir national d'escompte de Paris* eingelöst haben sollst …«

Mata Hari nickte.

»Dazu hat mich der Untersuchungsrichter während des letzten Verhörs auch befragt. Ich habe ihm geantwortet, dass das Geld von meinem ehemaligen Liebhaber Baron Edouard van der Capellen aus Den Haag stammt, der mich stets finanziell unterstützt hat. Und dass er mir die Schecks mit der Diplomatenpost gesandt hat.«

»Ich weiß«, bestätigte Clunet. »Normalerweise wäre die Antwort auch gut gewesen, weil Diplomatenpost nicht nachverfolgt werden kann. In diesem Fall ist die Sache jedoch komplizierter.«

Fragend sah sie ihn an. »Was soll das heißen, Eduart?«

Er seufzte und fuhr sorgenvoll fort: »Tatsächlich finden sich in der Akte nur wenige handfeste Indizien, die für deine Schuld sprechen. Doch die, die es gibt, sind sehr brisant. So existiert eine vom Leiter des Deuxième Bureau, Georges Ladoux, ausgestellte Notiz, in der von verschlüsselten Telegrammen die Rede ist, die zweifelsfrei belegen sollen, dass du als Agentin mit dem Decknamen H 21 für den deutschen Nachrichtendienst tätig gewesen bist und dafür auch Geld erhalten hast.«

Mata Hari erblasste. »Was heißt *zweifelsfrei*?«

»Eben diese Frage haben wir uns auch gestellt«, bestätigte Clunet. »Die Notiz von Ladoux als solche stellt keinen Beweis dar. Was wir brauchten, waren die Telegramme – oder zumindest deren Wortlaut. Es war nicht ganz einfach und es hat uns eine Stange Geld gekostet, aber es ist uns gelungen, die Abschrift der Funksprüche zu besorgen.«

»Und? Beweisen sie meine Schuld? Zweifelsfrei?«

Clunet nickte bedrückt.

»Oh ja, Marguerite. Das kann man leider nicht anders sagen. Es sind insgesamt 14 Telegramme, die teilweise an den Deutschen Konsul Carl H. Cramer in Amsterdam, teilweise an den Chef der Deutschen Abwehr, Oberst Walter Nicolai, adressiert sind und zumeist von Major Arnold Kalle, Militärattaché der deutschen Botschaft in Madrid, aufgegeben wurden. Der erste dieser Funksprüche wurde anscheinend vom britischen Geheimdienst Secret Service aufgefangen und dechiffriert. Darin ging es um die Agentin H 21, die auf ihrer Reise von Madrid nach Den Haag aufgrund eines Missverständnisses in England verhaftet worden war. Die Angelegenheit habe sich allerdings aufgeklärt und H 21 würde in Kürze an ihrem Bestimmungsort eintreffen. Nun ja, es gab nur eine Person, die in dem fraglichen Zeitraum von den Briten verhaftet und wieder auf freien Fuß gesetzt wurde – und das warst du. Damit stand für die Engländer fest: Mata Hari ist Agent H 21 und damit für die Deutsche Abwehr tätig. Natürlich warnte London sofort das Deuxième Bureau. Capitaine Ladoux, als Chef des französischen Geheimdienstes, wies nun die Besatzung der leistungsfähigen Funkstation auf dem Eiffelturm an, alle Botschaften abzufangen, die ein deutscher Geheimsender in der Nähe von

Madrid übermittelte. So kam er in den Besitz der übrigen 13 Funksprüche.«

Entsetzt ließ sich die Tänzerin auf einen Stuhl fallen.

»Wenn das so ist«, schlussfolgerte sie tonlos, »dann wusste Ladoux bereits davon, als er mich fragte, ob ich als Spionin für Frankreich arbeiten wolle?«

Clunet nickte. »Das stimmt. Vermutlich wollte er dir eine Falle stellen.«

»In die ich dann ja wohl auch blind hineingetappt bin«, stellte sie bitter fest. »Und dabei hat er noch so getan, als wäre er mein Freund, dieser verdammte Verräter.«

Überrascht sah der Maître seine Mandantin an. »Was für eine merkwürdige Sichtweise, Marguerite. Nicht Ladoux ist der Verräter – du bist es. Deswegen sind wir schließlich hier.«

Ärgerlich winkte Mata Hari ab. »Das ist Unsinn, Eduart. Schließlich bin ich nur zum Schein auf das Angebot der Deutschen eingegangen. Ich habe ihr Geld genommen, sicher, aber sie haben dafür keine einzige Information erhalten, die Frankreich geschadet hätte. Ladoux hingegen lieferte ich etliche geheime Nachrichten, die ich Major Arnold Kalle in Madrid entlockte. Das versprochene Geld dafür ist er mir jedoch schuldig geblieben. Er hat mich außerdem als Spionin angezeigt. Wer ist – also bitte – der Verräter?«

Clunet und Tailleur tauschten einen stummen Blick und dachten beide das gleiche: Wie naiv musste man eigentlich sein, wenn man glaubte, für Gut und Böse, Richtig und Falsch, seine eigenen Regeln aufstellen zu können?

»Nun gut«, seufzte der Maître. »Konzentrieren wir uns auf das Wesentliche. Was du den Franzosen an Informationen geliefert hast, ist im Augenblick nicht wichtig. Schließlich werden sie dich dafür kaum zur Rechenschaft ziehen. Entscheidend ist allein, was die Deutschen von dir bekommen haben, beziehungsweise was davon nachgewiesen werden kann. Und das ist eine ganze Menge, laut der aufschlussreichen Funksprüche des Major Kalle.«

Mata Hari zuckte mit den Schultern. »Ich weiß nicht mehr, was ich ihm alles erzählt habe, als ich im Oktober in Madrid eintraf. Auf jeden Fall habe ich keine Geheimnisse verraten, denn ich hatte mein Wissen nahezu ausschließlich aus bereits älteren französischen Tageszeitungen. Der Rest war Salonklatsch – wie zum Beispiel das Gerücht, dass König Konstantin von Griechenland seines Thrones enthoben und der Gemahl von Prinzessin Marie Bonaparte, Prinz Georg, an seiner Stelle gekrönt werden sollte.«

»Hast du Kalle etwas über eine geplante Frühjahrsoffensive der Alliierten verraten?«

Mata Hari dachte kurz nach, dann nickte sie. »Ja, das stimmt.«

»Und was hast du ihm erzählt?«

»Herrgott, das, was ich wusste halt und was in allen Zeitungen stand. Schließlich war jedermann im Herbst letzten Jahres davon überzeugt, dass es eine Frühjahrsoffensive geben würde.«

»Details hast du ihm nicht berichtet?«

Sie schüttelte vehement den Kopf. »Natürlich nicht.

Ich besaß keine geheimen Informationen, die ich hätte weitergeben können.«

Henri, der dem Gespräch bisher stumm gelauscht hatte, mischte sich nun ein: »Du sagtest eben, dass du im Oktober mit Major Kalle in Madrid gesprochen hast. Bist du dir da sicher? Oder war es vielleicht doch November?«

»Ja natürlich bin ich mir sicher. Ich erinnere mich genau. Ursprünglich wollte ich ja nach Brüssel, um im Auftrag von Ladoux Verbindung zu Moritz von Bissing aufzunehmen, dem Generalgouverneur des von den Deutschen besetzten Belgiens. Bei ihm sollte ich die deutschen Aufmarschpläne in Erfahrung bringen. Wie üblich musste ich über England reisen, wurde von den Briten jedoch nicht eingelassen, sondern nach Spanien zurückgeschickt. Mitte Oktober traf ich in Madrid ein und wurde gleich am nächsten Tag zu Kalle zitiert, um Bericht zu erstatten. Da habe ich ihm den ganzen Unsinn serviert. Zwar blieb ich im Anschluss daran noch einige Wochen in Spanien und hab den Major in dieser Zeit oft getroffen, aber aus anderen Gründen. Da mein belgischer Plan geplatzt war und ich nicht an von Bissing herankam, entschloss ich mich nämlich, Kalle Geheimnisse zu entlocken. Schließlich musste ich Ladoux etwas Spektakuläres liefern, für die eine Million Franc, die er mir in Aussicht gestellt hatte.«

Aufmerksam hatte Henri ihren Ausführungen gelauscht und dabei die Abschriften der Telegramme aus der Aktentasche gezogen. Er sah sie kurz durch und meinte dann: »Wenn Kalle die ach so geheimen Informationen bereits Mitte Oktober erhalten hat, frage ich mich, warum er sie erst vier Wochen später weitergegeben hat. An der Geschichte ist doch etwas faul.«

Clunet streckte die Hand aus, nahm die Abschriften entgegen und las sie, eine nach der anderen, noch einmal sorgfältig durch.

»Du hast recht«, nickte er dann. »Fast könnte man meinen …« Er unterbrach sich und reichte die Papiere zurück an Henri. »Lies du sie bitte noch einmal aufmerksam durch. Fällt dir noch etwas anderes auf?«

Tailleur kam der Aufforderung nach und sog dann tief die Luft ein. »Das ist mir bisher völlig entgangen. Dabei ist es so auffällig wie eine Laterne in der Nacht …«

Verwirrt blickte Mata Hari ihre Anwälte an. »Darf ich auch erfahren, um was es geht?«

»Natürlich, Marguerite«, antwortete Clunet. »Zuvor habe ich aber noch ein paar Fragen. Nur um ganz sicherzugehen: Wie hast du es angestellt, Informationen von Kalle zu bekommen?«

Sie zuckte mit den Schultern. »Auf die übliche Art. Ich wurde seine Geliebte. Es ist unglaublich, was Männer im Bett alles ausplaudern. Da lassen sie jede Vorsicht fallen.«

»Und wie lange dauerte eure Affäre?«

»Drei Wochen etwa. Dann wusste ich, was ich wissen wollte.«

»Hast du die Liaison daraufhin beendet?«

Sie schüttelte den Kopf. »Nein. Das musste ich auch gar nicht. Der Major hatte plötzlich keine Zeit mehr für mich. Und obwohl ich noch bis weit in den Dezember hinein in Madrid blieb, habe ich ihn nicht wieder gesehen.«

»Hattest du danach noch irgendwelche Kontakte zur Deutschen Abwehr?«

»Nein«, erwiderte sie. »Und ich habe auch absolut keinen Wert darauf gelegt.«

Nachdenklich nickte Clunet. »Das passt alles zusammen«, murmelte er.

Die Tänzerin wurde immer unruhiger. »Aber was denn nur?«, verlangte sie zu erfahren.

Clunet erbarmte sich schließlich. »Den eigentlichen Anlass kennen wir nicht. Entweder haben die Deutschen erfahren, dass du auch für das Deuxième Bureau tätig gewesen bist, oder sie fanden einfach, dass die Informationen, die du ihnen geliefert hast, das Geld nicht wert waren, das sie dir gezahlt haben. Wie auch immer. Es ist ziemlich offensichtlich, dass sie dich nicht nur loswerden, sondern sich auch an dir rächen wollten. Darum haben sie dich mit voller Absicht den Franzosen ans Messer geliefert. Diese Vermutung liegt zumindest nahe, da Kalle in allen Funksprüchen, die er ab November 1916 abgesetzt hat, darauf bedacht war, die wahre Identität von Agent H 21 zu lüften. Dabei wird er immer deutlicher und geht schließlich so weit, dass er sogar einen Namen nennt, was auch in verschlüsselten Telegrammen absolut unüblich ist und normalerweise tunlichst vermieden wird.«

Mit großen Augen sah Mata Hari ihren Anwalt an. »Er hat meinen Namen genannt?«

»Nein«, gibt Clunet zurück. »Nicht deinen. Aber einen, mit dem man dich ebenso zweifelsfrei identifizieren kann. Hier lies selbst.«

Die Tänzerin nahm das Papier entgegen. Der Funkspruch war am 16. Dezember 1916 von Major Arnold Kalle, Militärattaché der deutschen Botschaft in Madrid, aufgegeben worden. Als Adressat war der deutsche Generalkonsul in Amsterdam, Carl H. Cramer, eingesetzt.

Und der Text lautete: *Agent H 21 hat um Geld gebeten. Als Empfänger der Überweisung soll ihr Dienstmädchen eingesetzt werden. Weisen Sie daher bitte 3.500 Franc auf den Namen Anna Lintjes an.*

Fassungslos ließ Mata Hari die Hand sinken, die das Papier hielt. »Ich bin verloren«, sagte sie mit tonloser Stimme. »Damit dürfte mein Todesurteil feststehen.«

Eduart Clunet widersprach sofort. »Oh nein, meine Liebe. So weit sind wir noch lange nicht. Immerhin können wir damit argumentieren, dass die Deutschen dich, Agentin H 21, ganz offensichtlich auffliegen ließen, weil du eben *nicht* die erhofften Informationen geliefert hast.«

»Dafür spricht auch«, fügte Henri hinzu, »dass der Code, mit dem die Funksprüche verschlüsselt wurden, längst überholt war. Nur die Telegramme, in denen es um H 21 ging, wurden noch nach dem alten Code chiffriert, von dem die Deutschen mit Sicherheit wussten, dass Franzosen und Engländer ihn längst geknackt hatten.

»Aber das sind doch alles bloße Vermutungen«, wandte die Tänzerin händeringend ein. »Bouchardon wird sie in der Luft zerreißen, weil wir dafür keinen einzigen Beweis in den Händen halten.«

*

Eine Nacht brauchte Henri, dann war seine Entscheidung gefällt. Bereits am nächsten Tag setzte er sich mit seinem Chef zusammen, der von seinem Vorhaben jedoch nicht begeistert schien.

»Du kannst sagen, was du willst, Eduart. Ich werde es trotzdem tun. Wenn wir ihr Leben retten wollen, haben wir keine andere Wahl.«

Clunet war nicht überzeugt. »Dir ist aber schon bewusst, dass dein Plan gefährlich ist? Wenn du entdeckt wirst, wird man dich ebenso an die Wand stellen wie Marguerite. Und es gäbe nichts und niemanden, der dich davor bewahren könnte.«

»Ich weiß«, nickte Henri. »Das Risiko muss ich dennoch eingehen.«

»Warum?« Clunet begriff noch immer nicht. »Ich meine, dass *ich* alles für sie täte, ist nachvollziehbar. Wir sind lange befreundet und ich liebe sie. Aber was hast du für einen Grund? Du kennst sie doch erst seit ein paar Wochen und bist ihr gegenüber zu nichts verpflichtet.«

Henri zuckte mit den Schultern. »Mir sind Ungerechtigkeiten nun einmal ein Gräuel. Ich will ja nicht behaupten, dass Greet keine Fehler …«

»Greet?«, unterbrach Clunet ihn erstaunt.

Henri schmunzelte. »Ja, ich nenne sie so. Früher, als sie ein Kind war, haben ihre Brüder sie Greet gerufen. Sie mochte das nicht. Aber mir gefällt der Name. Jedenfalls – es ist klar, dass sie schwerwiegende Fehler gemacht hat. Und vielleicht gehört sie dafür sogar bestraft. Aber wenn überhaupt, dann von den Deutschen. Frankreich gegenüber hat sie sich nichts zuschulden kommen lassen.«

»Damit hast du natürlich recht«, sagte er. »Aber ist das wirklich der einzige Grund? Um einer Mata Hari Gerechtigkeit widerfahren zu lassen, bist du bereit, dich selbst in Lebensgefahr …?«

Er unterbrach sich, hatte endlich begriffen.

»Du hast dich selbst in sie verliebt«, behauptete er. Und es klang nicht wie eine Frage, sondern wie eine Feststellung.

Henri wich seinem Blick aus. »Und wenn es so wäre?«

Eduart grinste. »Dann wären wir immerhin schon zu zweit.« Dann wurde er jedoch rasch wieder ernst. »Ich weiß nicht, warum ich nicht schon längst darauf gekommen. Eigentlich hätte es mich viel mehr verwundern müssen, wenn du dich nicht in sie verliebt hättest. Aber etwas anderes weiß ich: Es ist kein Kraut dagegen gewachsen. Dennoch solltest du dir gut überlegen, was du tust. Du bist 36 Jahre alt und damit noch viel zu jung, um zu sterben.«

Henri lachte. »Da gebe ich dir uneingeschränkt recht. Aber verlass dich darauf. Ich habe nicht die Absicht, mich bei meinem Ausflug erwischen zu lassen.«

»Nun gut«, seufzte Clunet. »Da du dir die Sache nicht ausreden lassen willst – was genau ist dein Plan?«

»Wie wir festgestellt haben«, begann Henri seine Ausführungen, »liegt die Vermutung nahe, dass der deutsche Geheimdienst – namentlich Major Arnold Kalle – den Franzosen bewusst falsche Informationen in die Hände gespielt hat. Man will sich an der reich entlohnten, aber untätigen und zudem auch noch zu den Franzosen übergelaufenen Agentin H 21 rächen. Für diese Theorie fehlen uns jedoch Beweise – und eben die will ich beschaffen. Meinen Informationen zufolge hat Major Kalle, den man ja wohl als Drahtzieher für den Racheakt gegen Greet ansehen kann, einen jüngeren Bruder bei der Abteilung III b des kaiserlichen Nachrichtendienstes in Berlin – Oberleutnant Erich Kalle. Mit ihm werde ich versuchen, Kontakt aufzunehmen, um ihm ein wenig auf den Zahn zu fühlen.«

»Und wie soll das gehen?«, wollte Clunet wissen.

»Wie du weißt«, gab Henri ohne Zögern zurück, »stammt meine Familie aus dem Elsass – eine Region, die seit jeher Zankapfel zwischen Deutschland und Frankreich ist, mal zu der einen, mal zu der anderen Seite gehörte. Von daher besitze ich nicht nur französische, sondern auch deutsche Wurzeln und bin zudem zweisprachig aufgewachsen. Mit der Verständigung wird es daher keine Probleme geben.«

»Das heißt, genau genommen bist du eigentlich Deutscher?«, stellte Clunet erstaunt fest. »Immerhin gehört das Elsass seit 1871 wieder einmal dem Deutschen Reich an. Und du bist wann geboren? 1881?«

Henri schmunzelte. »Das stimmt. Ich wurde tatsächlich als Deutscher geboren – als Heinrich Schneider. Da meine Familie jedoch pro-französisch eingestellt war, wurde ich in Frankreich zur Schule geschickt, habe in Frankreich studiert und schließlich die französische Staatsbürgerschaft angenommen. Aus Heinrich Schneider wurde Henri Tailleur – so steht es ja auch in meinem französischen Pass. Und eben das ist ein Problem, für das ich noch keine Lösung habe.«

»Das heißt, du brauchst falsche Papiere auf den Namen Heinrich Schneider?«, vergewisserte sich Clunet.

Henri nickte. »Ganz genau. Allerdings habe ich nicht vor, wieder meine alte Identität anzunehmen, sondern die meines Cousins. Er hieß gleichfalls Heinrich, ist zwei Jahre jünger als ich und vor fünf Jahren gestorben. Er war der Sohn meines Onkels, der von seiner Gesinnung her pro-deutsch ist. Das findet man häufig im Elsass. Die unterschiedlichen Gefühle der nationalen Zugehörigkeit – also zu Deutschland oder zu Frankreich – reißen viele Familien auseinander.«

»Ich hab schon verstanden«, bestätigte Clunet. »Falls man dich überprüfen sollte, ist es für dich sicherer, eine Identität zu haben, die als pro-deutsch eingestuft werden kann.«

Während er sprach kramte er in den Schubladen seines Schreibtisches. »Ich muss sie doch irgendwo hier haben«, murmelte er. »Zwar habe ich nie gedacht, dass ich sie mal brauchen würde, aber weggeschmissen habe ich sie ganz bestimmt nicht …«

»Was suchst du eigentlich?«, wollte Henri irritiert wissen.

»Hier hab ich sie«, meinte Clunet in diesem Augenblick, zog einen Zettel hervor und hielt ihn triumphierend empor. »Das ist die Adresse eines Passfälschers – eines sehr guten sogar. Ich habe ihn einmal erfolgreich vor Gericht vertreten und er ist mir, nach eigener Aussage, einen Gefallen schuldig. Wende dich wegen der falschen Papiere an ihn und richte herzliche Grüße von mir aus. Bei Jean kannst du wenigstens sicher sein, einen Pass zu bekommen, der so hervorragend gefälscht ist, dass man ihn nicht von einem echten unterscheiden kann.«

Clunet rieb sich die Hände. Langsam schien er sich mit Henris Plänen anfreunden zu können.

»So, das Problem wäre also gelöst. Was brauchst du noch?«

»Eine gute Ausrede für Greet«, antwortete Tailleur prompt. »Immerhin werde ich sie über Wochen nicht im Saint-Lazare aufsuchen können. Und die Wahrheit möchte ich ihr – zu ihrer und meiner Sicherheit – nicht erzählen.«

»Das ist sicher besser«, gab Clunet ihm recht. »Und ich weiß auch schon, was wir ihr sagen können: Du gehst auf eine Reise nach Madrid, um dort nach Beweisen für ihre Unschuld zu suchen. Das klingt plausibel, ist im Kern nicht gelogen und hört sich wesentlich ungefährlicher an als Berlin. Einverstanden?«

»Ja, das ist gut«, stimmte Henri sofort zu. »Das ist sogar sehr gut. Selbst wenn sie sich während eines Verhörs bei Bouchardon verplappert, kann sie damit keinen Schaden anrichten. Und sie weiß trotzdem, dass ich sie nicht im Stich gelassen habe, sondern alles daran setze, ihre Unschuld zu beweisen.«

Clunet nickte nachdenklich. »Erwidert sie deine Gefühle eigentlich?«

Henri zuckte mit den Schultern. »Ich weiß es nicht. Wir haben uns einmal geküsst, sehr innig und sehr leidenschaftlich. Danach habe ich es geglaubt … Aber wer kann sich bei dieser Frau schon sicher sein.«

Der alte Anwalt seufzte. »Das ist wohl wahr.«

Dann wurde er sofort wieder sachlich.

»Gibt es noch etwas, was du brauchst?«

»Ja«, erwiderte Tailleur. »Ich benötige einen erfahrenen Führer, der mich durch die feindlichen Linien und über die grüne Grenze nach Deutschland bringen kann. Das wird nur durch die Vogesen möglich sein, weil dort seit etwa einem Jahr nicht mehr gekämpft wird. Allerdings sollen viele Straßen und Wege vermint sein. Es wäre vermutlich Selbstmord, sich ohne einen Ortskundigen durch die Berge zu bewegen.«

Clunet machte sich Notizen. »Sonst noch was?«

»Deutsches Geld«, gab Henri prompt zurück. »Wenn ich die Grenze passiert habe, werde ich natürlich nicht mehr mit Franc zahlen können. Und schon bei dem Versuch, französische gegen deutsche Währung zu wechseln, würde ich unliebsames Aufsehen erregen. Das wäre dann aber auch alles, glaube ich.«

»In Ordnung«, erklärte Clunet. »Ich mache mich auf die Suche nach einem Schleuser und versuche, irgendwie deutsches Geld aufzutreiben. In der Zwischenzeit kümmerst du dich so schnell wie möglich um deinen Pass. Wenn du schon verrückt genug bist, diesen Plan umzusetzen, sollte es auch bald losgehen. Wer weiß, wie viel Zeit uns noch bleibt, die Unschuld der berühmten Mata Hari zu beweisen.«

5. KAPITEL – DER GEFÄHRLICHE WEG

Der Hügel Montmartre war die höchste Erhebung von Paris, auf deren Gipfel die vor drei Jahren fertiggestellte, weithin sichtbare Wallfahrtskirche Sacré-Cœur thronte. Unterhalb der blendend weißen Basilika lag das Künstlerviertel der Stadt – mit zahlreichen Restaurants und Cafés, mit quirligen Plätzen, verwinkelten Gassen und steilen Treppen.

Henri hatte ein wenig Mühe, in diesem Wirrwarr das Haus zu finden, in dem der Passfälscher Jean Dupont lebte. Und als er es endlich gefunden hatte, wollte ihn eine bärbeißige Concierge nicht passieren lassen.

»Monsieur Dupont empfängt heute keine Besucher mehr.«

»Das kann nicht sein«, erwiderte der Anwalt freundlich. »Wir haben eine Verabredung. Er erwartet mich.«

Misstrauisch sah sie zu ihm auf. »Aber ich habe gerade die Treppe gewischt.«

»Das ist kein Problem«, sagte Henri und lächelte. »Wenn Sie einen Lappen für mich haben, werde ich meine Schuhe gründlich säubern.«

Sie reichte ihm das Gewünschte, beobachtete ihn, wie er seine eleganten Halbstiefel reinigte und ließ ihn endlich passieren.

»Zweiter Stock rechts«, rief sie ihm hinterher und verschwand in ihrer eigenen Wohnung.

Henri stieg die ausgetretenen Holzstufen empor und klopfte an der Tür, an dem ein Zettelchen mit der Aufschrift »J. Dupont« hing.

Keine Reaktion.

Er klopfte lauter, wartete und schlug dann lautstark mit der Faust gegen die Tür.

Der Passfälscher erwartete ihn zwar nicht. Diese Behauptung war eine glatte Lüge gewesen. Aber er musste trotzdem da sein. Die Concierge hätte es mit Sicherheit gewusst, wenn er ausgegangen wäre.

»Herein – wenn es sich denn gar nicht vermeiden lässt.«

Da die Tür nicht geöffnet wurde, betätigte Henri nach dieser wenig einladenden Aufforderung die Klinke und stand gleich darauf in einem lichtdurchfluteten Atelier, dessen große Fenster einen atemberaubenden Blick auf Paris boten.

Nach dem engen, dunklen und miefigen Treppenhaus hatte er damit nun wirklich nicht gerechnet.

Ein Mann stand an einer Staffelei. Er hatte graue Haare, trug einen ungepflegten Vollbart und hielt eine Holzpalette in der Hand. Offensichtlich war er gerade damit beschäftigt, eine Farbe anzumischen. Er wandte sich nicht einmal seinem Besucher zu.

»Was wollen Sie?«

»Ich suche Monsieur Jean Dupont«, erklärte Henri und sah sich ein wenig verwirrt um. Er hatte mit einer kleinen, düsteren Fälscherwerkstatt gerechnet, nicht mit einem Künstleratelier. Wenn der Name nicht an der Tür gestanden hätte, wäre er versucht an eine falsche Adresse zu glauben.

»Steht vor Ihnen«, meinte der Mann trocken, sah zum ersten Mal auf und wiederholte ungeduldig seine Frage: »Was wollen Sie?«

»Ich soll Ihnen Grüße von Maître Clunet ausrichten«, begann Henri, wurde aber sogleich unterbrochen.

»Von Eduart? Ach, das ist schön. Wie geht es dem alten Rechtsverdreher?«

Der eben noch so kurz angebundene Mann legte seine Palette aus der Hand und kam dem Anwalt entgegen.

»Sie müssen die unfreundliche Begrüßung entschuldigen«, erklärte er lächelnd. »Seit Wochen bekomme ich nur noch Besuch von Gläubigern und dachte auch Sie wären …« Er winkte ab. »Egal. Das Missverständnis hat sich ja geklärt. Kommen Sie, setzen Sie sich.« Dupont wischte einige, mit etlichen Farbklecksen besprenkelte Kleidungsstücke von einem Sessel und zog sich selbst einen Stuhl herbei.

»Was führt Sie zu mir, Monsieur …?«

»Mein Name ist Henri, Henri Tailleur«, stellte sich der Anwalt vor. »Ich arbeite in der Kanzlei Eduarts. Und er hat mir geraten, mich mit meinem Problem an Sie zu wenden.«

»Nur heraus mit der Sprache«, ermunterte Dupont. »Wenn ich helfen kann, werde ich es gerne tun. Clunets Freunde sind auch die meinen.«

»Nun ja«, zögerte Henri, noch immer irritiert, weil er

einem Künstler gegenübersaß und nicht dem schmuddeligen Kleinkriminellen, mit dem er gerechnet hatte. »Ich weiß ehrlich gesagt nicht, ob ich mit meinem Anliegen bei Ihnen richtig bin, oder Eduart etwas verwechselt hat. Es geht um einen Pass …«

»Ah, ich verstehe. Du brauchst falsche Papiere?«

»Ja, genau«, bestätigte Henri erleichtert.

»Das tut mir leid«, erklärte Dupont mit aufrichtigem Bedauern. »Ich habe keine französischen Pässe mehr, auch keine englischen oder spanischen. Nur ein paar deutsche – aber wer will heutzutage schon als Boche durch die Gegend laufen.«

»Das ist genau das, was ich suche, ein Papier, mit dem ich mich als Bürger des Deutschen Kaiserreiches ausweisen kann.«

Dupont war erstaunt, aber zu diskret, um Fragen zu stellen. »Gut«, sagte er. »Dann schauen wir mal, was wir da haben.«

Er ging zu einer Ecke seines Ateliers, kniete sich nieder und hob eine lose Diele aus dem Fußboden. Aus der dadurch entstandenen Öffnung zog er eine Holzkiste, mit der er zu Henri zurückkehrte.

»Vor drei Jahren war das Fälschen eines deutschen Passes noch ein Kinderspiel, da das Kaiserreich recht liberale Gesetze zu dem Thema hatte. Seit 1914 besteht man nun auf ein Lichtbild. Ich hoffe, du hast eine Porträtfotografie dabei?«

Henri nickte, zog seine Brieftasche hervor und entnahm ihr das gewünschte Bild.

»Wunderbar«, sagte Dupont und öffnete seine Kiste.

»Vier Pässe des Deutschen Kaiserreichs hab ich noch«, stellte er fest und blätterte in den Papieren. »Einer davon gehört zu einer Frau, den können wir gleich wieder beiseitelegen. Natürlich werden wir das Dokument benutzen, in dem wir am wenigsten ändern müssen«, fuhr er fort. »Und das dürfte dieser hier sein: 1,80 Meter groß, braune Haare, braune Augen. Selbst das Geburtsdatum kommt in etwa hin – 1883?«

Henri nickte, stellte dann aber bestürzt fest: »Aber das sind ja alles alte, abgelaufene Pässe.«

»Ja, natürlich«, grinste Dupont belustigt. »Was hast du gedacht? Dass ich über nagelneue Passformulare verfüge, die nur ausgefüllt werden müssen?«

»Ich glaube, ich hatte überhaupt keine genaue Vorstellung«, gab Henri kleinlaut zu.

»Das macht nichts«, schmunzelte der Maler. »Verlass dich einfach darauf, dass ich weiß, was ich hier tue. In Ordnung?«

»Ganz gewiss«, beeilte sich Tailleur zu versichern. »Sie haben mein vollstes Vertrauen. Auch Eduart sagte, dass Sie der Beste wären. Allerdings hat er mir verschwiegen, dass Sie eigentlich Maler sind.«

Dupont lachte. »So weit liegen die beiden Berufe eigentlich gar nicht auseinander.« Und nach einer kurzen Pause fügte er hinzu: »Ach ja, und wenn du mir einen Gefallen tun willst, hör mit dem lächerlichen Gesieze auf, Junge. Ich heiße Jean.«

Fünf Stunden später war der Pass fertig. Er trug nun Henris Foto, war auf den Namen Heinrich Schneider ausgestellt und wies das Geburtsdatum des verstorbenen Cousins aus. Das Einzige, was fehlte, waren die Stempel.

»Wo soll der Pass denn ausgestellt worden sein?«, wollte Dupont wissen.

»Auf jeden Fall im Elsass«, erwiderte Tailleur. »Oder ist das ein Problem?«

»Nein, gewiss nicht«, erklärte Jean und ging an die holzvertäfelte Stirnwand seines Ateliers.

Henri beobachtete staunend, dass sich eines der Paneele wie eine Tür öffnen ließ und eine imposante Stempelsammlung freigab.

»Soll es Colmar sein? Immerhin wurde der gute Heinrich dort geboren.«

»Ja, Colmar wäre perfekt«, erwiderte Henri begeistert. »Meine Hochachtung, Jean. Was du machst, machst du richtig, wie es scheint.«

»Worauf du dich verlassen kannst«, grinste der Maler, griff in seine wohlsortierte Stempelsammlung und zog zielsicher den Stempel der Stadt Colmar hervor.

Gleich darauf war der Pass komplett fertiggestellt.

Henri bewunderte ihn ausgiebig.

»Wie groß ist das Risiko, dass er als Fälschung entlarvt werden kann?«, wollte er wissen.

»Das liegt bei null Prozent«, gab Jean stolz zurück. »Das Dokument ist ja echt, und die Änderungen, die ich daran vorgenommen habe, sind auch mit einer Lupe nicht zu erkennen.«

»Du bist ein Genie«, lächelte Tailleur. »Es ist mir eine große Freude, dich kennenzulernen.«

»Ganz meinerseits«, schmunzelte Dupont. »Und nun lass uns über die Bezahlung reden.«

»Ja, natürlich«, stimmte Henri sofort zu. »Was bekommst du für deine hervorragende Arbeit?«

»Wie wäre es mit einem guten Abendessen?«, schlug Dupont vor. »Ich habe nämlich einen Bärenhunger. Wir suchen uns ein schnuckeliges Restaurant, schlagen uns die Bäuche voll – und du zahlst. Einverstanden?«

»Mehr als einverstanden«, antwortete Henri lächelnd.

Er war sehr zufrieden mit dem Tag. Sein Abenteuer ließ sich gut an.

*

»Wie lange wirst du fortbleiben?«

Erschrocken sah Mata Hari ihren Anwalt an, der ihr gerade von seinen Reiseplänen nach Madrid berichtet hatte.

»Nicht einen Tag länger als notwendig«, versicherte Henri und lächelte zuversichtlich.

»Ich nehme an, die Antwort soll mich beruhigen«, stellte die Tänzerin fest, war aber keinesfalls überzeugt. »Glaubst du wirklich, dass die Reise erforderlich ist?«

Henri nickte.

»Und was sagt Eduart dazu?«

»Er ist ganz meiner Meinung«, sagte er. »Deine Verteidigung wird um vieles einfacher sein, wenn wir nachweisen können, dass du Frankreich nicht geschadet hast und die ach so verräterischen Funksprüche der Deutschen nur zu dem Zweck abgesetzt wurden, um sich an dir zu rächen.«

»Das ist bestimmt richtig«, gab die Tänzerin widerstrebend zu. »Dennoch werde ich mich sehr alleine fühlen, wenn du fort bist.«

»Ich weiß, Greet«, sagte Henri zärtlich, »und mir wird es, so weit entfernt von dir, nicht anders gehen …«

»Du sollst mich doch nicht Greet nennen«, protestierte sie mit Tränen in den großen dunklen Augen.

Er lachte leise und zog sie in seine Arme.

»Greet«, sagte er. »Greet. Meine Greet. Ich fahre nach Madrid, damit du hier so schnell wie möglich rauskommst, damit der böse Spuk für dich endlich ein Ende findet – und damit wir uns irgendwann überhaupt nicht mehr trennen müssen. Kannst du das nicht verstehen?«

»Doch natürlich«, nickte sie und lehnte sich an ihn. »Aber ich habe Angst alleine – vor allem vor den Verhören bei Bouchardon und vor Ladoux, dessen Verhalten ich überhaupt nicht verstehe. Er weiß doch am besten, wie nützlich ich Frankreich gewesen bin.«

»Einstweilen weiß ich auch noch nicht, was Ladoux für eine Rolle in dieser Angelegenheit spielt«, gab Henri etwas nachdenklich zurück. »Aber auch das werden wir herausfinden. Verlass dich darauf. Und für die Zeit, die ich fort bin, wird dir natürlich Eduart zur Seite stehen. Du weißt, wie sehr er dich schätzt. Hab keine Sorge – wir werden dich nicht im Stich lassen.«

Clunet hatte einen Schleuser gefunden – ein desertierter Soldat, der dem Wahnsinn des Krieges zu entkommen suchte und dringend Geld brauchte.

»Bevor er 1914 eingezogen wurde, war er im Zivilberuf Forstgehilfe. Er kennt die Wälder, Wege und Pässe um den Grand Ballon herum wie seine Westentasche und behauptet, dich sicher bis Munster bringen zu können. Das befindet sich bereits auf dem Gebiet des Deutschen Kaiserreichs und ist nicht weit von Colmar entfernt.«

Henri nickte. »20 Kilometer etwa.«

»Die wirst du dann allein zurücklegen müssen. Du willst doch nach Colmar, oder?«

Sein junger Freund nickte abermals.

»Ja, allerdings nicht, um mich dort aufzuhalten oder gar meine Familie zu besuchen. Man würde sich über mein plötzliches Auftauchen nur wundern, und ich habe gewiss nicht die Absicht, schlafende Hunde zu wecken.«

»Das ist verständlich«, bestätigte Clunet. »Aber warum willst du denn überhaupt dorthin?«

Henri schmunzelte. »Eine reine Vorsichtsmaßnahme. Schließlich will ich, der Colmarer Heinrich Schneider, direkt in die Höhle des Löwen der Deutschen Abwehr vordringen. Da könnte schon jemand auf die Idee kommen, Fragen nach meiner Herkunft zu stellen. Und eine Bahnfahrkarte von Colmar nach Berlin wird meine falsche Vita in dem Fall eben bestätigen. Aber was anderes: Was verlangt der Schleuser für seine Begleitung?«

Clunet griff in seine Jackentasche und zog ein braunes Kuvert heraus. »Ich habe schon alles vorbereitet«, sagte er und warf Henri das Päckchen zu. »Das sind 3.000 Franc. Die Hälfte davon erhält der Mann – sein Name ist übrigens Pierre Morel – als Vorschuss. Den Rest, wenn er dich heil nach Munster gebracht hat.«

»3.000? Das ist sehr viel Geld«, stellte Henri fest.

»Richtig«, bestätigte Clunet. »Und ich hoffe sehr, dass er es wert ist.«

»Wo und wann werde ich ihn treffen?«

»Übermorgen in Gérardmer«, gab Clunet zurück. »Das ist eine kleine Ortschaft in den Vogesen, etwa 50 Kilometer von Colmar entfernt. Genaue Angaben übers den Treffpunkt findest du in dem Kuvert – ebenso eine Bahnfahrkarte und deutsches Geld.«

Dankbar sah Henri seinen Chef an. »Du hast wirklich an alles gedacht.«

Clunet wehrte ab. »Das Gelingen deiner Reise ist schließlich auch in meinem Interesse. Zum einen möchte ich Marguerite helfen, zum anderen lege ich Wert auf die Rückkehr meines besten Mitarbeiters.«

Er griff unter seinen Schreibtisch und zog einen gepackten Rucksack hervor.

»Ich wusste nicht, ob du einen besitzt, aber bei dem Marsch, der vor dir liegt, ist er auf jeden Fall praktischer als ein Koffer. Er enthält feste Bergschuhe, eine gefütterte Windjacke, eine warme Pilotenmütze mit Ohrenklappen und ein Paar hölzerne Schneeschuhe. Diese Dinge wirst du brauchen, behauptet Morel, weil es um diese Jahreszeit noch verdammt kalt und schneereich auf den hohen Vogesenpässen sein soll.«

Henri war über die Fürsorge seines Chefs, der ihm in den Jahren der Zusammenarbeit ein väterlicher Freund geworden war, nun wirklich gerührt.

»Ich danke dir vielmals, Eduart.«

»Lass gut sein«, wehrte dieser abermals ab. »Da

zumindest die Möglichkeit nicht auszuschließen ist, dass uns das Deuxième Bureau beobachten lässt, hielt ich es für sicherer, deine Ausrüstung von einem Unbeteiligten besorgen zu lassen. Ladoux und seine Leute müssen von unserem Vorhaben nun wirklich nichts mitbekommen. Darum gib auch acht, wenn du zum Bahnhof gehst, dass dir niemand folgt.«

Henri versprach, aufmerksam und vorsichtig zu sein. Dann verabschiedeten sich die beiden Männer voneinander.

»Ich wünsche dir eine erfolgreiche Reise«, sagte Clunet und fügte ein wenig leiser hinzu: »Komm gesund zurück, mein Junge.«

*

Am nächsten Tag gelang es Henri, unbeobachtet den Zug nach Vittel zu besteigen. Aus Gründen der Sicherheit hatte Clunet die Bahnfahrkarte nicht gleich bis Gérardmer lösen lassen. In das kleine Heilbad Vittel, in dem sich derzeit zumeist verletzte Soldaten aufhielten, um wieder gesund zu werden, reisten viele Leute aus den unterschiedlichsten Gründen. Da fiel ein Einzelner nicht auf.

Die zweite Reiseetappe führte Henri bis Épinal, die dritte endlich nach Gérardmer. Auf diese Weise war seine Spur nicht so einfach zu verfolgen.

Da der Deserteur Morel ihn nicht einfach vom Bahnhof abholen konnte, sondern im Verborgenen bleiben musste, war die kleine Kapelle von Saint Florent, am westlichen Ufer des Lac de Longemer gelegen, als Treffpunkt vorgesehen. Den etwa sechs Kilometer langen Weg dorthin musste Henri zu Fuß zurücklegen – eine Strecke, die ihm, dem Stadtmenschen, auf schmerzvolle Weise bewusst machte, wie notwendig es war, neue Bergschuhe vor ihrem ersten Einsatz einzulaufen.

Als er die kleine Kapelle erreichte, hatte er bereits wundgescheuerte Fersen und Blasen an den Fußsohlen.

Ein ungepflegt wirkender Mann mit struppigem Vollbart und Haaren, die schon lange keinen Friseur mehr gesehen hatten, sah ihm aufmerksam entgegen.

»Können Sie mir sagen, wie spät es ist?«, wollte er wissen und sprach damit den vereinbarten Erkennungssatz aus, auf den Henri antworten musste: »Leider nein. Meine Uhr funktioniert nicht mehr und ich musste sie zu einem Uhrenmacher nach Vittel bringen.«

Der junge Mann grinste. »Guten Tag, Monsieur Tailleur. Da hier weit und breit keine Menschenseele zu sehen ist, mag so ein Code-Satz zwar überflüssig erscheinen, aber Vorsicht ist bekanntlich die Mutter der Porzellankiste.«

Der Anwalt gab ihm recht. »Und wir haben beide genug Gründe, vorsichtig zu sein.«

»Wohl wahr«, bestätigte Pierre Morel und kam dann gleich zum Wesentlichen: »Haben Sie das Geld dabei?«

Henri reichte ihm einen Umschlag mit dem vereinbarten Vorschuss.

Aufmerksam sah der junge Mann sich um. Da sie noch immer allein waren, öffnete er das Kuvert und zählte rasch die Scheine.

»Wunderbar«, grinste er. »Dann kann es ja losgehen.«

Henri nickte zustimmend. Und da die umliegenden, steil aufragenden Berge die Ufer des eiszeitlichen Gletschersees Lac de Longemer begrenzten, ging er davon aus, dass sie auf die Hauptstraße zurückkehren mussten. Doch Morel belehrte ihn sofort eines Besseren.

»Kommen Sie, Tailleur. Es gibt einen schmalen Pfad, der direkt am See entlang führt. Er ist garantiert nicht vermint und ihm können wir die nächsten Kilometer ohne Probleme folgen.«

Mit sicheren Schritten wie ein Mann, der seinen Weg kannte, setzte Morel sich in Bewegung.

Henri schloss sich ihm an.

Er wusste noch nicht genau, wie er seinen Begleiter einzuschätzen hatte. Dass er das Gelände gut kannte, hatte er gerade bewiesen, aber konnte man ihm auch vertrauen? Immerhin war er ein Deserteur. Das sprach zwar nicht zwangsläufig gegen ihn – schließlich kannte Henri die Gründe nicht, warum sein Begleiter die kämpfenden Truppen verlassen hatte – war aber zumindest ein Indiz dafür, dass er in erster Linie an seinen eigenen Vorteil dachte. Und da Morel wusste, dass er, Henri, noch mindestens 1.500 Franc mit sich führte – nämlich die zweite Rate seiner Entlohnung – war auf jeden Fall Vorsicht angebracht. Schließlich wäre es ein Kinderspiel für seinen Schleuser, ihm des Nachts, wenn er schlief, das Geld abzunehmen und ihn allein zurückzulassen – tot oder lebendig.

Henri nahm sich vor, auf der Hut zu sein.

Dem eingeschlagenen Pfad zu folgen, erwies sich als keinesfalls so problemlos, wie Morel angekündigt hatte.

Links stieg der Berg steil an und rechts fiel er ebenso steil zum See ab. Dazwischen ein schmaler, unebener und durch überfrorenen Schnee recht glatter Weg, auf dem man jeden Schritt sorgfältig setzen musste.

Nach etwa zwei Kilometer ließen sie den See zwar hinter sich, doch kurz darauf begann der Pfad steil anzusteigen. Dabei wurde er zur Linken noch immer von einer Felswand begrenzt, fiel zur Rechten aber zu einem Fluss ab.

»Das ist die Vologne«, erklärte Morel. »Ihr folgen wir nun bis zum Lac de Retournemer. Das sind etwa zwei Kilometer. Danach wird der Weg allerdings etwas beschwerlicher.«

Henri konnte nur noch nicken. Schon jetzt fühlte er sich am Ende seiner Kräfte. Jeder Knochen seines Körpers tat ihm weh, und die Riemen des Rucksacks schnitten schmerzhaft in seine Schultern.

Nach einer gefühlten Ewigkeit sah er das Wasser eines Sees schimmern. Es war so grau wie der Himmel.

»Wie wäre es mit einer kleinen Rast?«, schlug Morel vor.

Statt einer Antwort ließ Henri sich einfach niedersinken und schickte sich an, seine Schuhe aufzuschnüren. Was für eine Wohltat musste es sein, sie zumindest für einen Augenblick von den Füßen zu bekommen.

Morel beobachtete ihn. »Die Dinger sind nagelneu, nicht wahr?«

»Ja, leider«, bestätigte Tailleur grimmig. »Ein typischer Anfängerfehler, nehme ich an. Einem erfahrenen Bergwanderer wird so was gewiss nicht passieren.«

Morel erwiderte nichts, betrachtete aber Henris geschundene Füße.

»Für den Moment lässt sich nicht viel ändern«, stellte er dann fest. »Ziehen Sie ein zweites Paar Strümpfe an. Dann reiben die Socken aneinander und nicht am Fuß. Ich werde Ihnen später Hirschhorntalg geben, damit können Sie die Schuhe heute Abend, vor dem Schlafengehen, einreiben. Dann sind sie morgen ein wenig geschmeidiger.«

Henri tat, wie ihm geheißen.

Als er die Schuhe wieder zugeschnürt hatte, reichte Morel ihm Käse, Brot und kalten Kaffee.

»Fünf Kilometer haben wir noch vor uns«, erklärte der Schleuser. »Kurz vor dem Pass werden wir bei einem Bauern einkehren, der uns ein warmes Abendessen gibt und in seinem Stall schlafen lässt, ohne neugierige Fragen zu stellen. Morgen, in aller Frühe und im Schutze der Dunkelheit, müssen wir dann den Pass überqueren.«

Henri nickte, zum Zeichen, dass er verstanden hatte. Das Mahl, so karg es auch gewesen sein mochte, hatte ihn ein wenig gestärkt. Also erhob er sich und schulterte seinen Rucksack.

Schweigend und Stunde um Stunde stapfte er hinter Morel her – auf kaum erkennbaren Pfaden, die teilweise so steil waren, dass sie nur auf allen vieren bewältigt werden konnten.

So kamen sie nur langsam voran, trafen dabei jedoch auf keine Menschenseele.

Der Abend dämmerte bereits, als sie einen einsamen Berghof erreichten. Langsam begann in dem Anwalt eine gewisse Hochachtung für seinen Führer zu wachsen. Was immer Morel für ein Mensch sein mochte – als er behauptete, die Gegend wie seine Westentasche zu kennen, hatte er auf jeden Fall nicht übertrieben.

Am nächsten Morgen brachen sie um vier Uhr auf.

Trotz der Dunkelheit führte Morel seinen Schützling sicher durch dichten Wald und Unterholz, kletterte ihm voran über unwegsame Pfade.

Schließlich hielt er inne.

»Um über den Pass zu kommen, müssen wir nun ein Stück auf der Straße wandern«, raunte der Schleuser leise. »Das ist nicht ganz ungefährlich, weil hier französische Bergjäger in unregelmäßigen Abständen Patrouille laufen. Sollten Sie Schritte oder Stimmen hören, werfen Sie sich sofort in das niedrige Unterholz am Straßenrand und verhalten sich ganz still, bis die Luft wieder rein ist. Verstanden?«

»Verstanden«, bestätigte Henri.

»Gut«, nickte Morel. »Dann brechen wir jetzt auf.«

Sie traten auf die dunkle Passstraße und marschierten sogleich los. Hier oben, über der Baumgrenze, wehte ein heftiger kalter Wind, den die wenigen Sträucher nicht aufhalten konnten.

Trotz der schnellen Gangart begann Henri zu frösteln und genoss den kurzen Windschatten, als sie einen roh gehauenen Tunnel durchquerten.

»Gleich haben wir es geschafft«, sprach Morel ihm leise Mut zu. Dann geschah es: In nächster Nähe wurden zwei kurz aufeinanderfolgende Schüsse abgegeben.

Blitzschnell fuhr Morel herum.

»Deckung«, raunte er und war gleich darauf im Dickicht verschwunden.

Henri hingegen blieb wie angewurzelt stehen.

Das alles ist ein Albtraum, schoss es ihm durch den Kopf. Unwirklich und grotesk. Um ihn herum begann sich alles zu drehen, und er war unfähig, auch nur einen Finger zu rühren, geschweige denn, sich ins rettende Dickicht zu werfen.

Und dann kamen sie auch schon – drei Männer, Gewehre in den Händen haltend.

Als sie ihn bemerkten, hoben sie die Schusswaffen. Ohne ihn aus den Augen zu lassen, näherten sie sich.

Henri, überzeugt davon, dass sein Weg nun zu Ende war, dachte an die einsame, hilflose Frau im Saint-Lazare: Ich habe versagt, liebste Greet. Der Herrgott möge dir und mir beistehen.

Dann schloss er die Augen …

»Sieh da, sieh da, die Brüder Cecand aus Le Valtin«, hörte er plötzlich eine Stimme neben sich. »Seid ihr mal wieder als Wilderer unterwegs, ihr Verbrecher?«

Erstaunt ließen die Männer ihre Waffen sinken.

»Bist du es, Morel?«

»Das ist mein Name«, lachte er leise. »Und ich freu mich sehr, ausgerechnet euch hier oben zu treffen.«

Die vier begrüßten sich nun auf das Herzlichste.

»Du sollst desertiert sein, heißt es«, erzählten die Brüder. »Ist das wahr? Sie suchen überall nach dir.«

»Lass sie suchen«, gab Morel zurück. »Finden werden sie mich gewiss nicht. Dazu kennen sie sich nicht gut genug aus in meinen Wäldern. Und ja, es stimmt. Ich habe die Truppe verlassen. Es ist nicht mein Krieg, den die hohen Herren da führen. Und ich sehe nicht ein, auf Männer zu schießen, die wie ich dazu gezwungen wurden, an diesem Wahnsinn teilzunehmen.«

Die Brüder nickten zustimmend und wiesen dann mit dem Kopf auf Henri.

»Und wer ist er? Einer von denen, die du über die Grenze bringst?«

Morel grinste. »Warum stellt ihr Fragen, von denen ihr wisst, dass ich sie euch doch nicht beantworten werde?«

»Weil wir neugierig sind vielleicht«, kam die prompte Antwort. Die Brüder schmunzelten. »Außerdem, du weißt doch, wir sehen grundsätzlich nichts und niemanden.«

»Das ist auf jeden Fall eine gesunde Einstellung«, entgegnete Morel amüsiert. »Aber nun zu euch. Habt ihr gerade die Schüsse abgegeben? Wollt ihr unbedingt eine Patrouille auf uns aufmerksam machen?«

Die Brüder wehrten ab.

»Die Letzte ist erst vor einer guten halben Stunde durchgezogen. So schnell kommen die nicht zurück. Und außerdem, was können wir dafür, wenn uns so ein Hirsch geradewegs vor die Flinte springt? Leider haben wir ihn nicht getroffen. Es ist noch zu dunkel gewesen für die Jagd. Schade. Er hätte unsere Familien endlich mal wieder satt gemacht.«

Morel nickte. Er wusste um die Not der Bergbauern, die der Krieg immer wieder heimsuchte.

»Wir müssen weiter«, meinte er. »Und ihr auch. Wir wollen uns hier oben doch alle nicht erwischen lassen. Und wer weiß, vielleicht begegnet ihr eurem Hirsch ja noch einmal.«

Die Männer umarmten sich zum Abschied. Dabei steckte Morel einem von ihnen einen Geldschein zu.

»Seht zu, dass ihr dafür wenigstens etwas für die Kinder zu essen kaufen könnt.«

Die Männer lächelten.

»Vielen Dank, Pierre. Und pass auf dich auf. Wenn wieder Frieden herrscht, sehen wir uns – und werden bei einem guten Glas Wein herzlich über unsere zufällige Begegnung mitten im Krieg und auf einer einsamen Passstraße lachen. Und dann wirst du uns sicher auch erzählen können, was du heute vorgehabt hast.«

Bevor die Brüder ihrer Wege zogen, nickten sie Henri noch zu.

»Ihnen eine gute Reise, Monsieur. Und seien Sie unbesorgt. Bei unserem Pierre sind Sie in den besten Händen.«

Davon war inzwischen auch Henri überzeugt. Er schämte sich ein wenig, weil er Morel gegenüber so misstrauisch gewesen war, und folgte seinem Schleuser nun mit viel leichteren Schritten.

Auch an diesem und an dem folgenden Tag kamen sie nur langsam voran. Die vereisten Bergpfade waren einfach nicht schneller zu bewältigen. Doch so unbequem sie auch sein mochten – vor Entdeckung waren sie sicher. Das hatte Henri inzwischen begriffen.

Selbst vom Krieg hatten sie hier oben nicht viel mitbekommen – nicht einen Schützengraben, nicht eine verlassene Stellung.

Als sie am Abend wie üblich in einem einsam gelegenen Bauernhof einkehrten, sich an einem prasselnden Feuer wärmen durften und dazu gebratene und mit Käse überbackene Kartoffeln aßen, sprach Henri seinen Führer darauf an.

»Die steilen Hänge der Vogesen eignen sich nicht für den Krieg«, lautete Morels Antwort. »Natürlich hat es auch hier in einigen Gegenden schreckliche Kämpfe gegeben, aber da es schon allein zu mühsam war, den Nachschub zu organisieren, baute sich keine dauerhaft aktive Front auf.« Leise schmunzelnd setzte er hinzu: »Zumindest in dieser Sache scheinen sich Deutsche und Franzosen einig zu sein: Der Krieg wird nicht in den Vogesen entschieden.«

Einige Augenblicke aßen sie schweigend. Dann informierte Morel seinen Begleiter über das, was ihnen am nächsten Tag bevorstand.

»Morgen werden wir den Pass Col de la Schlucht erreichen. Die Überquerung wird aber nicht so heikel werden wie unser letztes Pass-Abenteuer. Zwar ist der Col de la Schlucht nicht so einsam, dafür aber wesentlich breiter. Wir sind nicht gezwungen, auf der Straße zu laufen, sondern können einen parallel verlaufenden Pfad nehmen. Und da wir wieder früh aufbrechen, werden wir den Pass im Schutze der Dunkelheit ohne größere Probleme passieren. Im Anschluss daran müssen wir die Route des Crêtes überqueren. Das ist eine von den

Franzosen angelegte Militärstraße zur Versorgung der Armee, die zwischen den beiden Kuppen des Vieil Armand und des Le Molkenrain hindurchführt. Die Straße verläuft fast ununterbrochen auf westlicher Seite etwas unterhalb des Gipfelkamms und damit in Deckung vor deutschem Beschuss.

Wo die Grenze zwischen Deutschland und Frankreich im Augenblick genau verläuft, kann derzeit vermutlich niemand sagen. Daher gilt die Route des Crêtes als ungefährer Anhaltspunkt des Grenzverlaufs. Haben wir sie überquert, befinden wir uns mit ziemlicher Sicherheit bereits auf deutschem Boden. Bis Munster sind es dann noch etwa 30 Kilometer.«

Henri nickte stumm. Zum einen weil er gerade den Mund voll hatte und zum anderen weil er viel zu müde war, um Fragen zu stellen. Pierre Morel würde schon wissen, was er tat. Davon war der Anwalt absolut überzeugt.

Als sie ihre Teller geleert hatten, kam der Bauer zu ihnen an den Tisch.

»Es tut mir leid, Pierre. Aber ich hatte keinen Speck mehr für euer Abendessen. Die Räucherkammer ist leer.«

»Das macht überhaupt nichts, Gustave«, wehrte Morel ab. »Das Mahl hat hervorragend geschmeckt, und wir sind beide satt geworden.«

»Nun ja«, lächelte der Bauer ein wenig verschämt. »Du bist immer gut zu uns gewesen, und ich würde es gern mit einem anständigen Essen danken, aber …«

»Kein aber, Gustave. Es war auch so ein gutes, nahrhaftes Essen. Abgesehen davon bist du mir keinen Dank schuldig. Schließlich ist es auch für dich nicht ganz ungefährlich, einen Deserteur aufzunehmen – und sei es auch nur hin und wieder für eine Nacht.«

Der Bauer grinste. »Wer soll hier schon vorbeikommen, um nach dir zu suchen? Noch dazu im März. Auch wenn der Kalender bereits das Frühjahr anzeigt, ist bei uns noch immer tiefster Winter. Nein, nein, mein Risiko hält sich in Grenzen. Aber auch wenn jemand käme – du weißt, dass ich dich niemals verraten würde, nicht wahr? Und das gilt auch für deine gelegentlichen Begleiter.«

»Natürlich weiß ich das«, bestätigte Morel lächelnd. »Komme was da wolle – wir Vogesen-Highlander halten zusammen.«

Der Bauer lachte. »Darauf sollten wir einen trinken. Was haltet ihr von einem guten Heidelbeerschnaps? Meine Kinder haben die Früchte dazu eigenhändig in den Bergen gepflückt. Dort sind sie so süß und aromatisch wie nirgendwo sonst.«

Morel schnalzte voller Vorfreude mit der Zunge. »Wer könnte zu deinem Selbstgebrannten schon Nein sagen, Gustave?«

Der Schleuser hatte nicht zu viel versprochen. Der Weg über den Col de la Schlucht und die Route des Crêtes verlief höchst unspektakulär. Henri konnte kaum glauben, dass es so einfach gewesen war, über die Grenze des Deutschen Kaiserreiches zu gelangen. Doch dann korrigierte er sich sogleich selbst.

Einfach war der Weg nur durch Morels ausgezeichnete Ortskenntnisse. Allein wäre er völlig verloren gewesen.

Am frühen Abend des nächsten Tages hatten sie ihr Ziel erreicht.

»Da unten liegt Munster«, erklärte Morel, als sie den Kamm des letzten Bergrückens erklommen hatten.

Henri blickte auf das malerische Tal des Flusses Fecht hinab. Mehr als 20 Jahre musste es her sein, dass er das letzte Mal hier gewesen war, und er hatte nicht wirklich damit gerechnet, etwas wiederzuerkennen. Doch in dem, was er nun zu sehen bekam, hätte vermutlich niemand vermocht, etwas Bekanntes zu entdecken.

»Die Stadt ist ja völlig zerstört«, stellte er entsetzt fest.

»Nun ja, nicht völlig«, gab Morel zurück. »Aber viel ist in der Tat nicht stehen geblieben, nachdem die Franzosen das Städtchen im August 15 eroberten, und die Deutschen es sich noch im gleichen Monat zurückholten.«

»Finde ich dort überhaupt ein Bett für die Nacht?«, wollte Henri zweifelnd wissen.

»Wohl kaum«, lautete die Antwort. »Aber das müssen Sie auch nicht. Für die heutige Übernachtung ist gesorgt. Morgen früh werden sich unsere Wege dann endgültig trennen.«

Sofort fühlte Henri ein Gefühl des Bedauerns in sich aufsteigen, dass ihn selbst verwunderte. Aber nun, da die Trennung in greifbarer Nähe war, wurde ihm bewusst, dass er diesen ruhigen, stets freundlichen und vorausschauenden Mann ganz sicher vermissen würde. Und in der ein oder anderen Situation würde er seine Erfahrung, sich den Gegebenheiten anzupassen und unsichtbar zu machen, gebrauchen können.

»Vor ein paar Tagen, auf dem Pass, als wir durch Zufall Ihre Freunde getroffen haben, verabredeten Sie mit ihnen ein Treffen nach dem Krieg«, meinte Henri nun zögernd. »Was halten Sie davon, wenn wir das auch machen? Ich würde Sie gerne wiedersehen, in besseren Zeiten, und es würde mir leichter fallen, Au revoir zu sagen, anstatt Adieu.«

Erstaunt warf Morel seinem Begleiter einen kurzen Seitenblick zu. Damit hatte er nicht gerechnet. Bisher hatte er eigentlich den Eindruck gehabt, dass dieser Pariser Anwalt ihm von Grund auf misstraute.

»Sehr gerne«, antwortete er. »Ich weiß ja, wo ich Sie finden kann – auch nach dem Krieg. Sie werden doch sicher auch weiterhin in der Anwaltskanzlei Clunet tätig sein, oder?«

»Auf jeden Fall«, bestätigte Henri seinem Gegenüber. »Sobald ich meinen Auftrag erledigt habe, kehre ich dorthin zurück.«

»Gut. Dann melde ich mich dort. Sobald es wieder möglich ist«, versprach Morel.

Komisch, dachte Henri bei sich. Obwohl ich ihn erst seit ein paar Tagen kenne, weiß ich genau, dass er Wort halten wird. Er ist ein Mann, auf den man sich unbedingt verlassen kann.

Und eben das bewies sein Schleuser schon am nächsten Tag noch einmal.

»Sie wissen, dass ich Sie nicht weiter begleiten kann«, sagte Morel zum Abschied. »Nach Colmar sind es noch etwa 20 Kilometer. Der Weg ist ausgeschildert. Sie werden Ihr Ziel also ohne Schwierigkeiten alleine finden. Damit Sie die Strecke nicht zu Fuß bewältigen müssen, habe ich noch eine Überraschung für Sie.«

Morel wies auf ein Fahrrad, das an der Mauer des Bauernhauses lehnte. Es war ein altes, klappriges Teil, aber Henri zeigte sich dennoch begeistert.

»Ich weiß wirklich nicht, wie ich Ihnen danken soll.«

»Ist schon in Ordnung«, grinste sein Gegenüber. »Geben Sie mir einfach die zweite Rate, wie vereinbart.«

Auch der Anwalt musste nun lächeln. »Natürlich«, sagte er, griff in die Jackentasche und überreichte Morel das Geld. Der steckte es ein, ohne auch nur einen Blick in das Kuvert zu werfen. Wenn Tailleur ihm vertraute, konnte er es gleichfalls.

»Sollten Sie Schwierigkeiten haben, nach Frankreich zurückzukommen, melden Sie sich bei dem Bauern hier. Er wird mich zu benachrichtigen wissen. Ach ja, und was das Fahrrad angeht: Lehnen Sie es einfach auf dem Colmarer Bahnhofsplatz gegen einen Baum. Bisher hat es noch immer den Weg zurück gefunden.«

Die Männer reichten sich zum Abschied die Hände. Dann schwang sich der Anwalt auf das Rad. Bevor er den Hof verließ, wandte er noch einmal den Kopf zurück.

»Ich heiße übrigens Henri. Und ich freue mich auf unser Wiedersehen. Also pass gut auf dich auf, Pierre.«

Morel lachte. »Und du auf dich, du Verrückter«, rief er und hob die Hand zu einem letzten Gruß.

*

Der Weg nach Colmar verlief ohne Zwischenfälle.

Nun fühlte sich Henri auch wieder verhältnismäßig sicher. Er beherrschte die Landessprache ohne Akzent und hatte hervorragend gefälschte Papiere in der Tasche. Was sollte ihm also passieren? Selbst wenn er einer Patrouille der Feldgendarmerie in die Arme laufen sollte, hatte er nichts zu befürchten, da in seinem Pass als Beruf Landarbeiter eingetragen war – und diese von allen militärischen Aufgaben freigestellt waren.

Wie verabredet stellte Henri das Fahrrad auf dem Bahnhofsplatz ab und betrat dann das Gebäude, dessen Fassade aus Sandstein und roten Ziegeln bestand und das von einem hohen Turm überragt wurde. Ein großes Rundbogenfenster erhellte die Bahnhofshalle. Doch Henri hatte weder einen Blick für die reich geschmückten Giebel des Bauwerks, noch für die originelle Wetterfahne in Form einer Dampflokomotive auf der Turmspitze. Ihn interessierte nur der Schalter, an dem er eine Fahrkarte nach Berlin lösen konnte.

Und er hatte Glück. Der Zug nach Straßburg, der ersten Etappe seiner Reise, würde in nur einer halben Stunde abfahren.

Für eine Besichtigung Colmars blieb damit keine Zeit. Aber eigentlich stand ihm auch nicht der Sinn danach,

Kindheitserinnerungen aufzufrischen. Er wollte nur eins: So schnell wie möglich nach Berlin und nach Beweisen suchen, die Greet entlasteten.

In Straßburg musste Henri in den Zug nach Stuttgart umsteigen. Von dort ging es weiter über Nürnberg und Leipzig.

Und dann hatte er endlich sein Ziel erreicht – Berlin – die Hauptstadt des Deutschen Kaiserreichs.

6. KAPITEL – IN DER HÖHLE DER LÖWEN

Als Henri Tailleur am Anhaltischen Eisenbahnhof aus dem Zug stieg, zeigte der Kalender den 30. März 1917.

Er schulterte seinen Rucksack, durchquerte die riesige, vom Dampf der Lokomotiven rußgeschwärzte Halle und trat auf den belebten Bahnhofsvorplatz hinaus. Sein Name, Askanischer Platz, sollte an das Geschlecht der Askanier erinnern, das dem Hause Anhalt entstammte und im zwölften Jahrhundert die Mark Brandenburg gegründet hatte.

Auch die umliegenden Straßen trugen zum Bahnhof passende Namen und waren nach Städten des Herzogtums Anhalt benannt – die Bernburgerstraße zum Beispiel, die Köthener- oder die Dessauerstraße. Und eben sie war nun Henris Ziel. Dort sollte sich nämlich, nach der fürsorglichen Beschreibung Eduart Clunets, eine Pension befinden, schlicht und günstig, wie es dem Sohn eines einfachen Elsässer Bauern anstand.

Die Straße war schnell gefunden und zu der angegebenen Hausnummer führte ein dunkler Torweg. In einem überraschend freundlichen Hof stand ein alter Nussbaum, der seine noch unbelaubten Zweige in den fahlblauen Himmel streckte.

Das vierstöckige Haus war sauber verputzt, und hinter blinkenden Fensterscheiben blitzten schlichte, aber blütenweiße Vorhänge. Alles machte einen gediegenen Eindruck.

Ich könnte es schlechter treffen, dachte Henri und hoffte, dass das Glück ihm hold und ein Zimmer frei sein möge.

Die Pension befand sich im ersten Stock. Neben der Wohnungstür, an der ein kleines Emailleschildchen mit der Aufschrift »Pension Melzke« prangte, war eine Seilzugklingel montiert.

Henri betätigte sie und hörte gleich darauf Schritte.

Eine Frau in einer adretten weißen Schürze, deren Träger mit Rüschen verziert waren, öffnete.

»Sie wünschen, bitte?«

Henri verneigte sich höflich. »Mein Name ist Heinrich Schneider«, erklärte er. »Ich komme aus Colmar und suche eine Unterkunft.«

»Und wie kommen Sie ausgerechnet auf mich«, wollte die Frau erstaunt wissen. »Normalerweise werde ich nur von Stammkunden frequentiert.«

Henri hatte mit der Frage gerechnet und sich auch bereits eine nur schwerlich zu überprüfende Antwort zurechtgelegt: »Ich bin das erste Mal in Berlin«, gab er mit einem kleinen Lächeln zurück. »Und da ich nicht wusste, wohin ich mich wenden sollte, habe ich einen der Gepäckträger am Anhalter-Bahnhof nach einer Pension gefragt. Er gab mir Ihre Adresse.«

Die Frau war offensichtlich erstaunt, schien dem Fremden jedoch Glauben zu schenken.

»Wie lange wollen Sie denn bleiben, mein Herr?«

»Um ehrlich zu sein, weiß ich es noch nicht so genau«, erwiderte Henri wahrheitsgemäß. »Ich bin aus geschäftlichen Gründen in Berlin. Ob ich für meine Erledigungen jedoch zwei Wochen oder zwei Monate benötige, ist im Augenblick beim besten Willen noch nicht absehbar.«

Die Wirtin zeigte sich beeindruckt. Ein Geschäftsmann also. Da sie nicht neugierig erscheinen wollte, fragte sie jedoch nicht weiter nach. Stattdessen bat sie ihn nun in die Wohnung.

Henri fand sich in einem langen Flur wieder, von dem etliche Türen abgingen. Die Dame des Hauses öffnete nun eine davon.

»Das wäre mein einziges Zimmer, das derzeit frei ist.«

Der Raum war klein und sehr schlicht möbliert, dabei aber recht hell und vor allem sauber.

Der Anwalt nickte. »Es gefällt mir. Was würde es kosten?«

»Sechs Märker die Woche«, lautete die Antwort. Normalerweise verlangte sie fünf, aber wer aus geschäftlichen Gründen nach Berlin kam, war gewiss auch in der Lage, etwas mehr zu zahlen. Schließlich musste jeder sehen, wo er blieb.

»Da Heizmaterial Mangelware ist, kann ich nur zwei Stunden am Tag heizen«, fügte sie hinzu. »Mit Frühstück können Sie nur rechnen, wenn Sie Lebensmittelmarken haben. Und auch dann besteht es nur aus einer Scheibe K-Brot und einer Tasse Muckefuck.«

Fragend sah er sie an.

Was Muckefuck war, wusste er – eine Mischung aus

Bohnenkaffee und gerösteten Zichorienwurzeln als Streckungsmittel. Der Begriff musste schon während der Napoleonischen Kriege entstanden sein und leitete sich von dem französischen Wort Mocca faux – falscher Kaffee also – ab.

Aber was zum Teufel verstand man unter K-Brot?

Aus Gründen der Vorsicht zog er es allerdings vor, die Frage nicht zu stellen. Schließlich war er ein Deutscher – und daher würde er vermutlich wissen müssen, um was es sich handelte.

Prompt deutete die Pensionswirtin seinen Blick falsch.

»Falls Sie keine Lebensmittelkarten besitzen, können Sie als Geschäftsreisender einen Antrag beim Amt stellen.«

»Das werde ich noch heute erledigen«, beeilte sich Henri zu versichern. »Sie werden mir das Zimmer also vermieten?«

Sie nickte und streckte ihm ihre rechte Hand entgegen. »Herzlich willkommen in meiner Pension, Herr Schneider. Mein Name ist übrigens Elvira Melzke.«

Erfreut ergriff Henri die dargebotene Hand. Das erste Problem war damit gelöst. Er hatte eine Unterkunft in Berlin.

»Ich danke Ihnen vielmals, Frau Melzke.«

*

Das Generalstabsgebäude befand sich am Königsplatz Nummer sechs, im Stadtteil Tiergarten, und war der Sitz der Obersten Heeresleitung.

Bismarck hatte den 1871 fertiggestellten Bau aufgrund seiner roten Backsteinfassade zwar geringschätzig »die rote Bude« genannt, aber das mochte wohl dem angespannten Verhältnis geschuldet sein, das der Eiserne Kanzler, nach der Schlacht von Königgrätz, ohnehin zu den Militärs entwickelt hatte. Ein wenig objektiver betrachtet war das im Stil der Neorenaissance errichtete Gebäude nämlich durchaus beeindruckend.

Das musste auch Henri zugeben, als er, auf einer Spreebrücke stehend, einen ersten Blick auf die Höhle der Löwen warf, zu der er sich irgendwie Zutritt verschaffen musste.

Der Grund dafür: Auch der militärische Nachrichtendienst des Deutschen Kaiserreichs – die Abteilung III b also – war unmittelbar dem Generalstab unterstellt und daher gleichfalls in diesem Gebäude untergebracht. Und in dieser Abteilung, die unter der Leitung von Oberst Walter Nicolai stand, arbeitete der Bruder Major Arnold Kalles – Oberleutnant Erich Kalle.

Um zu ihm Kontakt aufnehmen zu können, musste Henri zunächst einmal herausfinden, wie der Mann überhaupt aussah – und im Augenblick hatte er noch nicht die geringste Ahnung, wie er das bewerkstelligen sollte.

Nachdenklich schlenderte er auf das Gebäude zu und stellte fest, dass der Eingang aus einer Drehtür bestand, die jedermann ungehindert passieren konnte. Es herrschte ein reges Kommen und Gehen – Militärs und Zivilisten schoben sich gleichermaßen durch das aus Holz und Glas bestehende Drehkreuz, über dem in einem Marmorrelief der preußische Adler schwebte.

Auch Henri betrat nun das Gebäude und sah sich aufmerksam um. Die imposante, drei Stockwerke hohe Eingangshalle war marmorverputzt, der Fußboden mit verschiedenfarbigen Marmorplatten belegt – weiß, grau, schwarz, gelb und rot.

Der allgemeine Zutritt wurde durch eine Barriere begrenzt, an deren einziger Öffnung Soldaten standen und Passierscheine kontrollierten. Dahinter befand sich ein Paternosteraufzug und ein Treppenaufgang.

Um nicht aufzufallen, nahm Henri zwischen zahlreichen Wartenden auf einer der hölzernen Bänke Platz. Von hier aus beobachtete er, dass die Passierscheine für Besucher offenbar von dem Pförtner ausgestellt wurden, der in einer Loge saß, über der ein mächtiger, die Reichsinsignien bewachender Relief-Löwe prangte.

Darüber hinaus hingen im Foyer eine Reihe von mit Pfeilen versehenen Hinweisschildern: »Zu den Erfrischungsräumen«, »Zur Bibliothek«, »Zu den Sprechzimmern«, »Zu den Aborten«.

Der Anwalt erhob sich und ging den Pfeilen nach. Vorsorglich erkundete er alle frei zugänglichen Räumlichkeiten, um dann, geschäftigen Schrittes, das Generalstabsgebäude wieder zu verlassen.

Langsam begann in ihm ein Plan zu reifen, wie er es anstellen konnte, Oberleutnant Erich Kalle zu Gesicht zu bekommen. Um ihn umzusetzen, würde er jedoch eine Verkleidung benötigen, über die er sich allerdings noch nicht schlüssig war. Aber gewiss würde ihm auch dazu eine Lösung einfallen.

Wie er es seiner Wirtin zugesagt hatte, suchte er nun

das Amt auf, in dem er als Reisender Lebensmittelkarten beantragen konnte und kehrte dann in seine Pension zurück.

Am nächsten Morgen klopfte Elvira Melzke schon in aller Frühe an die Tür ihres neuen Hausgastes.

»Herr Schneider? Sind Sie schon wach?«

Henri brauchte eine Weile, bis er begriff, dass er gemeint war. Sein deutscher Nachname war ihm noch nicht wirklich geläufig.

Dann rappelte er sich jedoch auf, warf einen Mantel über seinen Schlafanzug und tappte auf nackten Sohlen zur Tür.

»Guten Morgen, Frau Melzke. Was kann ich für Sie tun?«

»Bitte, Herr Schneider, Sie müssen mir helfen«, stieß sie aufgeregt hervor. »Ich habe gerade einen Geheimtipp erhalten, dass im Nordhafen Kohlen angekommen sein sollen, und möchte versuchen, davon welche zu ergattern. Es steht auch ein Handwagen zur Verfügung. Aber wenn es mir gelingt, ihn vollzuladen, werde ich ihn nicht mehr alleine ziehen können. Hätten Sie vielleicht Zeit, mich zu begleiten? Es wäre so schön, wenn wir hier mal wieder richtig durchheizen könnten.«

Wie hätte Henri diese Bitte ablehnen können?

»Geben Sie mir ein paar Minuten, um mich frisch zu machen, Frau Melzke«, erwiderte er. »Dann gehe ich gerne mit Ihnen.«

Dankbar strahlte sie ihn an. »Das ist wirklich ganz reizend, Herr Schneider. Ich suche Ihnen auch schnell

Arbeitskledage von meinem verstorbenen Mann heraus. Muss ja nicht sein, dass Sie Ihre elegante Kleidung mit Kohlenstaub verderben.«

Henri nickte nur und verzog sich ins Bad. Als er in sein Zimmer zurückkehrte, lag dort neben einer sandfarbenen Manchesterhose ein Wollpullover, eine dicke Jacke aus grobem Flanellstoff, eine Schiebermütze aus Tweed, ein selbstgestrickter Schal und ebensolche Handschuhe.

Seine Wirtin hatte an alles gedacht. Sogar ein Frühstück hatte sie für ihn gerichtet. Muckefuck und K-Brot. Das K stand dabei, wie er inzwischen erfahren hatte, für das streckende Kartoffelmehl.

Einige Minuten später liefen Henri und seine Wirtin, einen Handwagen hinter sich herziehend, durch die verschneiten Straßen Berlins. Es war bitterkalt und ein schneidender Nordost fegte um die Häuserecken.

Ein Spaziergang würde dieser Ausflug wirklich nicht werden. Das wurde Henri spätestens jetzt bewusst.

Immerhin schien sich seine Begleiterin durch die Kälte nicht die gute Laune verderben zu lassen. Mit blitzenden Augen, die aus ihrer Wollschal-Vermummung hervorlugten, lachte sie: »Wir sehen aus wie Cook und Nansen auf ihrer Polarexpedition.«

Henri grinste. »In der Tat. Viel kälter kann es dort auch nicht gewesen sein.

Der Weg zum Nordhafen war weit. Er führte am Reichstag vorbei und an der Charité – bis nach Moabit.

»Normalerweise hätten wir ja die Elektrische nehmen

können«, ließ sich Elvira Melzke vernehmen und stieß wegen der Kälte bei jedem Wort kleine Nebelschwaden aus. »Aber mit dem Handkarren geht das natürlich nicht … Doch wenn wir nachher einen Zentner Presskohle nach Hause ziehen, werden wir schon ins Schwitzen kommen«, meinte sie, warf Henri einen Seitenblick zu und kicherte leise.

»Mit der ollen Schirmmütze von meinem Erwin sehen Sie ganz verändert aus. Irgendwie – wie soll ich sagen – verwegener.«

Erstaunt sah er sie an. Flirtete sie etwa mit ihm?

Nun ja, warum nicht? Sie mochte zwar ein paar Jährchen älter sein als er, war mit ihren dunklen Locken und den stets verschmitzt dreinblickenden Augen aber mit Sicherheit ein appetitlicher Anblick. Wer weiß. Wenn es Greet nicht geben würde und seine Gefühle für sie, hätte er sich eine kleine Affäre mit Elvira Melzke vielleicht sogar vorstellen …

Als ihm in diesem Augenblick der erste Teil ihres Satzes bewusst wurde, unterbrach er den Gedanken abrupt. »Mit der ollen Schirmmütze von meinem Erwin sehen Sie ganz verändert aus«, hatte sie gesagt. Verändert! War das vielleicht die Lösung, nach der er gesucht hatte?

»Sind Sie eigentlich verheiratet, Herr Schneider?«

Er schüttelte den Kopf, war mit seinen Gedanken jedoch ganz woanders. Dadurch entging ihm auch das zufriedene Aufblitzen ihrer Augen.

Oh ja, Elvira war an ihrem neuen Hausgast interessiert. Sehr sogar.

Eine Weile stapften beide stumm nebeneinander her – ein jeder seinen eigenen Gedanken nachhängend.

Es war die Wirtin, die es zuerst bemerkte: »Sehen Sie nur – Kohlen. Nun ist es bestimmt nicht mehr weit.«

Auch Henri bemerkte jetzt den Leiterwagen, der ihnen, beladen mit seiner schwarzen Fracht, entgegenkam. Gleich hinter ihm ächzte ein alter, bis an die Grenze seiner Belastbarkeit mit Kohle gefüllter Kinderwagen.

Und tatsächlich – nach der nächsten Straßenbiegung sahen sie den Nordhafen vor sich liegen. Was sie jedoch außerdem erblickten, war nicht gerade dazu angetan, ihre Zuversicht zu stärken: Schwarz von Menschen und Fuhrwerken aller Art wimmelte es vor ihnen – bis hinab zu den Kähnen, von denen die Kohle entladen wurde.

»So viel zum Thema Geheimtipp«, knurrte Elvira enttäuscht. »Und was machen wir nun?«

»Auf gar keinen Fall werden wir jetzt aufgeben und den ganzen Weg durch die Kälte vergebens gemacht haben«, gab Henri grimmig zurück. »Also – immer hinein ins Getümmel.«

Es sollte zwar den ganzen Tag dauern, aber am Abend lagen ein Zentner Presskohlen in Elviras sorgfältig verschlossenem Keller.

Und die Wirtin der Pension Melzke war sich nun ganz sicher: Dieser Heinrich Schneider war nicht nur ein Mann nach ihrem Geschmack, sondern auch ein Geschenk des Himmels.

*

Am Vormittag des 2. April 1917 betrat ein Mann in sandfarbener Manchesterhose und dicker Flanelljacke das belebte Vestibül des Generalstabsgebäudes. Auf dem Kopf trug er eine tief ins Gesicht gezogene Schiebermütze aus Tweed. Den Kragen seiner Jacke hatte er hochgestellt.

Zielstrebig ging er zur Pförtnerloge und stellte sich dort ordnungsgemäß in die Warteschlange.

Als er an die Reihe kam, sagte er: »Ich möchte Oberleutnant Erich Kalle sprechen.«

»Nennen Sie mir bitte Ihren Namen und den Grund Ihres Anliegens«, gab der Pförtner gleichgültig und mit gezücktem Bleistift zurück.

»Das werde ich ganz gewiss nicht«, knurrte der Mann leise. »Sagen Sie dem Kalle einfach, einer seiner Agenten sei hier und hätte eine dringende Meldung zu machen. Das muss reichen.«

Der Pförtner war offensichtlich überfordert. »Aber ich brauche doch …«

»Nichts da«, zischte der Mann energisch. »Außer Kalle darf überhaupt niemand wissen, dass ich in der Stadt bin. Wenn Ihnen Ihr Job also lieb ist, tun Sie jetzt sofort, was ich Ihnen sage. Der Oberleutnant soll einfach herunterkommen. Aber zack, zack. Ich werde ihn bei den Sprechzimmern erwarten.«

Der Pförtner nickte verdutzt, während der Mann sich abwandte, um in Richtung der Sprechzimmer davonzugehen. Auf dem Weg dorthin verschwand er in den Herrentoiletten und entzog sich so weiteren Blicken aus der Portiersloge.

Hastig betrat Henri eine der Kabinen und schloss die Tür hinter sich. Schnell zog er die Mütze vom Kopf und die Jacke aus. Dem mitgebrachten Rucksack entnahm er seinen dunklen Tuchmantel und stopfte die ausgeliehenen Kleidungsstücke des verstorbenen Erwin Melzkes hinein. Dann zog er den Mantel über und schlenderte gemächlichen Schrittes zurück in die Halle.

Unauffällig sah er sich um, aber kein Mensch nahm Notiz von ihm. Also setzte er sich auf die Bank, die der Pförtnerloge am nächsten stand und von der er einen ausgezeichneten Überblick hatte. Gespannt wartete er und hoffte inständig, dass sein Plan aufging.

Tatsächlich wurde Henris Geduld auf keine harte Probe gestellt. Nur wenige Augenblicke nachdem er Platz genommen hatte, kam ein Offizier in einer blauen Litewka eilig die Treppe herab, passierte die Barriere und ging auf die Pförtnerloge zu.

Der Türhüter wies mit der Hand in Richtung der Sprechzimmer. Der Offizier folgte dem Hinweis und kam dabei fast an Henri vorbei, der nun deutlich sein Gesicht sehen und an den einsternigen Achselstücken den Dienstgrad eines Oberleutnants ausmachen konnte.

Wenig später kam der Mann zurück und sprach erneut mit dem Pförtner, der nun sogar seine Loge verließ, sich suchend umsah und verständnislos mit den Schultern zuckte.

Schließlich wandte sich der Offizier ab und stieg, offensichtlich verärgert, die Treppe wieder empor.

Für Henri bestand kein Zweifel: Dieser Offizier war

Oberleutnant Erich Kalle. Mit einem einfachen Trick war es ihm gelungen, ihn ausfindig zu machen.

In den nächsten Tagen klebte der Anwalt wie ein Schatten an Kalle, sobald dieser das Generalstabsgebäude verließ. Er fand alles heraus, was er wissen musste: Kalles Adresse, seine Gewohnheiten, seine Arbeitszeiten.

Nun galt es nur noch, den Zufall für ein persönliches Kennenlernen zu arrangieren …

*

Am 6. April 1917 leitete ein Feuerschlag aus 3.500 Geschützen die Frühjahrsoffensive der Alliierten ein. Innerhalb von zehn Tagen wurden von der französischen Artillerie über 6,5 Millionen Granaten abgeschossen.

Geleitet wurde die gigantische Offensive von Generalissimus Georges Robert Nivelle, der dafür fast eine Million Soldaten und 200 Panzer neuester Bauart zusammengezogen hatte. Natürlich waren seine Pläne in Abstimmung mit dem britischen Oberbefehlshaber Douglas Haig entwickelt worden. Die beiden Heerführer hatten sich darauf geeinigt, gegen den verwundbarsten Punkt der deutschen Frontlinie, die Noyon-Spitze, gut hundert Kilometer nördlich von Paris, vorzustoßen. Doch die Absicht, die letzte und entscheidende Schlacht der blutigen Auseinandersetzung zu schlagen, die man später den Großen Krieg nennen sollte, ging ins Leere.

Die Deutschen waren abgezogen. Sie hatten das Gebiet zwischen Arras und Soissons geräumt, in dem man über zwei Jahre lang um jeden Quadratmeter gerungen hatte und ungeheure Mengen Blut geflossen waren. Dabei waren sie nach der Kriegstaktik »Verbrannte Erde« vorgegangen und hatten das Gebiet unter dem Decknamen »Unternehmen Alberich« planmäßig verwüstet. Jedes Dorf glich einem Trümmerhaufen, jeder Baum war gefällt, jede Straße vermint, jede Schiene abgeschraubt, jeder Telefondraht zerschnitten und mehr als 100.000 Zivilisten deportiert.

Die Enttäuschung der Franzosen war grenzenlos. Sie wuchs sich zur Verzweiflung aus, als die Versuche Nivelles, die neue, verkürzte und verstärkte Frontlinie der Deutschen zu durchbrechen, in einer Katastrophe endeten. Die Verluste vor allem am Höhenzug Chemin des Dames waren hoch. Allein Frankreich hatte etwa 50.000 Tote und 100.000 Verletzte zu beklagen.

Der von Nivelle geschürte Optimismus schlug in puren Defätismus um und führte zur Meuterei. Ganze Divisionen verweigerten den Befehl. Die Soldaten forderten Soldatenräte nach dem Vorbild der Russen in der Februar-Revolution. Viele marschierten zum nächstgelegenen Bahnhof und stürmten die Züge nach Paris. Die Armee war in Auflösung begriffen.

Der französische Ministerpräsident Aristide Briand trat zurück und wurde durch Alexandre Ribot ersetzt. Kriegsminister General Lyautey nahm seinen Abschied. An seine Stelle trat Admiral Lucien Lacaze – allerdings nur für wenige Tage und bis zu seiner Ersetzung durch Paul Painlevé.

Auch General Nivelle zog es vor zu gehen. Zum neuen

Oberbefehlshaber wurde der populäre General Philippe Pétain berufen – der Held von Verdun, wie er genannt wurde. Und dieser griff mit brutaler Härte durch. Soldaten, die bei dem Ruf »Nieder mit dem Krieg! Es lebe der Frieden!« erwischt wurden, ließ er zur Abschreckung erschießen.

Doch auch das half nichts mehr. Die gigantische und sorgfältig geplante Frühjahrsoffensive der Franzosen war zu einer vernichtenden Niederlage geworden – das Ende des Krieges wieder in weite Ferne gerückt.

Da dafür jemand zur Rechenschaft gezogen werden musste und die Verantwortlichen sich aus dem Staub gemacht hatten, heizte die französische Presse die Spionagehysterie an. Schuld an der derzeitigen Lage konnten nur Verräter haben.

Immerhin sprach alles dafür, dass der Chef der deutschen Obersten Heeresleitung, General Erich Ludendorff, über Nivelles Pläne bestens unterrichtet gewesen sein musste.

Das traf auch zu. Allerdings bezog Ludendorff seine Informationen nicht durch deutsche Spione, sondern letztlich durch Nivelle selbst, der die Strategie seiner Frühjahrsoffensive, die eigentlich ein streng gehütetes Staatsgeheimnis hätte sein müssen, bis zu den niedrigsten Offiziersrängen verteilt hatte. So hatten die Deutschen bereits im Februar bei der Leiche eines Offiziers aufschlussreiche Dokumente gefunden, und Anfang April noch einmal bei einem toten Feldwebel.

Doch wer wollte davon etwas wissen?

Damit war nun das eingetreten, was Clunet und Henri Tailleur befürchtet hatten: Es wurden Sündenböcke gesucht, an denen man ein Exempel statuieren konnte. Und ihre Mandantin stand dafür ganz oben auf der Besetzungsliste.

Sofort eilte der Maître ins Saint-Lazare, um Mata Hari zu informieren. Er war denkbar schlecht gelaunt. Dass sie, eine Frau, für die Fehler anderer den Kopf hinhalten sollte, hatte sie weiß Gott nicht verdient.

Sicher, unschuldig konnte man sie beim besten Willen nicht nennen, doch das, was sich nun abzeichnete, war einfach nur hochgradig ungerecht.

Obwohl Mata Hari von den Neuigkeiten noch nichts gehört hatte – schließlich hatte Untersuchungsrichter Bouchardon strengste Nachrichtensperre für sie verhängt –, war auch sie gedrückter Stimmung.

»Wie gut, dass du kommst, Eduart«, begrüßte sie ihn, um dann sofort die Frage zu stellen, die ihr als einzige wichtig erschien: »Hast du Nachricht von Henri? Er fehlt mir so sehr.«

»Aber nein«, wehrte er ab. »Natürlich nicht. Solange wir nicht ausschließen können, dass unsere Post unter Beobachtung steht, meldet er sich nicht. Er würde sonst die ganze Aktion gefährden.«

Sie nickte.

»Ja, natürlich. Das verstehe ich. Ich hoffe nur, dass es ihm gut geht und er bald zurückkehrt.«

»Das hoffe ich auch«, gab Clunet seufzend zurück. »Zumal etwas geschehen ist, das es noch dringender erscheinen lässt, einen Beweis deiner Unschuld vorlegen zu können.«

»Ach ja?«, fragte sie, obwohl ihr Interesse nur mäßig zu sein schien.

Clunet konnte nur mit dem Kopf schütteln. Offensichtlich sorgte sich seine Mandantin mehr um Henri, als um ihr eigenes Schicksal.

In der Hoffnung, sie aus dieser Lethargie wecken zu können, schilderte er ihr nun die Neuigkeiten.

»Mein Gott«, meinte sie schaudernd. »Wie schrecklich. Haben viele Männer ihr Leben lassen müssen?«

»Man spricht von 50.000«, erwiderte Clunet ernst. »Und wir müssen uns darüber im Klaren sein, dass man ihren Tod dir anlasten wird.«

Verständnislos sah sie ihn an. »Mir? Aber was habe ich damit zu tun?«

»Herrgott noch mal«, brauste Clunet auf. »Wie kann man nur so ignorant sein. Weil du den Deutschen angeblich die Pläne der französischen Frühjahrsoffensive verraten hast.«

Hilflos zuckte sie mit den Schultern. »Aber ich kannte sie doch selbst nicht. Wie soll ich sie also verraten haben? Wie kommst du überhaupt darauf?«

»Weil dein Major Kalle es aus Madrid nach Berlin telegrafiert hat«, erklärte er grimmig.

»Aber das ist doch gelogen«, entgegnete sie verständnislos.

In diesem Moment begriff Clunet, dass die Frau, die vor ihm saß, nichts mehr mit der gemein hatte, die man einmal als Star in ganz Europa gefeiert hatte, die charmant, aber dabei auch geistreich und gewitzt gewesen war und stets in der Lage, ihren persönlichen Vorteil zu nutzen.

Jetzt und hier war sie nur noch ein Schatten ihrer selbst und ihren Feinden hilflos ausgeliefert. Wie es aussah, hatte sie nur noch Henri und ihn, die ihr zur Seite standen, verlässlich und bis zum Ende – egal, wie das aussehen mochte.

Tiefes Mitleid mit seiner Freundin erfasste ihn, die offensichtlich ihre eigene Situation nicht mehr richtig einschätzen konnte.

Er zwang sich zur Ruhe. »Ich weiß, Marguerite. Mach dir keine Sorgen. Henri und mir wird es schon gelingen, die falschen Anschuldigungen aus dem Wege zu räumen.«

Dankbar lächelte sie ihn an.

Am nächsten Tag erhielt Mata Hari erneut eine Vorladung zum Verhör bei Capitaine Pierre Bouchardon.

Da sie keine Wahl hatte, fand sie sich dort ein. Aber mehr noch als an den Tagen zuvor, war sie heute die ewigen Fragen und das Katz-und-Maus-Spiel leid. Sie hatte beschlossen, ihre Geschichte zu erzählen und endlich reinen Tisch zu machen.

»Da Sie vorher ja doch keine Ruhe geben, habe ich mich entschieden, Ihnen heute die Wahrheit zu sagen«, erklärte sie, als der Untersuchungsrichter mit den üblichen Methoden das Verhör beginnen wollte.

Erstaunt sah Bouchardon sie an und selbst der Gerichtsschreiber, Sergent Baudouin, blickte ungläubig auf, beugte sich dann aber gleich wieder über seinen Block, auf dem er das Verhör protokollierte.

Na klar, worüber wunderte er sich? Früher oder später begannen bei diesem Untersuchungsrichter, der zweifellos wie ein Staatsanwalt taktierte, alle zu reden.

»Eine weise Entscheidung«, ließ sich Bouchardon nun vernehmen. »Damit ersparen Sie sich und mir sehr viel Ärger. Beginnen Sie also mit Ihrem Geständnis, Madame. Sie haben meine uneingeschränkte Aufmerksamkeit.«

Mata Hari holte tief Luft und erzählte: »Es war im November 1915 …«

Sofort unterbrach er sie.

»Das ist schon die erste Lüge. Mit Ihrer Arbeit für die Deutsche Abwehr müssen Sie viel früher begonnen haben.«

Ärgerlich sah sie ihn an. »Ich habe mich entschlossen, Ihnen die Wahrheit zu erzählen, Capitaine Bouchardon, um dieses leidige Verfahren zu beschleunigen. Ob Sie meinen Worten Glauben schenken oder es bleiben lassen, ist Ihre Entscheidung. Aber unterbrechen Sie mich bitte nicht.«

Er sagte nichts dazu, forderte sie nur mit einer Handbewegung auf, fortzufahren.

»Also, es war im November 1915«, wiederholte sie. »Ich lebte damals in Den Haag, war krank und in akuter Geldnot, weil ich keine Engagements mehr bekam. Mein kostspieliges Hotelzimmer hatte ich aufgeben müssen und war in ein kleines Häuschen gezogen. Und eben hier suchte mich eines Tages Carl Cramer auf, der deutsche Generalkonsul in Amsterdam. Er wusste, woher auch immer, dass ich mir nichts sehnlicher wünschte, als nach Paris zurückzukehren, und machte mir folgendes

Angebot: Er wollte meine Schulden komplett begleichen, mir darüber hinaus 20.000 französische Franc zahlen und mir die notwendigen Papiere für eine Paris-Reise besorgen. Als Gegenleistung sollte ich meine Kontakte zu hohen Militärs und Politikern nutzen, um Informationen zu beschaffen, die für Deutschland interessant wären. Nach kurzer Bedenkzeit willigte ich ein. Warum hätte ich das Angebot auch ausschlagen sollen? Es half mir weiter und verpflichtete mich im Grunde zu nichts. Schließlich betonte Cramer, dass für Deutschland alles interessant wäre, was sich in Frankreich ereignete. Immerhin befände man sich im Krieg.

Ja, und mit eben dieser Direktive wurde ich tätig. Ich lieferte den Deutschen Informationen, die aus französischen Zeitungen stammten oder die ich in irgendwelchen Salons als Klatschgeschichten aufgeschnappt hatte. Es waren also keine Geheimnisse, sondern allgemein bekannte Fakten oder Gerüchte, die ich hin und wieder und aus meiner eigenen Fantasie heraus etwas aufbauschte, um sie spektakulärer klingen zu lassen.

Und das ist eigentlich auch schon alles. Im Grunde genommen habe ich den Deutschen mit meiner angeblichen Agententätigkeit mehr geschadet als genutzt. Dafür kann mich vielleicht ein deutsches Gericht verurteilen, aber gewiss kein französisches. Und darum bitte ich Sie, diese Farce endlich zu beenden und mich freizulassen.«

Natürlich gab sich Bouchardon mit diesen Informationen nicht zufrieden. Er begann, einzelne Punkte ihrer Geschichte zu hinterfragen.

Doch Mata Hari hatte für diesen Tag endgültig genug. Ihre stereotype Antwort lautete nur noch: »Ich habe meinen Worten nichts mehr hinzuzufügen.«

Schließlich ließ er sie gehen.

Sie hatte gestanden, für den deutschen Geheimdienst als Agentin gearbeitet zu haben – und sich damit ihr eigenes Grab geschaufelt. Das war alles, was zählte!

*

Aufgrund der fehlgeschlagenen französischen Frühjahrsoffensive war man in Deutschland in Feierlaune. Um die notleidende Bevölkerung wieder ein wenig aufzuheitern, schlachtete das Kriegspresseamt die Geschichte weidlich aus und wurde nicht müde, sich über die Entente lustig zu machen, die eine gewaltige Armee zusammengezogen hatte und dann völlig überrascht wurde, weil niemand da war, der angegriffen werden konnte.

Ungeachtet der Tatsache, dass die Franzosen nun auf die Siegfriedlinie vorstießen, auf die sich die Deutschen zurückgezogen hatten, und schwere Kämpfe unmittelbar bevorstanden, wurde in Berlin gefeiert.

Auch Elvira Melzke war der festen Überzeugung, dass der Sieg unmittelbar bevorstand und der schreckliche Krieg damit schon bald ein Ende haben würde.

Grund genug, so meinte sie, ein paar Gläser auf Kaiser und Vaterland zu leeren, und eben dazu lud sie ihre Hausgäste ein.

Es wurde ein ausgelassener Abend, an dem viel gelacht,

viel getanzt und viel getrunken wurde – dennoch verlief er nicht zu Elviras Zufriedenheit. Ihr Plan, ihren Lieblingsgast Heinrich Schneider in dieser Nacht zu verführen, ging nicht auf. Dieser verabschiedete sich nämlich, lange bevor die übrigen Hausgäste in ihre Betten verschwanden.

»Es tut mir wirklich leid, Frau Melzke«, entschuldigte er sich zerknirscht, »aber ich habe heute Abend noch eine weitere Einladung, die ich leider auf gar keinen Fall absagen kann.«

Elvira war sichtlich enttäuscht und nicht sofort bereit, ihre Hoffnungen aufzugeben.

»Vielleicht mögen Sie ja nach Ihrer Rückkehr noch einmal bei uns reinschauen«, schlug sie vor und sah ihm dabei tief in die Augen.

»Ja, vielleicht«, gab Henri zögernd zurück. »Aber wahrscheinlich wird es dann schon sehr spät sein – zu spät.«

»Zu spät ist es dafür nie, Herr Schneider«, lächelte sie verheißungsvoll.

Das war deutlich.

Fast fluchtartig verließ Henri die Pension. Er hatte heute Abend wirklich andere Probleme.

Es war gegen 23 Uhr, als der Anwalt den Esterhazy-Keller in der Oranienburger Straße betrat. Während seiner Ermittlungen hatte er herausgefunden, dass Erich Kalle hier Stammgast war, und nun hoffte er, den Herrn Oberleutnant an diesem Abend, an dem ganz Berlin feierte, hier anzutreffen. Rein zufällig verstand sich. Und dafür war dies genau der richtige Ort und genau der richtige Zeitpunkt.

Henri war nicht mehr ganz nüchtern, als er die Nachtbar betrat, aber längst nicht so betrunken, wie er vorgab zu sein. Und da sich Erich Kalle – wie er schnell herausgefunden hatte – tatsächlich unter den Anwesenden befand, startete er auch sofort mit seinem großen und sorgsam geplanten Auftritt.

»Heil dir im Siegerkranz,
Herrscher des Vaterlands!
Heil, Kaiser, dir!«, grölte er die Hymne, als er torkelnd auf einen freien Platz an der Bar – direkt neben Kalle – zustrebte.

Die übrigen Gäste beobachteten amüsiert, wie er den Hocker erklomm, ungefragt das Glas des Oberleutnants ergriff und allen Anwesenden zuprostete. Anstatt nun aber die erste Strophe zu Ende zu singen, nahm er einen tiefen Schluck Bier und begann dann gleich mit der dritten:

»Heilige Flamme, glüh,
glüh und erlösche nie
fürs Vaterland! …«

Barbesucher erhoben sich, standen stramm und mit stolz geschwellter Brust nebeneinander und fielen lautstark in seinen Gesang ein:

»Wir alle stehen dann
mutig für einen Mann,
kämpfen und bluten gern
für Thron und Reich.«

Henri nahm einen weiteren Schluck aus dem Bierglas und stellte es dann wieder vor seinem Nebenmann hin.

Doch Kalle schüttelte lachend den Kopf, schob es zu ihm zurück und klopfte ihm anerkennend auf den Rücken.

»Du kannst es austrinken, Kamerad«, sagte er. »Ich bestelle mir ein neues.«

Das wollte sein Nachbar jedoch nicht gelten lassen. Mit schwerer Zunge erklärte er: »Ich bin kein Kamerad. Leider. Ich bin Elsässer. Und denen traut der Kaiser nicht über den Weg.«

Auch Kalle, selbst nicht mehr ganz nüchtern, zeigte sich erstaunt. »Du stammst aus dem Elsass? Tatsache? Und was machst du hier in Berlin?«

»Beschweren will ich mich«, brauste Henri auf und machte eine unkontrollierte Handbewegung, mit der er fast das Bierglas vom Tresen gestoßen hätte. Nur Kalles Geistesgegenwart war es zu verdanken, dass es nicht auf den Boden fiel und zersplitterte.

»'tschuldigung«, murmelte Henri.

»Keine Ursache«, gab der Oberleutnant zurück und stellte das Glas in sicherer Entfernung wieder ab.

»Worüber willst du dich beschweren?«

»Darüber, dass ich mein geliebtes deutsches Vaterland nicht mit der Waffe in der Hand, sondern nur mit der Mistgabel verteidigen darf«, lallte Henri.

»Ach so«, Kalle glaubte zu begreifen. »Du bist Bauer und damit vom Militärdienst freigestellt.«

»Falsch«, widersprach sein Nebenmann, offensichtlich bemüht, sich deutlich zu artikulieren. »Ich bin Elsässer

Bauer. Und damit nicht freigestellt, sondern verpflichtet. Verstehst du? Ich habe gar nicht erst die Wahl – zwischen Waffe und Mistgabel. Dabei würden mein Vater und meine Brüder die Arbeit auf den Feldern auch ohne mich schaffen.«

»Nun ja«, gab Kalle zu bedenken. »Es ist schon schwierig mit den Elsässern. Jahrhundertelang wurden sie zwischen Frankreich und Deutschland hin und her gezerrt. Da können sie doch selbst kaum noch wissen, zu wem sie gehören.«

»Nehmen Sie das sofort zurück, mein Herr«, polterte Henri los. »Seit Menschengedenken ist meine Familie deutsch – spricht deutsch, denkt deutsch, fühlt deutsch. Da können Sie in Colmar jeden fragen. Jeder Zweifel an unserer Gesinnung ist eine Beleidigung.«

»Ich meinte das nicht persönlich, sondern ganz allgemein«, versuchte Kalle ihn zu beruhigen. »Und dass die Elsässer den Franzosen näher stehen als wir Berliner zum Beispiel, ist ja wohl eine Tatsache. Oder sprechen Sie etwa kein Französisch?«

»Doch natürlich«, gab Henri gnädig zu. »Wenn man im Elsass geboren wird, wächst man zweisprachig auf. Das ist nun einmal so. Aber wie steht es mit dir? Sprichst du etwa keine Fremdsprache?«

Kalle zuckte mit den Schultern. »Nun ja. Das, was man so in der Schule lernt. Latein, Griechisch – ein bisschen Französisch und Englisch.«

»Siehst du«, trumpfte Henri auf. »Und unterstellt man dir, nur weil du die Sprache sprichst, mit den Froschfressern oder den Inselaffen zu sympathisieren?«

»Nein, natürlich nicht«, gab Kalle zu.

»Das ist eben der Unterschied«, stellte der Anwalt fest. »Und genau deswegen will ich mich beschweren.«

Die Unterhaltung zog sich noch endlos fort. An ihrem Ende war Oberleutnant Erich Kalle jedoch überzeugt davon, dass zumindest diesem Elsässer schreiendes Unrecht zuteilwurde.

Der Morgen graute bereits, als die Herren auseinandergingen.

»Und vergiss nicht, mich morgen in meinem Büro aufzusuchen, Heinrich«, sagte Kalle zum Abschied. »Vielleicht kann ich etwas für dich tun. Hast du die Adresse behalten?«

Henri nickte. »Generalstabsgebäude am Königsplatz Nummer sechs. Ich werde es gewiss nicht vergessen, Erich.«

Im Stillen jubelte er dabei. Sein Plan hatte perfekt funktioniert. Nun besaß er die Eintrittskarte zur Abteilung III b – dem militärischen Nachrichtendienst des Deutschen Kaiserreichs. Es hätte überhaupt nicht besser laufen können.

Damit war die Nacht für Henri aber noch nicht vorbei. Als er eine gute halbe Stunde später in seine Pension zurückkehrte, erwartete ihn dort nämlich eine Überraschung: Sein Bett war nicht leer. Elvira Melzke lag darin und schlief tief und fest.

Leise trat der Anwalt den Rückzug an.

Wie zum Teufel verhielt man sich in so einer Situation? Sollte er sich einfach dazulegen? Auf keinen Fall. War das Sofa in Elviras Salon eine Alternative? Kaum. Wenn er sich dort niederlegte, konnte es beim Erwachen für beide peinlich werden.

Eigentlich blieb ihm nur eine Möglichkeit: Auf Zehenspitzen verließ er die Pension und zog die Tür lautlos hinter sich ins Schloss.

Wenn er in zwei Stunden zurückkehrte, war sie bestimmt erwacht, hatte sein Bett geräumt und konnte davon ausgehen, dass er von ihrer Aktion nichts mitbekommen hatte.

So schnell wie möglich werde ich mir ein anderes Zimmer suchen, nahm er sich vor und musste unwillkürlich an ein Zitat des alten William Shakespeare denken: »Der Hölle Zorn ist nichts gegen die Rache einer verschmähten Frau.«

Und darauf konnte er nun wirklich gut und gerne verzichten.

*

»Mein Name ist Heinrich Schneider. Ich werde von Herrn Oberleutnant Kalle erwartet.«

Der Pförtner im Vestibül des Generalstabsgebäudes sah auf, und für einen Augenblick fürchtete Henri, von ihm erkannt zu werden.

Doch der Mann nickte nur gleichgültig. »Jawoll, Sie stehen auf der Besucherliste. Können Sie sich ausweisen?«

»Selbstverständlich.«

Henri legte seinen Pass vor und gedachte einen Moment dankbar des Malers Jean Dupont. Immerhin war es sein Verdienst, dass er keine Sorge haben musste, mit dem gefälschten Dokument aufzufliegen.

Der Pförtner schlug den Pass auf, musterte das inliegende Foto, musterte Henri und füllte dann einen Passierschein aus, den er ihm, gemeinsam mit seinem Pass, durch eine Wendeklappe zuschob.

»Nehmen Sie den Paternoster hinter der Barriere und fahren Sie in den dritten Stock hinauf. Dort werden Sie abgeholt«, erklärte er.

Henri dankte, wies seinen Passierschein am Durchlass der Barriere noch einmal vor und bestieg dann den Umlaufaufzug.

Als er ihn im dritten Stock wieder verließ, kam Oberleutnant Erich Kalle bereits den Flur entlang.

»Heinrich«, lächelte er. »Ich freue mich, dich zu sehen.« Er stockte kurz und meinte dann freimütig: »Es ist dir doch recht, wenn wir beim Du bleiben?«

»Aber natürlich«, erwiderte sein Gast augenzwinkernd. »Schließlich haben wir bereits eine Nacht miteinander verbracht.«

»Genau«, lachte Kalle. »So sehe ich das auch. Aber jetzt gehen wir zuerst einmal in mein Büro. Ich habe dir einiges zu erklären.«

Henri folgte dem Oberleutnant und war sehr gespannt, was ihn erwartete.

»Kann ich dir eine Tasse Kaffee anbieten? Nebenbei bemerkt: echter Bohnenkaffee, kein Muckefuck.«

Genießerisch schnalzte Henri mit der Zunge. »Da sage ich natürlich nicht nein.«

»Nimm schon mal Platz«, meinte Kalle und wies auf eine bequeme Sitzgruppe auf der einen Seite seines Büros, während er eine Tür öffnete und Anweisungen gab: »Wir hätten gern zweimal Kaffee, Müller. Und dann möchte ich die nächste halbe Stunde nicht gestört werden.«

»Jawoll, Herr Oberleutnant«, kam es zurück. »Habe verstanden. Und der Kaffee kommt sofort.«

Henri setzte sich und sah sich neugierig um. Der Raum war relativ groß und, abgesehen von der Sitzecke, mit einem Schreibtisch und diversen Aktenschränken möbliert.

Kalle setzte sich nun zu seinem Besucher. »Du weißt, wo du dich hier befindest?«

Verständnislos sah Henri ihn an. »Im Generalstabsgebäude?«

»Ja, natürlich«, nickte Kalle. »Aber in welcher Abteilung?«

»Auf einer Orientierungstafel im Paternoster war dem dritten Stock die Abteilung III b zugeordnet«, erwiderte der Anwalt. »Was das bedeutet, weiß ich allerdings nicht.«

»Immerhin«, stellte Kalle zufrieden fest. »Du warst aufmerksam genug, es zu bemerken und in deinem Gedächtnis zu behalten. Und genau das, mein Freund, ist eine wichtige Voraussetzung für die Tätigkeit, die ich dir anbieten möchte.«

Henri Tailleur verstand natürlich sofort, was das zu bedeuten hatte. Heinrich Schneider gab sich etwas begriffsstutziger: »Ich fürchte, ich verstehe nicht …«

Erich Kalle lachte. »Natürlich nicht. Wie solltest du auch. Bevor ich dich jedoch aufkläre, gestatte einige Fragen: Als wir uns im Esterhazy-Keller kennengelernt haben, hast du dich darüber beschwert, dass man dir keine Gelegenheit gibt, dein deutsches Vaterland mit der Waffe in der Hand zu verteidigen. Da du zu dem Zeitpunkt allerdings ziemlich betrunken warst, würde ich heute gerne wissen, ob das wirklich dein aufrichtiger Wunsch ist.«

»Aber natürlich«, bestätigte Henri ohne zu zögern. »Deswegen bin ich doch überhaupt nach Berlin gekommen. Und ich habe auch schon erste Erfolge aufzuweisen. Wie ich in Erfahrung bringen konnte, gibt es vielleicht doch eine Möglichkeit für mich als Soldat anzumustern. Zwar nicht für die Westfront, da wäre ich als Elsässer ein zu großes Risiko, heißt es. Aber immerhin für die Ostfront …«

Der Oberleutnant unterbrach ihn. »Vergiss es. Im Osten benötigt man derzeit keine weiteren Soldaten. Aufgrund der russischen Revolution wird dort ohnehin mehr verhandelt als gekämpft. Wir hingegen, die Abteilung III b, können tatkräftige Unterstützung hingegen sehr wohl gebrauchen.«

Zweifelnd sah Henri ihn an. »Nichts für ungut, Erich. Aber ob ausgerechnet ich einen brauchbaren Bürohengst abgebe, wage ich zu bezweifeln.«

Kalle lachte, wartete aber mit einer Entgegnung, weil Müller, seine persönliche Ordonanz, gerade den Kaffee brachte. Erst als der Soldat die Tür wieder hinter sich geschlossen hatte, erklärte er: »Keine Sorge. An

Bürohengsten, wie du es so schön bezeichnest, mangelt es uns nicht. Aber nun Butter bei die Fische: Die Abteilung III b ist der militärische Nachrichtendienst der deutschen Armee. Unsere vorrangigsten Aufgaben sind es, Informationen über feindliche Streitkräfte zu beschaffen und auszuwerten – Verteidigungsanlagen, Nachschubeinrichtungen, Waffen und so weiter. Zudem sind wir für die Abwehr von Geheimdienstaktivitäten feindlicher Staaten zuständig. Kurzum, unsere Arbeit ist von immenser Wichtigkeit. Viele der schwersten Niederlagen in der Kriegsgeschichte beruhen nämlich auf einer falschen Einschätzung der Lage, aufgrund fehlender oder falscher Informationen über die tatsächliche Situation. Um uns ein klares Bild zu verschaffen, ist unsere Personaldecke derzeit allerdings recht dünn und zu allem Überfluss ist nun auch noch unser Agentennetz in Frankreich weitgehend zusammengebrochen …«

»Darüber habe sogar ich gelesen«, beeilte sich Henri anzumerken.

Erstaunt hielt Kalle inne. »Du hast darüber gelesen?«

»Ja, natürlich«, versicherte sein Gegenüber eifrig. »Die berühmte Mata Hari ist doch als deutsche Spionin gefasst worden. Das stand in allen Zeitungen.«

Der Oberleutnant lachte.

»Ach, die Geschichte meinst du. Na ja, dieses Frauenzimmer war eher ein Fall für die Spionageabwehr. Offiziell ist sie zwar als deutsche Agentin tätig gewesen und hat sich auch fürstlich von uns bezahlen lassen, arbeitete aber tatsächlich für die Franzosen gegen uns.«

Überrascht sah Henri ihn an. »Und warum wollen ihr die Franzosen dann den Prozess machen?«

Kalle grinste breit. »Ich will es mal so ausdrücken: Wir haben gewisse Möglichkeiten, uns an illoyalen Mitarbeitern zu rächen. Aber wir kommen vom Thema ab.«

Das fand Henri zwar ganz und gar nicht, hatte damit aber immerhin seine Theorie bestätigt bekommen: Die belastenden Funksprüche, auf die die Franzosen die Anklage gegen Greet stützten, waren fingiert. Nun musste er eigentlich nur noch einen schriftlichen Beweis dafür in die Finger bekommen. Dann würde er seine Mission erfolgreich abschließen können.

Henri war so aufgeregt, dass er beinahe das Angebot Kalles komplett verpasst hätte.

»... könnte man dich hervorragend in Paris einsetzen.«

Da der Anwalt natürlich wusste, worauf sein neuer Freund hinauswollte, konnte er immerhin reagieren: »Und du glaubst wirklich, dass ich der Aufgabe gewachsen bin?«

»Aber ja«, beeilte sich Kalle zu versichern. »Du gehst mit offenen Augen durch die Welt, beobachtest, was um dich herum geschieht, und sprichst vor allem akzentfrei Französisch. Du wärst geradezu ein perfekter Agent. Das heißt natürlich – wenn du die Gefahr nicht fürchtest.«

»Ach was, Gefahr«, wehrte Henri geringschätzig ab. »Auch als Frontsoldat würde ich schließlich ein Risiko eingehen. So etwas kann mich nicht schrecken. Ich bin nur erstaunt, dass du mir, einem Elsässer, so eine verantwortungsvolle Aufgabe übertragen willst.«

»Nach all dem, was du erzählt hast – schon bevor du wusstest, wer ich bin –, habe ich nicht den geringsten Zweifel an deiner Loyalität«, gab Kalle ernst zurück.

Henris Gewissen begann sich zu regen. Aber seine Ehrlichkeit musste er hinten anstellen, denn es ging um Greet. Und auch wenn er hier nicht besser war als der Feind, er musste lügen, um seine Mandantin vielleicht irgendwann entlasten zu können. Schnell schob er die unbequemen Gedanken beiseite.

»Und wie geht es jetzt weiter?«, wollte er nun wissen.

»Du wärst also bereit, für uns zu arbeiten?«, antwortete Kalle mit einer Gegenfrage.

»Ich wüsste nichts, was ich lieber täte«, lautete die Antwort. »Auf diese Weise könnte ich doch einen wichtigen Anteil leisten. Ich wäre sehr glücklich darüber.«

»Wunderbar«, nickte Kalle zufrieden. »Zwar kann ich die Entscheidung, dich einzusetzen, nicht alleine treffen, aber da wird es keine Probleme geben. Ich habe meinen Vorgesetzten, Herrn Oberst Nikolai und seinem Stellvertreter Hauptmann Berger, schon von dir und meinen Plänen, dich anzuwerben, erzählt. Sie freuen sich darauf, dich kennenzulernen, und wir werden gleich zu ihnen hinübergehen. Nur noch eins – wo wohnst du eigentlich derzeit?«

»In einer Pension in der Nähe des Anhalter Bahnhofs«, gab Henri zurück. »Allerdings kann ich dort nicht länger bleiben. Ich werde mir was Neues suchen müssen.«

»Warum, wenn ich fragen darf?«

Henri wehrte ab. »Nichts wirklich Wichtiges. Es ist einfach eine persönliche Entscheidung.«

Kalle wurde sofort hellhörig. »Nun rück schon raus mit der Sprache.«

»Na gut. Wenn es dich wirklich interessiert. Es liegt an der Wirtin. Sie ist gewiss eine nette Person, aber ich lege nun einmal keinen Wert auf Familienanschluss – wenn du weißt, was ich meine.«

Kalle lachte schon wieder. »Ich verstehe. Was weiß diese Wirtin über dich?«

»Meinen Namen natürlich, und dass ich aus dem Elsass stamme. Sonst nichts.«

»Und gibt es außer ihr noch jemanden, der dich in Berlin vermissen würde, wenn du plötzlich verschwindest?«

Henri schüttelte den Kopf. »Nein. Außer einigen flüchtigen Bekanntschaften in der Pension kenne ich hier niemanden.«

»Umso besser«, stellte Kalle fest. »Dann wirst du deiner Wirtin noch heute kündigen. Sag ihr einfach, dass du in deine Heimat zurückkehrst. Das wird sie vielleicht bedauern, aber es wird sie nicht weiter verwundern. Als unser Agent bekommst du nämlich eine komplett neue Identität. Und es vereinfacht die Sache, wenn niemand nach dir, Heinrich Schneider, sucht.«

»Und meine Familie in Colmar?«

Nachdenklich sah Kalle ihn an. »Wissen deine Leute, wo du bist?«

»Nein«, gab Henri zurück. »Ich bin einfach verschwunden. Sie werden vermuten, dass ich inzwischen in irgendeinem Schützengraben liege. Schließlich habe ich oft genug davon gesprochen, dass ich mithelfen möchte, Deutschland zu verteidigen.«

»Dann lassen wir sie einstweilen in dem Glauben. Der Krieg wird nicht ewig dauern. Ach so, und was deine zukünftige Unterkunft angeht: Im obersten Stock dieses Gebäudes gibt es Gästezimmer. Dort werden wir dich unterbringen, bis du Berlin in Richtung Frankreich verlässt. Einverstanden?«

Henri nickte. Immerhin löste sich das Problem Elvira Melzke damit ganz von allein.

»Einverstanden.«

Das Gespräch mit den Herren Oberst Nikolai und Hauptmann Berger war im Grunde genommen eine Wiederholung der Unterhaltung mit Kalle. Nikolai stellte die Fragen und alle schienen mit den Antworten, die Henri lieferte, zufrieden.

Wäre man nicht so verlegen um neue Leute gewesen, die das grobmaschige Agentennetz in Frankreich verstärken sollten, hätte man vielleicht weitere Erkundigungen eingezogen. So verließ man sich jedoch weitgehend auf den guten ersten, wenn auch eher flüchtigen Eindruck und vor allem auf die Empfehlung des verdienten Mitarbeiters Erich Kalle, der keinen Zweifel an der Loyalität Heinrich Schneiders aufkommen ließ.

»Nun gut, ich bin einverstanden«, erklärte der Oberst abschließend und reichte Henri die Hand. »Willkommen in der Abteilung III b, Herr Schneider.«

Dann wandte sich Nikolai an den Oberleutnant.

»Nehmen Sie ihn unter Ihre Fittiche. Ihr habt für die Schulung genau zwei Monate Zeit. Dann muss er alles Wichtige beherrschen. Wir brauchen ihn dringend in Paris. Verstanden?«

Kalle nahm Haltung an und salutierte vorschriftsmäßig. »Jawoll, Herr Oberst. Wir haben verstanden.«

7. KAPITEL – AGENT J 59

Noch am gleichen Tag verließ Henri die Pension Melzke und eine bitter enttäuschte Elvira.

»Werden Sie irgendwann wiederkommen, Herr Schneider?« Offensichtlich fiel es ihr schwer, die Hoffnung ganz aufzugeben.

»Ich kann es wirklich nicht sagen«, antwortete er und lächelte dann. »Aber wenn ich zurückkehre und eine Pension benötige, werde ich ganz bestimmt wieder bei Ihnen einkehren.«

Zaghaft erwiderte sie sein Lächeln. »Ist das ein Versprechen?«

Er nickte und hob die rechte Hand – so als würde er schwören. Auf diese Weise blieb Elvira zumindest ein Lichtblick, bevor sich ihre Wege trennten, und sie gingen nicht im Zorn auseinander.

Auf der Straße wurde Henri bereits von Müller erwartet, der ihn in einem Automobil zum Generalstabsgebäude zurückbrachte – allerdings stoppte er den Wagen nicht vor dem Hauptportal, sondern vor einem, vor neugierigen Blicken abgeschirmten Nebeneingang. Dann gab Kalles Ordonanz ihm einen Schlüssel.

»Wenn Sie das Gebäude betreten, laufen Sie direkt auf

einen Paternoster zu. Fahren Sie in den dritten Stock hinauf. Der Herr Oberleutnant erwartet Sie.«

Henri dankte und verließ das Automobil. Wenige Augenblicke später betrat er erneut Kalles Büro.

Dieser lächelte ihm entgegen. »Da bist du ja wieder. Ist alles erledigt?«

Der Anwalt grinste und wies auf seinen Rucksack. »Ist ja nur ein Umzug mit leichtem Gepäck.«

»Hat sie noch Ärger gemacht, deine Wirtin?«

»Nein, nein«, erwiderte Henri. »Sie hat den Abschied mit Fassung getragen. Außerdem habe ich ihn ihr mit einer kompletten Wochenmiete versüßt.«

»Sie wird dich also in guter Erinnerung behalten«, stellte Kalle fest und erhob sich schmunzelnd. »Ich werde dir jetzt dein Zimmer zeigen und schlage vor, dass wir anschließend in der Kantine das Abendessen einnehmen und dann auf einen Absacker in den Esterhazy-Keller gehen. Was sagst du dazu?«

»Für mich hört sich das nach einem sehr guten Plan an«, lächelte Henri zustimmend.

Das Zimmer, das in den folgenden Wochen das Zuhause des Elsässers werden sollte, war nicht sonderlich groß und nur zweckmäßig möbliert, verfügte aber – als besonderen Luxus – über ein eigenes Badezimmer und bot einen herrlichen Ausblick auf den Berliner Tiergarten.

»Für eine Weile wird es wohl gehen, oder?«, wollte Kalle wissen.

»Natürlich«, bestätigte Henri. »Mein Zimmer in Colmar ist auch nicht größer. Ich frage mich nur …«

»Was meinst du?«

»Nun, bisher weiß ich noch nicht, wie hoch die Miete ist und ob ich es mir überhaupt leisten kann«, antwortete Henri zögernd.

Kalle lachte. »Du musst hier nichts zahlen, Heinrich. Vermutlich wird man dir einen geringen Obolus für die Nutzung des Zimmers und der Kantine vom Sold abziehen. Aber das wird gewiss nicht viel sein.«

»Ich erhalte – Sold?«, staunte Henri.

»Natürlich«, gab Kalle amüsiert zurück. »Was hast du denn gedacht? Dass du unentgeltlich für uns arbeiten musst?«

Sein Gegenüber zuckte mit den Schultern. »Ich glaube, darüber habe ich mir bisher überhaupt keine Gedanken gemacht. Ich war einfach nur froh …« Er brach ab. Den Rest des Satzes sollte Kalle selbst ergänzen – was dieser auch tat.

»Ich verstehe schon. Es muss wirklich belastend sein, wenn einem, lediglich aufgrund seiner Herkunft, so viel ungerechtfertigtes Misstrauen entgegengebracht wird. Aber das ist ja nun vorbei. Jetzt bist du einer von uns. Und ich bin gern bereit zuzugeben, dass ich mich sehr darüber freue.«

Die beiden Männer verbrachten einen vergnüglichen Abend zusammen. Und auch wenn es nicht gerade auf Gegenseitigkeit beruhte, genoss zumindest Kalle die Gesellschaft seines neuen Freundes.

Für Heinrich Schneider hätte der Oberleutnant jederzeit nicht nur eine, sondern alle beide Hände ins Feuer gelegt. Und die Füße gleich noch dazu.

Am nächsten Morgen begann man mit der Zusammenarbeit. Als Erstes bekam Henri einen Dienstausweis ausgehändigt und dann seine erste Aufgabe.

»Du musst dir eine französische Identität zulegen«, forderte Kalle, »mit der du in Paris operieren kannst. Das heißt, du brauchst nicht nur einen neuen Namen, sondern einen dazugehörigen kompletten Lebenslauf, der plausibel erscheint und nach Möglichkeit nur schwer nachprüfbar ist. Da wir einen straffen Zeitplan haben, sollte deine neue Lebensgeschichte allerdings bis heute Abend fertig sein. Wirst du das schaffen?«

»Natürlich«, erwiderte Henri. »Und ich glaube, ich habe auch schon eine passende Idee.«

Ebendiese präsentierte er am späten Nachmittag des gleichen Tages.

»Ich kam auf den Gedanken, weil ein Verwandter von mir nach dem Ende des Deutsch-Französischen Krieges nach Algerien ausgewandert ist«, begann er. »Alle Versuche, ihn später ausfindig zu machen, scheiterten jedoch. Zwar gehört Algerien zu Frankreich und verfügt in seinen drei Départements auch über eine französische Verwaltung, aber die scheint offensichtlich nicht so verlässlich zu arbeiten wie im Kernland. Eventuelle Rückfragen würden daher nicht gefährlich werden. Außerdem halte ich es für nützlich, mir einen kleinen Adelstitel zuzulegen, der schon per se viele Türen öffnet. Das Ergebnis: Mein Name ist François Paul de Neufville, ich bin der Sohn eines französischen Siedlers in Algerien und im Département Constantine geboren.«

Kalle lauschte den Worten und nickte dann. »Das ist

gut, Heinrich, wirklich gut. Gleich morgen werde ich Oberst Nikolai und Hauptmann Berger deine neue Vita vorstellen. Dann haben die Fälscher auch noch genug Zeit, die erforderlichen Ausweispapiere zu erstellen. Na ja, und dann müssen auf den Namen natürlich auch die benötigten Reisedokumente besorgt und eine Wohnung in Paris angemietet werden.«

Auch Oberst Nikolai war mit Henris erfundener Vita zufrieden.

»Der Mann denkt mit«, lobte er. »Das gefällt mir. Ich glaube, mit ihm haben wir wirklichen einen guten Griff getan.«

Lediglich Hauptmann Berger reagierte zurückhaltender – das allerdings erst, als Oberleutnant Kalle das Büro verlassen hatte.

»Ja, er ist gut. Vielleicht sogar eine Spur zu gut.«

Erstaunt sah Nikolai auf. »Wie darf ich das verstehen?«

»Nun ja«, erklärte der Hauptmann gedehnt. »Für einen einfachen Landarbeiter, der er vorgibt zu sein, scheint er mir doch recht intelligent und welterfahren. Abgesehen davon wundere ich mich ein wenig darüber, dass ein Mitglied seiner Familie, die, wie er behauptet, seit Menschengedenken pro-deutsch eingestellt sein soll, ausgerechnet zu einem Zeitpunkt nach Französisch-Algerien auswandert, als das Elsass wieder unter deutsche Herrschaft kam.«

Nikolai winkte ab. »Sie hören Flöhe husten, Berger.«

Der Hauptmann zuckte mit den Schultern. »Möglich.

Gestatten Sie mir dennoch, ein paar Erkundigungen einzuziehen? Nur um auf Nummer sicher zu gehen?«

»Tun Sie, was Sie nicht lassen können«, gab der Oberst zurück. »Aber passen Sie um Gottes willen auf, dass Kalle und vor allem Schneider davon nichts mitbekommen. Als Elsässer reagiert er nämlich ziemlich empfindlich auf Misstrauen – und das mit Fug und Recht, wenn es ihm unbegründet entgegengebracht wird.«

In den nächsten Wochen wurde Henri in allem unterwiesen, was ein Agent wissen musste: Er lernte zu morsen, mit unsichtbarer Tinte zu schreiben, Geheimcodes zu dechiffrieren.

Zwischendurch hatte er sich immer wieder Verhören zu stellen, in denen er seine Identität als François Paul de Neufville möglichst überzeugend verteidigen musste.

»Natürlich sind das nur Trockenübungen«, gab Erich Kalle zu. »Aber je öfter wir diese Vernehmungen durchspielen, umso leichter wird es dir im Ernstfall werden, richtig zu antworten.«

Henri erwies sich als gelehriger Spionage-Schüler, wurde dabei aber immer nervöser, weil ihm die Zeit davonlief.

Durch eine kleine Notiz in einer Berliner Tageszeitung erfuhr er, dass der Prozess gegen Mata Hari am 24. Juli 1917 beginnen sollte. Das waren nur noch zwei Monate!

Immerhin bot ihm der Artikel einen willkommenen Anlass, den Fall noch einmal anzusprechen.

»Hast du das hier schon gelesen?«, fragte er Kalle und hielt ihm die Zeitung entgegen.

»Ja, habe ich«, bestätigte der Oberleutnant. »Und ich hoffe, dass diese Verräterin ihre gerechte Strafe erhält.«

Damit schien das Thema für ihn erledigt zu sein, doch Henri ließ nicht locker.

»Hast du sie mal auf der Bühne gesehen?«

»Ja, im Wintergarten«, entgegnete Kalle. »Da ist sie vor ein paar Jahren mal aufgetreten.«

»Und? Ist sie wirklich so großartig, wie behauptet wird?«

Der Oberleutnant sah von dem Bericht auf, den ihm einer seiner Agenten geschickt hatte, der aber nichts wirklich Neues enthielt.

»Ich weiß nicht, was unsere Leute in Frankreich treiben«, brummte er. »Sie finden nichts mehr heraus, was von Interesse wäre. Ich hoffe, das ändert sich, wenn du deine Tätigkeit aufgenommen hast. Wir hätten ein paar verlässliche Informationen tatsächlich bitter nötig. Das hier sind alles nur Spekulationen und nichtssagendes Gefasel.«

Angewidert legte er den Bericht beiseite.

»Ich werde mein Bestes tun, verlass dich darauf«, versprach Henri, wiederholte dann aber seine Frage.

Kalle grinste daraufhin anzüglich. »Oh ja. Sie war schon eine Sensation, diese Holländerin.«

»Holländerin?«, wollte Henri erstaunt wissen. »Ich denke, sie stammt aus Asien?«

»Da soll sie wohl ein paar Jahre gelebt haben«, gab Kalle zurück. »Geboren ist sie jedoch im holländischen

Leeuwarden, wenn ich mich recht erinnere. Interessierst du dich für den Fall?«

Henri lachte. »Interessieren sich Männer nicht immer für schöne Frauen, zumal wenn sie sich so freizügig geben wie diese Tänzerin? Abgesehen davon muss ich gestehen, dass du mich neugierig gemacht hast, als du sagtest, dass sie eine Verräterin gewesen sei und ihr euch an ihr gerächt hättet.«

Kalle schmunzelte nun auch. »Das verstehe ich gut. Und wenn du willst, kannst du gerne einmal in die Akte hineinschauen.«

Nur mühsam konnte Henri seine Begeisterung unterdrücken. »Wirklich? Wo finde ich sie?«

Kalle dachte kurz nach und zuckte dann mit den Schultern. »Ich nehme an, dass sie noch bei Berger liegt. Geh einfach hinüber und bitte ihn darum.«

Das ließ sich Henri natürlich nicht zweimal sagen. Als er allerdings das Büro des Hauptmanns betrat, schien dieser weder über seinen Besuch noch über sein Ansinnen erfreut.

»Das ist eine Geheimsache«, erklärte er unfreundlich. »Ich wüsste nicht, was Sie mit dem Fall zu schaffen hätten.«

Henri erzählte ihm von der Zeitungsnotiz. »So kamen Oberleutnant Kalle und ich auf das Thema Mata Hari«, erklärte er freundlich. »Eigentlich geht es mir nur darum, etwas mehr über das Spionagegeschäft zu erfahren.«

»Dann suchen Sie sich einen anderen Fall«, gab der Hauptmann kurz angebunden zurück. »Und nun lassen Sie mich bitte weiterarbeiten.«

Der Anwalt verließ das Büro. Als er zu Kalle zurückkehrte, wollte dieser wissen: »Hast du die Akte?«

Henri schüttelte den Kopf. »Der Herr Hauptmann wollte sie mir nicht geben. Es wäre eine Geheimsache, sagte er.«

Sein Freund verzog das Gesicht. »Macht sich der Berger also mal wieder wichtig? Ärger dich nicht. Ich werde dir die Akte später besorgen. In Ordnung?«

Henri nickte.

Als der Oberleutnant am nächsten Tag tatsächlich bei Hauptmann Berger vorstellig wurde, um die Akte Mata Hari zu verlangen, verweigerte dieser die Herausgabe.

»Ich arbeite an dem Fall«, sagte er. »Es gibt da noch einige Ungereimtheiten …«

»Aber die Akte ist doch längst abgeschlossen«, wunderte sich Kalle. »Agentin H 21 steht nicht mehr zu unserer Verfügung, sondern in Kürze vor einem französischen Militärgericht.«

»Ich weiß«, erwiderte Berger. »Ich überprüfe derzeit auch vielmehr die Rolle, die Ihr Bruder in dieser Angelegenheit gespielt hat. Immerhin hatte er eine Affäre mit Mata Hari, gab etliche Informationen weiter, Geld ist geflossen …«

»Auch diese Punkte wurden bereits abschließend untersucht«, entgegnete Kalle und seine Stimme klang unversehens schärfer. »Mein Bruder hat sich nichts zuschulden kommen lassen, sondern im Gegenteil dafür gesorgt, dass H 21 durch die Franzosen aus dem Verkehr gezogen wurde. Worum geht es also bitte?«

Nachdenklich sah Berger ihn an. »Das frage ich mich allerdings auch. Woher kommt eigentlich das große Interesse Ihres Schützlings an diesem Fall? Und warum verteidigen Sie es so vehement?«

»Was ich verteidige, Herr Hauptmann Berger, ist das gute Ansehen meines Bruders, das Sie gerade infrage stellen«, antwortete Kalle erzürnt. »Und was das Interesse Heinrich Schneiders angeht – Mata Hari ist nun einmal eine Berühmtheit. Wer würde nicht gern einen Blick in ihre Akte werfen, wenn sich die Gelegenheit dazu bietet? Da der Fall abgeschlossen ist, gibt es auch keinen Grund, ihm diese Bitte zu verwehren.«

»Ich hingegen denke, dass es den schon gibt«, erklärte der Hauptmann, wobei auch seine Stimme ein wenig lauter wurde. »Schließlich wissen wir so gut wie nichts über diesen Elsässer, den sie so vertrauensvoll aufgenommen haben.«

»Ah, ich verstehe.« Oberleutnant Kalle redete sich nun so richtig in Rage. »Daher weht also der Wind. Sie trauen Heinrich Schneider nicht über den Weg und halten Oberst Nikolai, meinen Bruder und mich für Einfaltspinsel ohne jede Menschenkenntnis. Das erklärt allerdings noch immer nicht, warum Sie eine Akte, die nur deswegen ihren Weg ins Archiv nicht gefunden hat, weil man den Todestag Mata Haris noch vermerken möchte, kurzerhand zur Geheimsache erklären. Sind Sie sicher Hauptmann Berger, dass bei Ihnen …?«

Den Rest des Satzes und die darauffolgende Antwort bekam Henri nicht mehr zu hören. Da Schritte im Flur laut wurden, musste er seinen Lauschposten an der nicht ganz geschlossenen Tür Bergers aufgeben und eilig in Kalles Büro zurückkehren.

Aber er hatte auch so genug gehört.

Das Dossier über Mata Hari war also nur deswegen noch nicht im Archiv, weil ihr Todestag noch eingetragen werden sollte?

Henri drehte sich der Magen um, denn natürlich war damit der Tag ihrer Hinrichtung gemeint.

Die Männer der Abteilung III b schienen wirklich keine Zweifel daran zu haben, dass der Prozess gegen Greet mit einem Todesurteil enden würde.

Ihr werdet euch noch wundern, dachte Henri grimmig. Denn genau das werde ich zu verhindern wissen.

Allerdings war seine Zuversicht gerade im Augenblick nicht halb so groß wie seine Entschlossenheit.

Inständig hatte er darauf gehofft, die Akte offiziell einsehen zu dürfen. Dass der Hauptmann ihm nun einen Strich durch die Rechnung machte, erschwerte die Sache natürlich.

Aber immerhin wusste er, wo sich die Akte befand – in Bergers Büro nämlich. Und er hatte erfahren, dass der Hauptmann ihm misstraute. Vor ihm würde er sich also in Acht nehmen müssen.

In den folgenden Tagen und Wochen war Henri vollauf mit seiner Agenten-Ausbildung beschäftigt. Dass er kurz davor gewesen war, aufzufliegen, erfuhr er nicht einmal.

Hauptmann Berger hatte nämlich Erkundigungen über ihn eingeholt und aus Colmar die Bestätigung bekommen, dass ein Heinrich Schneider dort tatsächlich 1883 geboren und unter der von Henri genannten Adresse gemeldet war. Sein Tod, fünf Jahre zuvor, fand in der Mitteilung allerdings – aus welchen Gründen auch immer – keine Erwähnung.

Vielleicht hatte der zuständige Beamte den Eintrag einfach übersehen, vielleicht hielt er es nicht für nötig, Auskünfte zu geben, nach denen nicht gefragt worden war. In jedem Fall bewahrte er Henri durch den fehlenden Hinweis vor einem Prozess und einem daraus folgenden Todesurteil. Denn dies wäre mit an Sicherheit grenzender Wahrscheinlichkeit ausgesprochen worden.

Über die Akte Mata Hari wurde nicht mehr geredet – weder von Henri noch von Kalle oder Berger.

Und auch wenn der Anwalt unentwegt auf eine Chance lauerte, doch noch einen Blick in das Dossier werfen zu können, sollte sich eine Gelegenheit einfach nicht ergeben. Dazu hielt Berger, dessen Misstrauen sich mit der Auskunft aus Colmar nicht in Luft aufgelöst hatte, ihn viel zu genau unter Beobachtung.

Immerhin hatte der argwöhnische Hauptmann ihm aber inzwischen eine geheime Bezeichnung zugeordnet. Sein Name war jetzt Schneider, Heinrich Schneider – Agent J 59.

*

Es war der 25. Juni 1917 – und damit Henris letzter Tag im Berliner Generalstabsgebäude. Am späten Nachmittag sollte er seine Reise antreten – über die neutralen

Länder Niederlande und Spanien nach Frankreich – um dort seine Spionagetätigkeit für das Deutsche Kaiserreich aufzunehmen.

Es war ein Montag und noch sehr früh am Morgen. Im Generalstabsgebäude am Königsplatz mit der Hausnummer sechs schien alles ruhig zu sein.

Am Abend zuvor hatte im zweiten Stock eine Konferenz hoher Militärs stattgefunden, die bis weit in die Nacht angedauert hatte. Doch nun war es etwa zwei Stunden her, dass die letzten Teilnehmer sich verabschiedet hatten.

Angestrengt lauschte Henri in die Dunkelheit, aber es war kein Laut mehr zu hören.

Gegen sechs Uhr würde das Reinigungspersonal tätig werden. Bis dahin blieben ihm zwei Stunden. Und die gedachte er zu nutzen – als seine allerletzte Möglichkeit.

Lautlos verließ er sein Gästezimmer.

Da er wusste, dass der Paternoster zu dieser Zeit ausgeschaltet war, wandte er sich zur Treppe.

Er trug keine Schuhe. Auf den Steinstufen im Treppenhaus hätten sie nur unnötige Geräusche verursacht. Und auf gar keinen Fall wollte er Aufmerksamkeit erregen und damit sein Unternehmen gefährden.

Es war eine klare Nacht und das Mondlicht, das durch die Fenster fiel, reichte zunächst aus, um sich zu orientieren.

Erst als Henri bis zum dritten Stock hinabgestiegen war und die dunklen Flure des Bürotraktes betrat, schaltete er seine Taschenlampe ein.

Ohne Probleme erreichte er die Tür zu Hauptmann Bergers Dienstzimmer. Sie war verschlossen.

Er fluchte leise.

Da er jedoch wusste, dass die Schlösser sämtlicher Türen dieses Stockwerks identisch waren, hatte er schnell eine Lösung parat: Er musste sich lediglich Kalles Büroschlüssel beschaffen – und von dem wusste er immerhin, wo er des Nachts aufbewahrt wurde.

Gleich darauf betrat er das Ordonanzzimmer Müllers, öffnete die oberste Schublade des kleinen Schreibtisches und entnahm ihr den Schlüssel. Damit kehrte er zu Bergers Bürotür zurück, die sich nun ohne Probleme öffnen ließ.

Noch einmal sah Henri sich aufmerksam um. Es war jedoch keine Menschenseele zu sehen, kein Laut zu hören.

Er war allein.

Leise betrat er das Büro des Hauptmanns.

Als er die Tür hinter sich geschlossen hatte, konnte er es wagen, die Deckenbeleuchtung einzuschalten.

Dann machte er sich auf die Suche nach der Akte.

Schnell hatte er den ersten Stapel Dossiers, der auf Bergers Schreibtisch lag, durchgesehen – ohne Erfolg.

Im zweiten Stapel fand er zwar nicht das Gesuchte, aber immerhin eine Akte, die ihm gleichfalls sehr interessant erschien: Eine Liste aller Agenten, die für die Abteilung III b jemals tätig gewesen waren – nach den jeweiligen Decknamen geordnet.

Rasch schlug er den Ordner auf und fuhr mit dem Finger über die Spalten.

Unter dem durchgestrichenen, aber noch immer gut leserlichen Eintrag H 21 stand:

Margaretha Geertruida Zelle
Geburtsjahr: 1876
Nationalität: Holländerin
Beruf: Tänzerin
Eintritt: November 1915
Austritt: November 1916

Das deckte sich mit Greets Angaben und widersprach komplett der Theorie, die Ladoux aufgestellt hatte – nämlich dass sie schon lange vor dem Krieg für die Deutsche Abwehr tätig gewesen war. Als entscheidenden Beweis für seine Behauptung hatte der Chef des Deuxième Bureau das H in ihrem Decknamen angeführt. Wie Henri jetzt aber feststellen konnte, wurde das H erst seit Juni 1915 verwandt. Davor hatten die Decknamen mit dem Buchstaben G begonnen.

Gut zu wissen.

Er wollte die Akte schon wieder zurücklegen, stutzte dann jedoch, als sein Blick rein zufällig auf einen Namen fiel, den er kannte.

Es war der vorletzte Eintrag in der G-Rubrik, der ihn ungläubig nach Luft schnappen ließ. Und er lautete:

G 64: Georges Ladoux, Hauptmann
Geburtsjahr: 1875
Nationalität: Franzose
Beruf: Chef des Deuxième Bureau
Eintritt: April 1915
Austritt:

Fassungslos blickte Henri auf die Liste, aber ein Zweifel war nicht möglich.

Dieses Schwein Ladoux, das Greet eine perfide Falle gestellt hatte, sie mit völlig aus der Luft gegriffenen Behauptungen belastete und ständig Stimmung gegen sie machte, war selbst für die Deutsche Abwehr tätig?

Unglaublich!

Da er im Augenblick keine Zeit hatte, sich mit dieser unfassbaren Tatsache weiter zu beschäftigen, notierte Henri: »G 64, Laudoux, April 1915«. Dann schloss er den Ordner und setzte seine Suche nach der Akte Mata Hari fort.

Auf Bergers Schreibtisch befand sie sich auf jeden Fall nicht. Das konnte er bald ausschließen. Darum öffnete er die Aktenschränke.

Und dort wurde er schließlich fündig. Das Dossier befand sich im untersten Regal, versteckt hinter einem Aktenstapel.

Als er den Ordner hervorzog, hielt er jedoch inne. War da nicht eben ein Geräusch gewesen? Wie leise Schritte hatte es sich angehört.

Angespannt lauschte er. Doch es blieb alles still.

Ein Blick auf die Wanduhr des Büros zeigte ihm allerdings, dass er sich beeilen musste. Es war bereits ein paar Minuten nach fünf, und er hatte schon viel zu lange für die Suche gebraucht.

Schnell ging er zum Schreibtisch, setzte sich und schlug den umfangreichen Ordner auf.

Er hatte keine Zeit mehr, ihn ganz durchzusehen. Aber das, was er suchte, würde ohnehin ganz vorn zu finden sein. Denn es musste eins der zuletzt abgehefteten Schriftstücke sein.

Und diesmal hatte er Glück. Ein Schreiben, das Greets Unschuld bewies und bei Gericht vorgelegt werden konnte, war tatsächlich schnell zu finden. Es war handschriftlich abgefasst, stammte von Major Arnold Kalle in Madrid und war an Oberleutnant Erich Kalle in Berlin adressiert.

Schnell überflog Henri die Zeilen und nickte erleichtert. Genau danach hatte er gesucht.

Er nahm das Dokument aus dem Ordner, faltete es zweimal und schob es vorsichtig in die Seitentasche seiner Jacke. Dann schloss er das Dossier wieder.

Als er es gerade in sein Versteck zurückstellen wollte, wurde die Tür mit einem Ruck geöffnet.

»Was ist hier los?«

Müller stand im Rahmen und blinzelte ins Licht. In der Hand hielt er eine Luger-Pistole, die er auf Henri richtete. Als er ihn jedoch erkannte, senkte er die Waffe sofort.

»Herr Schneider?« Verständnislos sah er den neuen Mitarbeiter der Abteilung III b an. »Was machen Sie denn hier? Das ist doch das Büro Hauptmann Bergers.«

Als müsse er sich dieser Tatsache versichern, überprüfte er die Aufschrift an der Bürotür.

»Das ist natürlich richtig, Herr Müller«, gab Henri zurück und beeilte sich, die Akten wieder so hinzustellen, wie er sie vorgefunden hatte. »Einen Moment bitte. Ich werde Ihnen gleich alles erklären.«

Schnell schloss er den Aktenschrank, sah sich noch einmal prüfend um und verließ dann, den noch immer verwirrten Müller mit sich ziehend, das Büro des Hauptmanns. Dann holte er den Schlüssel aus der Jackentasche, verschloss die Tür ordnungsgemäß und überreichte ihn Müller.

»Es ist ihrer. Ich habe ihn aus Ihrem Schreibtisch genommen.«

Henri ging zum Ordonanzzimmer hinüber.

Jetzt muss mir aber ganz schnell eine gute Ausrede einfallen, dachte er dabei.

Laut sagte er hingegen: »Was meinen Sie? Ist es noch zu früh für einen guten Kaffee oder können Sie uns schon eine Tasse aufbrühen?«

»Natürlich kann ich das«, entgegnete der Soldat. »Aber zuerst erklären Sie mir bitte, was Sie zu dieser Stunde im Büro des Hauptmanns zu suchen hatten.«

Aus Ermangelung einer besseren Idee entschied sich Henri, nun weitgehend bei der Wahrheit zu bleiben.

Er lachte leise. »Das will ich ja, Müller. Aber es ist zugegebenermaßen ein wenig peinlich.«

Oberleutnant Kalles Ordonanz entspannte sich bei den Worten ein wenig. »Mir ist nichts Menschliches fremd, Herr Schneider«, grinste er. »Aber ich mache Ihnen einen Vorschlag: Während ich den Kaffee koche, erzählen Sie. Und ich muss ja auch nicht alles so ganz genau wissen.«

Ohne eine Antwort abzuwarten, machte er sich an seinem Spirituskocher zu schaffen. Also begann Henri pflichtschuldigst zu erzählen: »Ist Ihnen der Name Mata Hari ein Begriff?«

Müller nickte. »Ja natürlich. Wer kennt den nicht?«

»Wissen Sie auch, dass die Tänzerin eine Weile für die Abteilung III b tätig war?«

»Sicher«, bestätigte der Soldat. »Es gibt nicht viel, was mir hier entgeht. Und daher weiß ich auch, dass Sie die Akte einsehen wollten, Hauptmann Berger es aber untersagt hat.«

»Das stimmt«, gab Henri zurück. »Oberleutnant Kalle wollte mir das Dossier dennoch besorgen, aber irgendwie ist die Sache in den letzten arbeitsreichen Wochen in Vergessenheit geraten. Heute werde ich nun abreisen. Und da ich ein wenig aufgeregt bin, was meine künftige Aufgabe angeht, habe ich in der vergangenen Nacht kein Auge zugemacht. Na ja, und dann kam eins zum anderen. Irgendwann fiel mir die Akte wieder ein, und dass es die letzte Möglichkeit wäre, einen Blick hineinzuwerfen. Natürlich war es nicht in Ordnung, Hauptmann Bergers Büro ungefragt zu betreten, aber – ich gebe es zu – die Neugier hat gesiegt.«

»Das verstehe ich«, sagte Müller schmunzelnd und stellte eine Tasse Kaffee vor Henri hin. »Haben Sie die Akte denn gefunden?«

Der Anwalt schüttelte den Kopf und lächelte leicht. »Nein. Und um ehrlich zu sein, wurde mir mein unkorrektes Handeln auch erst so richtig bewusst, als Sie eintraten.«

Müller hatte sich nun selbst eine Tasse Kaffee eingegossen und setzte sich. »Ich fürchte aber, dass ich dennoch Meldung machen muss«, sagte er. In seiner Stimme klang Bedauern mit, aber auch nicht der geringste Zweifel an der Richtigkeit seines Tuns.

Henri nickte zerknirscht.

»Dem Herrn Hauptmann?«

»Natürlich nicht«, wehrte Müller ab. »Was habe ich mit dem zu schaffen? Nein, dem Herrn Oberleutnant natürlich.«

»Das müssen Sie nicht, Müller. Erich Kalle werde ich selbstverständlich persönlich informieren.«

Der Soldat schien erleichtert. »Dann ist es ja gut«, erklärte er. Und damit schien das Thema für ihn erledigt zu sein.

Kalle nahm Henris Beichte amüsiert zur Kenntnis.

Auf die Frage, ob er sich nun bei Berger entschuldigen solle, schüttelte der Oberleutnant jedoch den Kopf und grinste. »Was der Herr Hauptmann nicht weiß, macht den Herrn Hauptmann nicht heiß.«

Und damit war die Sache endgültig vom Tisch.

Als Henri sich kurz vor seiner Abreise von Berger verabschiedete, hatte dieser nicht die geringste Ahnung, dass in der Akte Mata Hari ein Dokument fehlte und zugleich das Geheimnis um Ladoux aufgeflogen war.

Kalle ließ es sich nicht nehmen, Henri zum Bahnhof zu begleiten.

»Morgen Vormittag wirst du bereits in Rotterdam sein und auf das Schiff umsteigen können«, meinte er. »Deine Passage ist fest auf dem Dampfer Hollandia gebucht. Hin und wieder wechseln die Schiffe jedoch. Achte daher darauf, dass du deine Reise auf jeden Fall auf einem niederländischen oder einem spanischen Dampfer fortsetzt –

also einem, der unter einer neutralen Flagge fährt. Wir wollen ja nicht, dass ein deutsches U-Boot deine Agenten-Karriere beendet, bevor sie überhaupt begonnen hat.«

Henri versprach, darauf zu achten.

Dann verabschiedeten sich die beiden Männer mit einer herzlichen Umarmung.

In wenigen Tagen schon wirst du mich hassen, dachte der Anwalt. Ich hingegen werde dir stets dankbar sein, weil du mir – wenn auch unfreiwillig – geholfen hast, die Frau, die ich liebe, vor dem Tod zu bewahren. Und darum hoffe ich sehr, dass du mir irgendwann verzeihen kannst.

*

Die Reise verlief ohne Komplikationen.

In Rotterdam wartete bereits der Dampfer Hollandia, der Henri ins spanische Vigo brachte. Von dort ging es mit dem Zug weiter nach Madrid, wo er den deutschen Militärattaché Major Arnold Kalle kennenlernte, den Bruder Erichs.

Mit den besten Wünschen auf eine erfolgreiche Zusammenarbeit wurde er dort schließlich verabschiedet und setzte seine Reise fort. Bereits am nächsten Tag passierte er die spanisch-französische Grenze bei Hendaye und traf, wiederum einen Tag später, in Paris ein.

Es war der 3. Juli 1917 und es blieben noch genau drei Wochen bis zur Gerichtsverhandlung – drei Wochen, die ausreichen mussten, Mata Haris Verteidigung auf den Beweisen, die Henri mit sich führte, aufzubauen.

Zuvor war der Anwalt jedoch gezwungen, ein paar wichtige Dinge zu erledigen. Daher suchte er als Erstes die Wohnung auf, die der deutsche Geheimdienst für ihn angemietet hatte.

Als er in der Avenue Velasquez vor dem Haus mit der Nummer acht aus der Droschke stieg, war es bereits dunkel. Dennoch bemerkte er die beiden Männer sofort. Sie trugen Mäntel, tief ins Gesicht gezogene Filzhüte und schienen ihn zu beobachten.

Waren die beiden seinetwegen hier? Und wenn ja, hatte Ladoux sie geschickt? Oder Berger oder Kalle? Sollten sie ihn beschatten oder lediglich seine Ankunft melden?

Henri hatte keine Ahnung – ihre Anwesenheit mahnte ihn jedoch zur Vorsicht.

Ohne die Wartenden zu beachten, betätigte der Anwalt den Türklopfer. Nach kurzer Wartezeit öffnete ihm die Concierge und händigte ihm, nachdem er seinen Namen genannt hatte, Haus- und Wohnungsschlüssel aus.

Als er ihr ein großzügiges Trinkgeld in die Hand drückte, strahlte sie.

»Herzlich willkommen, Monsieur de Neufville. Ihre Wohnung befindet sich im ersten Stock. Ich habe vorhin noch gelüftet und Ihnen einige Lebensmittel bereitgestellt. Ich hoffe, Sie werden sich in diesem Haus wohlfühlen. Und falls Sie einen Wunsch haben, lassen Sie es mich bitte wissen.«

Henri dankte ihr und stieg die Stufen hinauf.

Es war eine recht große, luxuriös möblierte und repräsentative Wohnung – wie man sie bei einem Mann von

Welt erwarteten konnte. Da hatte sich die Deutsche Abwehr nicht lumpen lassen.

Er schaltete in jedem Zimmer das Licht ein, so als würde er sein neues Zuhause eingehend inspizieren. Dann löschte er die Beleuchtung im Schlafzimmer wieder und trat vorsichtig und von der Gardine verdeckt ans Fenster.

Die Männer standen noch immer dort unten. Hin und wieder warfen sie einen Blick zu seiner Wohnung hinauf. Es konnte kaum ein Zweifel daran bestehen, dass sie nicht zufällig da waren.

Henri ließ sich heißes Wasser in die Badewanne ein und warf einen Blick in die Küche. Dort befand sich, wie von der Concierge angekündigt, ein Korb mit Brot, Käse, Schinken und einer Flasche Wein. Hungrig brach er ein Stück Brot ab und kehrte, während er davon aß, ins Schlafzimmer zurück.

Die beiden Männer waren noch immer da.

Nach einem wohltuenden Bad begann Henri seine Sachen umzupacken. Den Koffer, den er in Berlin bekommen hatte, wollte er hierlassen und nur den Rucksack mit seinem persönlichen Eigentum mitnehmen.

Dann ging er zurück in die Küche, suchte und fand einen Kochtopf und legte seine Papiere hinein – den Pass auf den Namen Heinrich Schneider, den Jean Dupont gefälscht hatte, ebenso wie die Ausweise auf den Namen François Paul de Neufville, die ihm die Abteilung III b beschafft hatte.

Mit einem Streichholz zündete er die Dokumente an, und als sie brannten, stellte er den Topf in den Kamin, damit der Qualm abziehen konnte.

Während das Feuer die falschen Papiere nach und nach vernichtete, holte Henri sich die restlichen Lebensmittel aus der Küche, aß alles auf und trank dazu mit Genuss ein Glas Wein.

Ein weiterer Blick aus dem Fenster bewies, dass die beiden Männer sich nicht von der Stelle gerührt hatten.

Die Ausweise waren inzwischen zu Asche zerfallen. Henri spülte sie in der Toilette hinunter, reinigte anschließend den Topf und stellte ihn zurück in den Schrank.

Dann sah er sich um. Hatte er an alles gedacht?

Seine Kleidung, die er später anziehen wollte und die aus seinem persönlichen Besitz stammte, hing griffbereit über einem Stuhl. Sein Rucksack lag im Flur – gleich neben dem Koffer, der in Berlin gekaufte Kleidungsstücke enthielt und hierbleiben sollte.

Alles war bereit.

Blieb nur noch, den mitgebrachten Wecker auf vier Uhr früh zu stellen und in der ganzen Wohnung das Licht zu löschen.

Danach bezog Henri wieder seinen Beobachtungsposten.

Die beiden Männer warteten noch ein paar Minuten. Dann konnte er erleichtert beobachten, dass sie davongingen.

Falls sie am Morgen wiederkamen, würde er bereits fort sein.

Müde legte er sich auf das Bett und zog die Decke über sich.

*

»Henri! Mein Gott, bin ich froh, dich zu sehen!«

Maître Clunet strahlte über das ganze Gesicht, als sein schmerzlich vermisster Mitarbeiter sein Büro betrat.

»Setz dich, mein Junge. Erzähl, wie ist es dir ergangen?«

Der Heimkehrer nahm Platz.

»Entschuldige, Eduart, aber eine ausführliche Schilderung meiner Reise werde ich später abgeben. Erst einmal möchte ich wieder Henri Tailleur werden und dafür benötige ich meine Wohnungsschlüssel, die ich bei dir deponiert habe.«

Clunet nickte verständnisvoll und händigte die Schlüssel aus.

»Ich nehme an, du willst als Erstes zu Marguerite, nicht wahr?«

Henri nickte. »Sobald ich meinen richtigen Pass geholt habe und mich im Saint-Lazare ausweisen kann.«

»Erschrick nicht, wenn du sie siehst«, warnte Clunet vorsorglich. »Sie sieht sehr mitgenommen aus. Deine lange Abwesenheit scheint ihr jeden Lebensmut genommen zu haben.«

Henri sprang sofort auf.

»Dann werde ich mich beeilen, ihn ihr zurückzugeben«, sagte er. Bevor er das Büro jedoch verließ, warf er Eduart ein Kuvert auf den Schreibtisch.

»Schau hinein. Es enthält den Beweis, dass Greet unschuldig ist.«

Dann war er auch schon verschwunden.

Dieser Teufelskerl, dachte Clunet. Ist er etwa tatsächlich erfolgreich gewesen?

Vorsichtig öffnete er den Umschlag und entnahm ihm ein mehrfach gefaltetes Dokument. Es schien ein Brief zu sein, allerdings einer, der auf Deutsch geschrieben war.

Clunet schimpfte wie ein Rohrspatz.

Für einen Augenblick spielte er mit dem Gedanken, einen Dolmetscher mit der sofortigen Übersetzung zu beauftragen, unterließ es dann aber aus Gründen der Vorsicht. Henri würde ihm den Inhalt später selbst mitteilen. Er musste nur etwas Geduld haben.

*

»Kommen Sie, Kindchen. Sie haben Besuch. Ihr Anwalt erwartet Sie.«

Behutsam berührte Oberin Léonide von den Barmherzigen Schwestern des Ordens Marie-Joseph du Dorat die Schulter Mata Haris.

Die Tänzerin lag auf ihrer Pritsche, hatte ihr den Rücken zugewandt und starrte blicklos gegen die Wand. Obwohl es brütend heiß in ihrer Zelle war – das alte Gemäuer des Saint-Lazare war durch die hohen Temperaturen der letzten Tage aufgeheizt –, hatte sie die Decke bis zum Kinn hochgezogen.

»Clunet soll morgen wiederkommen«, entgegnete sie leise. »Ich bin zu erschöpft, um aufzustehen.«

Schwester Léonide lächelte leise, stellte die Schüssel mit frischem Wasser ab, die sie mitgebracht hatte, und legte einen Kamm daneben.

»Ich werde es ausrichten«, sagte sie. »Allerdings ist es heute nicht Maître Clunet, der Ihnen seine Aufwartung machen möchte, sondern Monsieur Tailleur.«

Mata Hari fuhr auf. »Henri ist gekommen?«

Die Oberin nickte lächelnd.

Mit beiden Beinen zugleich sprang die Tänzerin von ihrem Lager.

»Bitte, Mutter Léonide, kann ich ein wenig Wasser …«

Die Nonne wies schweigend auf die Schüssel.

Mata Hari warf ihr ein dankbares Lächeln zu und machte sich schnell ein wenig frisch.

Trotz Eduarts Vorwarnung erschrak Henri bei ihrem Anblick, als sie das Besucherzimmer betrat. Wie schmal sie geworden war, wie elend, ja, fast krank, sie wirkte.

Aufschluchzend warf sie sich in seine Arme.

»Du darfst mich nie wieder so lange alleine lassen, hörst du«, stieß sie mit Mühe und unter Tränen hervor. »Das musst du mir ganz fest versprechen.«

Währenddessen zog Oberin Léonide diskret die Tür hinter sich zu. Wenn Bouchardon wüsste, was ich hier zulasse, dachte sie amüsiert, würde er mich und meine Mitschwestern vermutlich mit Schimpf und Schande aus dem Saint-Lazare jagen.

Dann schob sie den Gedanken an den gestrengen Herrn Untersuchungsrichter jedoch energisch beiseite. Sie hatte jetzt weiß Gott Wichtigeres zu erledigen.

Eilig suchte sie Schwester Auréa in der Gefängnisküche auf.

»Wir brauchen ein gutes und nahrhaftes Frühstück für unser Sorgenkind«, erklärte sie.

»Das will ich gern richten«, kam als Antwort zurück. »Aber sie wird es ja doch wieder nicht essen.«

»Heute wird sie es«, entgegnete die Oberin schmunzelnd. »Verlass sich darauf.«

Léonide sollte recht behalten.

Mata Hari, die seit Tagen so gut wie nichts gegessen hatte, aß sogar mit bestem Appetit.

Und während sie das tat, lauschte sie gespannt Henris Schilderungen seiner Reiseerlebnisse. Wobei er allerdings vorsichtig abwog, was er ihr ohne Bedenken erzählen konnte und was nicht.

Die Sensation, dass Ladoux auf der Gehaltsliste der Deutschen Abwehr stand, behielt er ebenso für sich wie die Tatsache, dass er in Berlin und nicht in Madrid gewesen war. Und das nicht, weil er ihr misstraute, sondern weil er ihre Impulsivität kannte. Der Himmel mochte wissen, was sie einem Bouchardon entgegenschleuderte, wenn sie sich einmal wieder über ihn geärgert hatte. Je weniger sie wusste, umso besser war es – zumindest zum gegenwärtigen Zeitpunkt.

Immerhin gelang es ihm, ihr neuen Mut zuzusprechen.

»Nur noch drei Wochen bis zur Verhandlung«, sagte er und küsste sie zärtlich. »Dann wirst du das Saint-Lazare hinter dir lassen, und wir können endlich unser gemeinsames Leben beginnen.«

Glücklich schmiegte sie sich an ihn. »Und bis dahin wirst du mich oft besuchen, Geliebter?«

»Aber natürlich«, versprach er und zog sie in seine Arme. »Jeden einzelnen Tag.«

Erst am Nachmittag kehrte Henri in die Kanzlei zurück.

Clunet erwartete ihn bereits voller Ungeduld.

»Jetzt setzt du dich hierhin und stehst erst wieder auf, wenn du mir alles, aber auch wirklich alles, erzählt hast«, forderte er.

Henri begann bereitwillig zu berichten – von seiner Vogesenüberquerung mit Paul Morel, seinen Erlebnissen in der Pension Melzke und vor allem natürlich vom Generalstabsgebäude, den Herren Kalle, Nikolai und Berger und wie er es geschafft hatte, ihr Vertrauen zu gewinnen und in die Abteilung III b aufgenommen zu werden.

»Das hört sich alles sehr abenteuerlich an«, stellte Clunet fest. »Aber wie es scheint, hast du alles richtig gemacht. Nun klär mich bitte über die Ergebnisse auf.« Er reichte Henri das Schreiben hinüber. »Da es auf Deutsch verfasst ist, konnte ich damit natürlich nicht viel anfangen.«

Henri entfaltete den Papierbogen.

»Es ist ein Brief von Major Arnold Kalle in Madrid, der per Diplomatenpost an seinen Bruder Erich Kalle in Berlin gesandt wurde. Datiert ist das Schreiben vom 7. November 1916.«

»Ja, ja«, winkte Clunet ungeduldig ab. »So weit bin ich auch schon allein gekommen. Nun fang endlich an.«

Henri begann zu lesen:

»Mein lieber Erich.

Um sicher zu gehen, dass es zu keinen Missverständnissen kommt, schreibe ich diesen Brief an dich persönlich, bitte jedoch darum, ihn unbedingt der Akte Mata Hari beizufügen. Besagte Dame, die unter dem Decknamen H 21 für uns tätig war und – obwohl sie keine nennenswerten Informationen lieferte – mehrfach von uns Geld kassiert hat, ist in Wahrheit für den Feind tätig. Sie ist nunmehr als Doppelspionin gegen uns und für Frankreich einzustufen. Ein Zweifel ist nicht möglich, da der Hinweis von Agent G 59 persönlich kommt. Falls sich Mata Hari also bei euch in Berlin melden sollte: Vertraut ihr auf keinen Fall, sie ist ohne Zweifel eine Verräterin.

Für gewöhnlich pflegen wir mit Überläufern kurzen Prozess zu machen. In diesem Fall habe ich mir jedoch eine andere Taktik ausgedacht. Da die Franzosen bereits durch den englischen Secret Service vor der Spionin Mata Hari gewarnt wurden, möchte ich darauf aufbauen. In den nächsten Tagen werdet ihr diverse Funksprüche erhalten, in denen ich euch über die besonderen Leistungen der Agentin H 21 informiere – insbesondere über ihre gelieferten Informationen in Bezug auf die geplante französische Frühjahrsoffensive. Ich werde sämtliche Funksprüche so abfassen, dass kein Zweifel daran bestehen kann, wer hinter dem Decknamen H 21 steckt. Natürlich werde ich die Telegramme codieren, allerdings in einem älteren Code, von dem wir wissen, dass die Franzosen ihn bereits geknackt haben. Und ich werde sie über eine Frequenz versenden, die in Frankreich ohnehin abgehört wird. Über kurz oder lang werden die Franzosen die

Dame verhaften und sie vor Gericht stellen. Somit müssen wir uns nicht selbst die Finger schmutzig machen.

Wundert euch also nicht über die Funksprüche, die ihr in den nächsten Tagen und Wochen erhalten werdet. Sie sind alle irrelevant und dienen nur einem einzigen Zweck, Mata Hari das Handwerk zu legen.

Es grüßt dich,

dein Bruder Arnold.«

»Das ist hervorragend Henri.« Maître Clunet zeigte sich begeistert. »Das Schreiben enthält alles, um Marguerites Unschuld zu beweisen.«

Sein Gegenüber nickte zustimmend.

»Allerdings ist es noch hervorragender, als du denkst. Weißt du nämlich, wer hinter Agent G 59 steckt, der Greet verraten hat?«

»Natürlich nicht«, gab Clunet zurück. »Woher soll ich das wissen?«

»Es ist …« Henri machte eine kurze Pause, um die Spannung zu erhöhen und dann schließlich mit der Sensation herauszuplatzen: »Capitaine Georges Ladoux persönlich, der Chef des Deuxième Bureau. Er ist nämlich der Doppelagent. Und er verfolgt Greet mit den merkwürdigsten Anschuldigungen, um von seinen eigenen Machenschaften abzulenken.«

Entgeistert sah Clunet seinen Mitarbeiter an. »Können wir das beweisen?«, wollte er mit fast tonloser Stimme wissen.

»Ich habe seinen Namen selbst auf der Agentenliste der Abteilung III b gesehen«, erwiderte Henri.

»Das glaube ich dir ja«, entgegnete Clunet. »Aber haben wir auch einen Beweis dafür?«

»Wenn du wissen willst, ob ich einen schriftlichen Beleg darüber habe – nein, natürlich nicht. Hätte ich die Liste an mich genommen, wäre ich aufgeflogen und sie hätten mich schon in den Niederlanden, spätestens aber in Madrid einkassiert.«

»Gut«, sagte Clunet nachdenklich. »Wenn wir es nicht beweisen können, müssen wir unser Wissen erst einmal für uns behalten und sehr vorsichtig abwägen, ob und wie wir es einsetzen können. Ansonsten kommen wir alle in Teufels Küche.«

8. KAPITEL – DAS ENDE

»Sie haben zugesagt. Alle beide.«

Als Henri an diesem Tag in die Kanzlei kam, begrüßte Clunet ihn sogleich mit der guten Nachricht.

»Sie sind tatsächlich bereit, vor Gericht als Leumundszeigen für Greet auszusagen und vor allem zu bestätigen, dass sie niemals versucht hat, ihnen Geheimnisse zu entlocken?«, vergewisserte sich Tailleur erfreut.

»So weit bin ich noch nicht«, gab der Maître zurück. »Aber sie sind mit einem Gespräch einverstanden, in dessen Verlauf ich sie genau dazu überreden will. Hat Marguerite die Briefe geschrieben, um die ich sie gebeten habe?«

Henri nickte und legte zwei Umschläge auf Eduarts Schreibtisch. »Ich bin überzeugt davon, dass ihre persönlichen Worte helfen werden, die beiden Herren zu überzeugen«, meinte er und wollte dann wissen: »Wann soll es stattfinden, dieses Gespräch?«

»Übermorgen, also am 10 Juli. Wir treffen uns nachmittags um 16 Uhr im Foyer des Élysée Palace. Ich hoffe, noch einen der Konferenzräume buchen zu können. Muss ja nicht gleich jeder mitbekommen, dass ich, der Verteidiger Mata Haris, Kontakt zu dem ehemaligen Kriegsminister Adolphe Pierre Messimy und dem Generalsekretär im Außenministerium, Jules Cambon, aufgenommen habe.«

»Das heißt, du willst allein zu dem Treffen gehen?«, vergewisserte sich Henri.

»Ja, das habe ich vor. Ich denke nämlich, dass es im Augenblick ratsam ist, wenn du dich im Hintergrund hältst. Immerhin dürfte der Deutschen Abwehr inzwischen klargeworden sein, dass du sie an der Nase herumgeführt hast und untergetaucht bist. Ganz gewiss werden sie Paris auf den Kopf stellen, um dich zu finden.«

Henri zuckte mit den Schultern. »Sie werden annehmen, dass ich die Stadt längst verlassen habe. Wenn sie mich suchen, dann in ganz Frankreich. Und damit haben sie jede Menge zu tun. Aber du hast natürlich recht. Es wird gesünder sein, für eine Weile hinter den Kulissen zu bleiben.«

Als Henri zwei Tage später von seinem täglichen Besuch im Saint-Lazare in die Kanzlei zurückkehrte und seinen Chef aufsuchen wollte, hatte sich der Maître bereits auf den Weg zu seiner Verabredung im Élysée Palace gemacht.

Tailleur wollte das Büro gerade wieder verlassen, als sein Blick auf die Kuverts mit Mata Haris Grußzeilen an Messimy und Cambon fiel. Offensichtlich hatte Clunet sie vergessen.

Er überlegte bereits, einen Büroboten zu beauftragen, die Briefe ins Hotel zu bringen, entschied sich dann aber dagegen. Vermutlich würde es am schnellsten gehen, wenn er den Weg rasch selbst machte.

Da ihm die Zimmernummer des Konferenzraumes bekannt war, musste er sie an der Rezeption nicht erfragen, sondern konnte einfach und unauffällig den Hinweisschildern folgen.

Dass er dabei einigen Reportern auffiel, die eigentlich Ex-Minister Messimy auf den Fersen waren, bemerkte er unglücklicherweise nicht.

Wenig später betrat er den von Clunet gebuchten Konferenzraum, in dem die drei Herren einträchtig beisammensaßen und in Erinnerungen an die bezaubernde Mata Hari schwelgten, mit der sie alle drei einmal – Jahre zuvor – eine Affäre gehabt hatten.

Henri überreichte seinem Chef die beiden Kuverts und verabschiedete sich sogleich wieder. Als er jedoch die Tür öffnete, wurde er von Reportern und Fotografen mit einem Blitzlichtgewitter überrascht.

Hastig sprang er zur Seite, um hinter der Tür in Deckung zu gehen – aber offensichtlich war er nicht schnell genug.

Am nächsten Morgen stand Clunet in aller Herrgottsfrühe vor Henris Tür. Unter den Arm hatte er eine Zeitung geklemmt, die er jetzt hervorzog und ihm entgegenhielt.

»Ich habe sie mir im Verlagshaus besorgt«, sagte er. »Die Dinger werden gerade ausgeliefert.«

Tailleur glaubte seinen Augen nicht zu trauen. Gleich auf der ersten Seite prangte die Schlagzeile: »Werden Messimy und Cambon für Mata Hari aussagen?« Darunter ein Foto, das die genannten Herren mit Eduart zeigte. Im Vordergrund und deutlich zu erkennen – er selbst.

Das Bild trug die Unterschrift: »Die Anwälte Mata Haris, Eduart Clunet und Henri Tailleur, plädieren auf Freispruch.«

»Es ist dir ja wohl klar, dass du verschwinden musst – sofort. Jeden Augenblick können deine Freunde von der Deutschen Abwehr hier auftauchen.«

»Aber ich kann doch jetzt nicht weg«, widersprach Henri. »Es sind noch nicht einmal 14 Tage bis zum Prozess. Warum kann ich nicht einfach zur Gendarmerie gehen, falls ich bedroht werden sollte?«

»Diskutier nicht mit mir. Verschwinde!«, fauchte Clunet ihn an. »Glaubst du im Ernst, dass dich die Gendarmen vor der Deutschen Abwehr schützen können? Begreif doch – es geht um Leben oder Tod. Um *dein* Leben oder *deinen* Tod. Wo ist der Rucksack?«

»Aber ich kann nicht fort. Zumindest nicht, bevor ich mit Greet gesprochen habe«, protestierte Henri verzweifelt.

»Ich werde ihr alles erklären«, sagte Clunet und seine Stimme duldete keinen Widerspruch. »Sie wird es verstehen und bestimmt auch nicht wollen, dass die Deutschen dich abknallen. Sobald sie frei ist, könnt ihr euch ja wiedersehen. Heute auf jeden Fall nicht.«

Eduart hatte inzwischen den Rucksack entdeckt, der an der Garderobe hing. Er ging in Henris Schlafzimmer, warf ein paar Kleidungsstücke hinein und zog Geld aus seiner Tasche.

»Das ist alles, was ich an Bargeld zu Hause habe. Es ist nicht viel, aber eine Weile wird es schon reichen. Das

Wichtigste ist, dass du jetzt sofort diese Wohnung verlässt. Du wirst erst einmal zu Jean gehen – du erinnerst dich an den Maler Jean Dupont?«

Henri nickte. »Ja, natürlich.«

Langsam begriff er, dass er sich tatsächlich in großer Gefahr befand.

»Versuch dort dein Aussehen etwas zu verändern. Die Männer der Abwehr, die sich in Paris aufhalten und ohnehin schon nach dir suchen, kennen dich nicht persönlich, sondern nur von Fotos. Eine Änderung der Haarfarbe zum Beispiel wird bereits eine ganze Menge bringen. Jean soll dir dabei helfen. Sag ihm, dass ich mich erkenntlich zeigen werde. Da wir ihn nicht in Gefahr bringen wollen, wirst du auch nur heute bei ihm bleiben und am Abend, wenn es dunkel geworden ist, die Stadt verlassen. Lass dich dabei auf keinen Fall an einem Bahnhof sehen. Die werden bestimmt alle überwacht. Nimm dir eine Droschke, um aus Paris rauszukommen. Wenn du das Stadtgebiet erst verlassen hast, kannst du immer noch in einen Zug umsteigen. Hast du das alles verstanden?«

Henri nickte abermals.

»Und lass dir nicht einfallen, zum Prozess zurückzukommen. Um mich von dir zu distanzieren, werde ich dir noch heute, ganz offiziell bei Gericht, das Mandat entziehen. Hast du auch das begriffen?«

Henri nickte ein drittes Mal. Er war wie betäubt.

»Gut. Dann werde ich jetzt sehen, ob die Luft rein ist. Lass mir über Jean eine Nachricht zukommen, wenn du in Sicherheit bist.« Der Maître verließ die Wohnung.

Im Treppenhaus war alles ruhig. Selbst die Concierge ließ sich so früh noch nicht blicken.

Er gab Henri ein Zeichen, ihm zu folgen, stieg die Stufen hinab und trat aus dem Haus.

Sie hatten Glück. In der ruhigen Wohnstraße war noch keine Menschenseele zu entdecken.

Auch Tailleur trat nun ins Freie. Eine letzte Umarmung, dann ging er mit schnellen Schritten davon.

Besorgt sah Clunet ihm nach. Und als er ihn nicht mehr erkennen konnte, lauschte er angestrengt. Alles blieb ruhig. Fürs Erste schien die Flucht geglückt.

Der Maître überquerte die Straße, stellte sich in den schützenden Hauseingang des gegenüberliegenden Gebäudes und wartete.

Eine knappe Viertelstunde später kamen sie.

Ein Automobil hielt mit quietschenden Reifen. Vier Männer sprangen heraus und stürmten in das Haus, in dem Henri seine Wohnung besaß.

Zehn Minuten später fuhren sie wütend wieder davon. Nur einer der Männer blieb zurück. Er wechselte die Straßenseite, zündete sich eine Zigarette an und ließ die Eingangstür nicht aus den Augen.

Clunet wartete geduldig ab, bis die Straße belebter wurde und die ersten Anwohner sich auf den Weg zu ihren Arbeitsplätzen machten. Dann mischte er sich unter die Passanten und verschwand.

Henri benötigte eine knappe Stunde, bis er Jean Duponts Wohnung am Montmartre erreicht hatte. Da er jedoch nicht die Aufmerksamkeit der Concierge erregen wollte, betrat er das Gebäude einstweilen nicht, sondern wartete unschlüssig. Vielleicht würde Jean sein Frühstück in einem der kleinen Cafés einnehmen und gleich auf die Straße treten.

Der Zufall kam Henri zur Hilfe. Allerdings war es nicht Jean, der aus dem Haus kam, sondern die Concierge. Gleich darauf verschwand sie in einer Bäckerei.

Sofort nutzte Tailleur die Gelegenheit, das Gebäude unbemerkt zu betreten. Gleich darauf klopfte er leise an Jeans Tür.

Als keine Antwort kam, erinnerte er sich daran, dass der Maler seine Wohnung normalerweise nicht abzuschließen pflegte. Versuchsweise drückte er daher die Klinke hinab und tatsächlich – die Tür ließ sich öffnen.

Schnell betrat Henri das Atelier.

Suchend sah er sich um und hatte Jean auch gleich entdeckt. Er lag auf einer Couch und schnarchte leise vor sich hin. Die drei leeren Flaschen Wein, die neben ihm standen, sprachen dafür, dass er eine lange Nacht hinter sich hatte.

Henri wandte sich in die Küche.

Wenn Jean erwachte, würde ihm ein Kaffee gewiss guttun, dachte er und setzte Wasser auf. Zwar scheiterte sein Plan zunächst an der Tatsache, dass er keine Kaffeebohnen fand, dafür aber eine Dose mit russischem Tee.

Auch gut, befand Henri und machte sich nun auf die Suche nach einer Teekanne.

Sein Hantieren in der Küche blieb jedoch nicht unbemerkt. Schon bald erwachte der Maler und sprang von seiner Couch auf.

»Wer sind Sie und was machen Sie da?«

»Guten Morgen, Monsieur Dupont«, sagte der Anwalt und wandte sich grinsend um. »Ich soll Ihnen Grüße von Maître Clunet ausrichten.«

»Henri!«

Der Maler freute sich aufrichtig über das unerwartete Wiedersehen.

»Ich habe keinen Kaffee gefunden«, erklärte der Anwalt. »Und darum Tee gekocht. Ist dir das recht?«

»Das ist mir sogar sehr recht«, versicherte Dupont und holte Tassen aus dem Schrank.

Gleich darauf saßen die Männer beisammen und Henri kam ohne Umschweife auf seine derzeitige Situation zu sprechen.

»Ich werde vom deutschen Geheimdienst verfolgt, Jean«, sagte er. »Ich kann dir keine Details erzählen. Nur so viel: Ich musste heute Morgen aus meiner Wohnung verschwinden und werde Paris in der kommenden Nacht verlassen. Kann ich bis dahin bei dir bleiben?«

»Selbstverständlich, Henri«, antwortete Dupont, ohne auch nur einen Augenblick zu zögern. »Hat dich jemand gesehen, als du hergekommen bist? Ich meine, müssen wir irgendwelche Vorsichtsmaßnahmen treffen?«

»Nein, niemand«, gab Tailleur zurück. »Nicht einmal die Concierge. Ich habe aufgepasst.«

»Umso besser«, stellte Jean zufrieden fest. »Und hab keine Angst. Ich werde dir keine neugierigen Fragen stellen. Vermutlich ist es ohnehin besser für mich, so wenig wie möglich zu wissen. Das Einzige, was mich interessiert: Kann ich etwas für dich tun? Brauchst du falsche Papiere, Geld?«

»Ein Pass, der nicht auf den Namen Henri Tailleur lautet, wäre nicht schlecht«, entgegnete der Anwalt und fuhr grinsend fort: »Auf einen deutschen Pass würde ich diesmal lieber verzichten. Und französische hast du, wie wir wissen, keine mehr.«

»Das stimmt nicht ganz«, gab Dupont schmunzelnd zurück. »Ich habe meinen. Und den könnte ich als verloren melden und mir einen neuen ausstellen lassen.«

»Das würdest du tun?«, vergewisserte sich Henri staunend.

»Natürlich«, sagte Dupont. »Warum nicht? Wenn ich dich damit vor der Deutschen Abwehr verstecken kann.«

»Aber ich habe nicht einmal ein Foto dabei. Und selbst wenn ich eins hätte, würde es nicht helfen, weil ich auf Eduarts Anraten hin mein Aussehen ein wenig verändern muss. Ich dachte, ich versuche es einmal mit blond«, fügte er grinsend hinzu.

»Eine Fotografie wäre kein Problem«, erklärte Jean und wies stolz auf eine alte Berthiod-Kamera, die in einem Regal lag. »Ich dachte, es wäre nicht schlecht, mein Sortiment zu erweitern. Gemälde sind derzeit nicht gerade ein Verkaufsschlager. Sogar die Bilder entwickle ich inzwischen selbst in meiner kleinen Dunkelkammer.«

»Ich kann dein Angebot trotzdem nicht annehmen«, wehrte Tailleur ab. »Du hilfst mir schon mehr als genug, wenn ich heute hierbleiben darf und du mir außerdem ein Haarfärbemittel und heute Abend eine Droschke besorgst. Auch Hilfsbereitschaft darf nicht überstrapaziert werden.«

Jean wehrte ab. »Wir haben den ganzen Tag Zeit, mein Freund. Da werden wir einiges auf die Beine gestellt bekommen.«

Es war kurz vor Mitternacht und die Concierge hatte sich bereits zurückgezogen, als Henri das Haus verließ und in ein wartendes Automobil stieg. Er war frisch erblondet, trug seinen Rucksack bei sich, unauffällig schlichte Kleidung und hatte einen Pass in seiner Tasche, der auf den Namen Jacques Dupont ausgestellt war.

»Nach Créteil, bitte«, wies er den Fahrer an. »In die Rue d'Anjou.«

Das war die einzige Straße, die Henri in der Marne-Stadt, etwa 20 Kilometer südöstlich von Paris gelegen, kannte. Der Chauffeur schaltete, erfreut über die lohnende Fuhre, sein Taxameter ein und startete. Eine knappe Stunde später hatten sie ihr Ziel erreicht.

»Halten Sie bitte an der nächsten Ecke«, sagte Henri. Als der Fahrer stoppte, entlohnte er ihn und stieg aus.

Dann machte er sich auf den Weg zum Bahnhof, verbrachte den Rest der Nacht in einem zugigen Wartehäuschen und überlegte, wohin er sich wenden konnte.

Als Erstes fiel ihm Pierre Morel ein. Er würde bestimmt Rat wissen und ein sicheres Versteck in seinen Wäldern kennen, in dem er, Henri, zumindest eine Weile bleiben konnte.

Die Idee war gut und eine bessere fiel ihm auch nicht ein. Allerdings gab es ein Problem: Wie sollte er Pierre erreichen? Die einzige Kontaktadresse, die er besaß, befand sich jenseits der französisch-deutschen Grenze, in der Nähe von Munster. Und den Weg dorthin würde er alleine ganz gewiss nicht finden.

Doch dann fiel ihm plötzlich der Morgen auf dem Pass ein, als sie den drei Männern begegnet waren. Wie hatte Pierre sie noch angesprochen? Ach ja, die Brüder Cecand. Und er hatte auch den Ort genannt, aus dem sie stammten: Le Valtin.

Damit war die Entscheidung gefallen.

Henri würde in die Vogesen zurückkehren und versuchen, über die Brüder Kontakt zu Pierre aufzunehmen.

Als endlich der Morgen graute und der Bahnhof öffnete, kaufte sich der Anwalt eine Fahrkarte für den ersten Zug, der in Richtung Elsass fahren sollte – und zwar in die Stadt Troyes.

Aufmerksam sah er sich auf dem Bahnsteig um, konnte aber keine verdächtigen Männer in Mänteln und Filzhüten entdecken. Natürlich nicht. So viele Leute hatte die Deutsche Abwehr schließlich nicht in Paris. Sie würden die Bahnhöfe der Stadt überwachen, seine Wohnung und vielleicht auch noch die Kanzlei und das Saint-Lazare. Mehr würden sie nicht auf die Beine stellen können, selbst für ihn nicht – den von der Abwehr meistgesuchten Verräter.

Henri erreichte Troyes ohne Zwischenfälle und fühlte sich dort auch schon wieder relativ sicher. Um seine Spur jedoch weiter zu verwischen, löste er die nächste Fahrkarte bis Vittel. In der Kurstadt war er auch bei seiner ersten Vogesenreise durchgekommen.

Er übernachtete in einer Herberge in der Nähe des Bahnhofs und fuhr am nächsten Tag weiter nach Épinal und schließlich nach Gérardmer.

Hier erkundigte er sich bei dem Kutscher eines Milchwagens, der auf dem Bahnhofsplatz gerade seine Pferde ausspannte, nach dem Weg nach Le Valtin.

»Wenn Sie der Schotterstraße folgen, sind es etwa 13 Kilometer«, lautete die Auskunft. »Das schaffen Sie heute nicht mehr. Suchen Sie sich eine Übernachtungsmöglichkeit und kommen Sie morgen früh um acht Uhr wieder hierher. Dann kann ich Sie ein Stück mitnehmen. Den restlichen Weg werden Sie aber zu Fuß laufen müssen.«

Henri nahm das Angebot des Mannes gerne an und fand sich am nächsten Morgen pünktlich am Bahnhof ein.

Als er Le Valtin endlich erreichte, läuteten die Glocken der kleinen Kirche Saint Sylvestre gerade zur zwölften Stunde.

In dem Gasthaus gegenüber der Kirche bekam er sogar etwas zu essen.

»Die Speisekarte brauch ich Ihnen gar nicht erst vorlegen«, erklärte die freundliche Wirtin. »Es ist Krieg, die Versorgungslage schlecht und die meisten Gerichte können wir daher nicht mehr zubereiten. Aber einen Teller Kartoffelsuppe und ein Stück Brot kann ich Ihnen dennoch anbieten.«

»Das Angebot nehme ich gerne an«, lächelte Henri. »Und wenn Sie darüber hinaus auch noch eine Auskunft für mich hätten … Ich suche nämlich die Familie Cecand. Können Sie mir da weiterhelfen?«

»Ja freilich«, erwiderte die Wirtin und musterte ihn nun noch eine Spur neugieriger. »Wir sind eine kleine Gemeinde. Hier kennt ein jeder jeden. Wenn Sie möchten, kann ich gleich meinen Sohn zum Hof der Cecands schicken. Er wird schon jemanden antreffen, der kurz Zeit hat herüberzukommen.«

Die Kartoffelsuppe war gut und kräftig.

Mit dem letzten Stückchen Brot wischte Henri sorgfältig den Teller aus.

Gerade lehnte er sich gesättigt zurück, als ein Mann die Gaststube betrat und sich suchend umsah. Da Henri der einzige Besucher war, kam der Neuankömmling zu ihm an den Tisch.

»Mein Name ist Cecand«, sagte er und versuchte gar nicht erst, sein Misstrauen zu verbergen. »Was kann ich für Sie tun?«

»Ich weiß nicht, ob Sie sich an mich erinnern«, begann Henri leise, sodass die Wirtin nichts von dem Gespräch mitbekam. »Wir sind uns Ende März auf einem einsamen Pass begegnet. Damals hatte ich noch dunklere Haare. Ihnen war gerade ein Hirsch entwischt …«

»Ich weiß nicht, wovon Sie reden«, wehrte der Mann ab, hatte aber gleichfalls seine Stimme gedämpft. »Und noch weniger, was Sie von mir wollen.«

»Ich war damals nicht allein, sondern in Begleitung eines Mannes, den Sie gut kannten. Ihn müsste ich dringend sprechen, weiß aber nicht, wo ich ihn erreichen kann.«

Nachdenklich sah Cecand ihn an. »Ich bin mir noch nicht sicher, ob ich mich erinnere«, meinte er schließlich zögernd. »Aber vielleicht wissen Sie ja noch, was Ihr Begleiter zum Abschied zu mir und meinen Brüdern sagte.«

»Oh ja. Daran erinnere ich mich gut«, erwiderte Henri. »Sie haben einander umarmt. Dabei steckte er einem von Ihnen einen Geldschein zu. Es sollte für die Kinder sein, um ihnen etwas zu essen kaufen zu können. Sie haben ihm dann ein Treffen nach Kriegsende vorgeschlagen, zu einem Glas Wein. Und mir hat einer von Ihnen zum Abschied eine gute Reise gewünscht. Ich solle mir keine Sorgen machen, hieß es, weil ich bei meinem Begleiter in den besten Händen …«

Cecand hob schmunzelnd die Hände. »Es ist gut«, sagte er. »Ich glaube Ihnen. Bitte verzeihen Sie mein Misstrauen, aber wenn es um Pierre geht, sind wir sehr vorsichtig. Er ist ein sehr guter Freund, und wir alle versuchen, ihn vor den Feldjägern zu schützen. Sie möchten ihn also sprechen?«

Henri nickte. »Ja. Und es ist wirklich dringend. Haben Sie eine Ahnung, wo er steckt?«

»So genau kann man das nie sagen«, erwiderte Cecand. »Aber ich weiß, wie ich ihm eine Nachricht zukommen lassen kann. Dann wird er sich über kurz oder lang melden.«

Er winkte die Wirtin herbei.

»Der Herr wird ein paar Tage bei uns bleiben, Natalie. Hast du ein Zimmer für ihn?«

»Aber ja doch«, sagte sie lächelnd. »Meine drei Fremdenzimmer stehen allesamt leer. Wenn Sie mögen, können Sie sich sogar eins aussuchen.«

Drei Tage musste Henri sich gedulden, dann erhielt er Nachricht von Cecand.

»Pierre wird heute Abend zu uns auf den Hof kommen. Ich hole Sie gegen 18 Uhr ab. Offiziell sind Sie bei uns zum Nachtmahl eingeladen. Einverstanden?«

Henri nickte mit Nachdruck. Trotz seiner schwierigen Situation freute er sich darauf, Morel wiederzusehen.

Als Pierre endlich auftauchte, war es nahezu dunkel.

Die Begrüßung fiel herzlich aus, obwohl der heimliche Besucher offensichtlich in Eile war.

»Ich habe nicht viel Zeit«, erklärte er sofort. »Aber als ich hörte, dass du nach mir gefragt hast, wollte ich doch schnell nach dem Rechten sehen. Was ist geschehen?«

In kurzen Worten schilderte Henri seine Lage. Er gab zu, von der Deutschen Abwehr verfolgt zu werden, und erklärte die Gründe dafür. Dabei war er völlig offen, sprach von Mata Hari, seiner Liebe zu ihr und seinen Bemühungen für sie einen Freispruch zu erwirken.

»Und nun kann ich noch nicht einmal an dem Prozess teilnehmen«, beendete er seinen Bericht niedergeschlagen. »Sondern muss mich verstecken. Wie eine feige Ratte.«

»Feige bist du ganz gewiss nicht«, widersprach Morel. »Nicht viele Männer hätten sich in Lebensgefahr begeben, um Entlastungsmaterial für einen derart schwierigen Prozess zu sammeln. Aber darüber können wir ein anderes Mal in Ruhe sprechen. Jetzt geht es zunächst darum, dich in Sicherheit zu bringen. Denn auch wenn Le Valtin nur ein kleines Dorf ist, in das sich kaum Agenten der Abwehr verirren werden, so wird doch geredet –

vor allem über Fremde. Und welche Kreise das ziehen kann, ist niemals absehbar.«

Er überlegte kurz und fuhr dann fort: »Einstweilen kann ich dich auf einem abgelegenen Gehöft unterbringen. Wenn ich meine derzeitige Aufgabe erledigt habe – und das wird etwa noch eine Woche dauern –, komme ich zurück, um dich abzuholen. Dann sehen wir weiter. Und nun geh, deine Sachen holen. Ich möchte sobald wie möglich wieder aufbrechen.«

Es war eine Nachtwanderung von etwa vier Stunden. Und obwohl nahezu vollständige Dunkelheit herrschte, fand Morel den Weg mit gewohnter Sicherheit.

Er muss die Augen einer Katze haben, dachte Henri, während er wie blind hinter seinem Führer herstolperte.

Als sie ihr Ziel erreicht hatten, sprach Pierre kurz mit dem Bauern, ließ sich zu einem schnellen Imbiss überreden und brach dann wieder auf.

»Kannst du mir bitte noch einen großen Gefallen tun?«, bat Henri zum Abschied. »Die Verhandlung gegen Greet beginnt am 24. Juli. Ich habe nicht die geringste Ahnung, wie lange sie dauern wird. Aber würdest du mir eventuell Zeitungen mitbringen? Vielleicht finde ich darin Hinweise über den Verlauf des Prozesses. Es ist so schrecklich, überhaupt nicht zu wissen, was vorgeht.«

Morel versprach daran zu denken.

Dann ging er endgültig und war binnen Kurzem völlig von der Dunkelheit verschluckt.

*

»Unsere Leute haben ihn noch immer nicht gefunden, diesen Henri Tailleur, alias Heinrich Schneider, alias François Paul de Neufville«, berichtete Hauptmann Berger ärgerlich. »Der Mann scheint wie vom Erdboden verschwunden zu sein.«

»So schwer wird es für ihn nicht gewesen sein, unterzutauchen«, erwiderte Oberst Nikolai. »Schon als die Reporter das Foto gemacht haben, wird ihm klar gewesen sein, dass seine wahre Identität auffliegt. So hatte er Zeit genug zu verschwinden, bevor unsere Agenten überhaupt mit der Suche beginnen konnten. Inzwischen kann er wer weiß wo sein – sogar in Amerika.«

»Was sagen Sie denn dazu, Kalle?«, wollte Berger wissen. »Sie waren es doch, der dem Mann uneingeschränktes Vertrauen entgegengebracht hat. Das habe ich die ganze Zeit nicht verstanden. Ich habe stets vor ihm gewarnt und ...«

»Was soll das Berger?«, rügte der Oberst. »Gegenseitige Schuldzuweisungen bringen uns jetzt nicht weiter. Viel entscheidender ist doch die Frage, was dieser Henri Tailleur hier, bei uns, eigentlich gewollt hat.«

Oberleutnant Erich Kalle, der immer noch nicht glauben konnte, dass er sich so sehr in einem Menschen getäuscht haben sollte, zuckte mit den Schultern.

»Das liegt doch auf der Hand. Er ist der Anwalt von Mata Hari und hat nach Entlastungsmaterial für seine Mandantin gesucht. Nicht umsonst ist er so interessiert daran gewesen, die Akte einzusehen.«

»Was ich Gott sei Dank verhindert habe«, brüstete sich Berger selbstgefällig.

Nachdenklich sah Kalle ihn an. Er würde sich davor hüten zu gestehen, dass er von Heinrichs Einbruch in das Büro des Hauptmanns gewusst hatte. Aber nach allem, was geschehen war, konnte er sich kaum noch vorstellen, dass Schneiders Aussage, das Dossier nicht gefunden zu haben, tatsächlich der Wahrheit entsprach.

»Haben Sie das wirklich, Herr Hauptmann? Wo ist denn die Akte überhaupt? Vielleicht sollten wir überprüfen, ob sie wirklich noch vollständig ist.«

»Da bin ich mir ganz sicher«, behauptete Berger. »Aber wenn es Sie beruhigt, kann ich sie gerne holen.«

Wenige Augenblicke später kehrte er mit der Akte zurück und warf sie auf den Konferenztisch.

»Bitte sehr, Herr Oberleutnant. Prüfen Sie.«

Kalle zog das Dossier zu sich herüber. Er musste nur in den ersten Seiten blättern, um festzustellen, dass Schneider die Akte sehr wohl gefunden hatte.

»Der Brief meines Bruders fehlt«, sagte er und schob den Ordner zurück in die Mitte des Tisches, damit Nikolai und Berger sich selbst überzeugen konnten. »Wenn Schneider den bei Gericht vorlegt, werden die Richter gar nicht anders können, als Mata Hari freizusprechen.«

Berger schnaubte vor Wut. »Genau das werde ich zu verhindern wissen. Verlassen Sie sich darauf.«

Auch in Kriegszeiten hatten Geheimdienste verfeindeter Nationen die Möglichkeit, Informationen auszutauschen. Und so war es für die Deutsche Abwehr nicht weiter schwierig, dem französischen Deuxième Bureau mitzuteilen, dass das Schriftstück, das Maître Clunet als

Unschuldsbeweis seiner Mandantin vorlegen würde, eine Fälschung sei.

Einen Tag vor Verhandlungsbeginn verfügte daher der Vorsitzende Richter des französischen Militärgerichts, Lieutenant-Colonel Albert Ernest Somprou, dass besagtes Dokument nicht als Beweisstück zugelassen würde.

*

Am 25. Juli besuchte Pierre Morel seinen Freund Henri Tailleur in dessen Versteck.

Er hatte zwei Zeitungen dabei – eine vom heutigen und eine vom gestrigen Tage. Und obwohl Henri sie ganz genau studierte, von vorne bis hinten durchlas, konnte er nicht die kleinste Notiz über den Prozess gegen die berühmte Mata Hari finden.

»Was meinst du, Pierre. Ist das ein gutes oder ein schlechtes Zeichen?«, wollte Henri wissen.

Morel zuckte mit den Schultern. »Jede Antwort auf diese Frage wäre pure Spekulation«, gab er zurück. »Andererseits – hast du mir nicht erzählt, dass du in Berlin einen stichhaltigen Beweis für die Unschuld Mata Haris gefunden hast?«

Henri nickte.

»Na also«, sagte Pierre. »Worüber machst du dir Gedanken? Zerbrich dir lieber den Kopf darüber, wie es nach der Freilassung der Tänzerin weitergehen soll. Oder kannst du dir wirklich vorstellen, dass deine Angebetete auf Dauer hier, auf einem abgelegenen Bauernhof, leben möchte?«

Überrascht sah Henri den Freund an. »Du hast recht«, stellte er fest. »Darüber habe ich tatsächlich noch nicht nachgedacht. Bevor ich auf der Abschussliste der Deutschen Abwehr stand, wäre es ja auch kein Problem gewesen. Wir hätten in Paris gewohnt. Aber nun …?«

Er dachte einen Augenblick nach.

»Oh doch. Ich kann mir sehr gut vorstellen, dass Greet hier gerne leben würde – zumindest bis dieser verdammte Krieg endlich vorbei ist. Wüsstest du denn in deinen Wäldern einen Ort, an dem wir sicher wären?«

»Da wird sich gewiss etwas finden lassen«, meinte Morel zuversichtlich. »Ich höre mich um. Du zumindest kannst einstweilen hier bleiben. Ich habe bereits mit dem Bauern gesprochen, und er ist damit einverstanden.«

Am nächsten Tag verabschiedete Morel sich erneut.

»Morgen Abend bin ich wieder zurück. Und ich werde dir auch wieder Zeitungen mitbringen können.«

Henri dankte ihm.

Warum Pierre fortmusste und wohin, wusste er nicht. Er verbot sich auch jede Frage danach. Der Freund hätte ihm ohnehin keine Antwort gegeben. Er lebte und wirkte im Untergrund. Und wie vielen Menschen er in dieser schweren Zeit zur Seite stand – so wie ihm – das konnte er nur ahnen.

Während Pierres Abwesenheit machte Henri sich auf dem Hof nützlich. Die letzte Heuernte musste eingeholt werden, und der Anwalt half nach Kräften. Am Abend war er zu müde, um sich Gedanken um seine und Mata Haris

Zukunft zu machen. Er schlief in dieser Nacht tief und fest.

Als das Heu am nächsten Nachmittag komplett eingefahren war, begann Henri jedoch immer ungeduldiger auf Morel zu warten.

Vielleicht fand sich ja in den Zeitungen, die er diesmal mitbrachte, ein Artikel über den Mata-Hari-Prozess.

Die Ungewissheit über das, was sich zurzeit im Pariser Justizpalast ereignete, war für Henri wirklich nur schwer zu ertragen.

Die Dämmerung hatte bereits eingesetzt, als Pierre endlich auftauchte.

Diesmal hatte er nur eine Zeitung dabei, aber sie enthielt die entscheidende Notiz:

Gestern, am 25. Juli 1917, wurde Margaretha Geertruida Zelle, geschiedene MacLeod, bekannt als Mata Hari, vom französischen Militärgericht in Paris der Spionage für Deutschland und somit des Hochverrats für schuldig befunden und zum Tode verurteilt. Im Namen des Volkes.

Ungläubig las Henri die Meldung immer wieder.

»Aber das kann nicht sein«, rief er fassungslos aus. »Das ist doch überhaupt nicht möglich.«

»Es tut mir leid«, sagte Pierre leise. »Aber es ist die Wahrheit. Ich habe auch in andere Tagesblätter geschaut. Sie schreiben alle dasselbe.«

Henri griff erneut nach der Zeitung und las die kurze Meldung ein weiteres Mal. Dann verließ er wortlos das Haus.

Morel wartete zehn Minuten, bis er dem Freund folgte.

Er fand ihn in der Scheune, in der das duftende Heu lagerte, das sie heute eingebracht hatten. Und er weinte wie ein Kind.

Schweigend setzte Pierre sich neben ihn.

»Ich weiß nicht einmal, ob sie überhaupt noch lebt oder bereits hingerichtet wurde.«

Unter Tränen sah Henri ihn an.

Eine Weile blieb es still zwischen ihnen. Dann sagte Henri mit tonloser Stimme: »Ich habe alles verloren – meine Liebe, meinen Beruf, mein ganzes bisheriges Dasein. Ich besitze nichts mehr. Was macht das Leben noch für einen Sinn?«

»Gewiss«, erwiderte Pierre leise, »dein altes Leben, so wie du es kennst, ist vorbei. Ein Ende ist aber auch immer der Anfang von etwas Neuem. Du musst ihm nur eine Chance geben. Vielleicht kannst du es im Augenblick nicht selber spüren, aber ich bin mir sicher, dass du eines Tages die Kraft dazu haben wirst.«

*

Maître Clunet setzte Himmel und Hölle in Bewegung, um das Schreckliche doch noch abzuwenden – vergebens.

Am 17. August wurde sein Antrag auf Revision verworfen und am 28. September lehnte man seinen Antrag auf Berufung ab. Doch Clunet ließ nichts unversucht. Er setzte sich mit dem niederländischen Außenministerium in Verbindung und sorgte dafür, dass man von dort aus am 29. September die französische Regierung um die Begnadigung Mata Haris bat.

Staatspräsident Raymond Poincaré lehnte das Ersuchen jedoch ab.

Am 15. Oktober erfuhr Mata Hari, dass sie an diesem Morgen hingerichtet werden sollte.

Sie kleidete sich an – wählte ein perlgraues Kleid, setzte einen Strohhut mit Schleier auf, warf den pelzbesetzten Mantel um und wählte für den Anlass ihre besten Schuhe aus. Für Schuhe hatte sie immer ein Faible gehabt.

Dabei fand sie immer noch Zeit, Oberin Léonide zu trösten, die den Tränen nahe war.

Gegen fünf Uhr verließ sie ihre Zelle und wurde in das Büro des Gefängnisdirektors geführt, den sie bat, drei Briefe schreiben zu dürfen. Nach nur zehn Minuten überreichte sie dem Direktor drei verschlossene Umschläge.

Ein Automobil wartete bereits im Hof des Gefängnisses. Mata Hari stieg ein. Sie wirkte gefasst. Oberin Léonide, ein Geistlicher und Maître Clunet begleiteten sie.

Fünf schwere Limousinen schlugen nun den Weg nach Vincennes ein. Es war eine lange Fahrt, aber die Straßen waren zu dieser frühen Stunde noch leer, sodass sie gut vorankamen.

Mata Hari blickte aus dem Fenster auf das noch schlafende Paris. Der Morgen begann zu dämmern, und es war ein wenig nebelig, als die Umrisse des Château von Vincennes auftauchten. Die Uhren zeigten 20 vor sechs.

Die Automobile verlangsamten ihre Fahrt, als sie das Parktor passierten. Dann beschleunigten sie wieder, fuhren am Schloss vorbei und in Richtung des anschließenden Manöverplatzes, der zugleich als Richtstätte genutzt wurde.

Aufgeweicht durch den Regen der letzten Tage hatte sich der Boden in ein Schlammloch verwandelt. Die Reifen der Fahrzeuge hinterließen tiefe Spuren.

Neben dem bereits aufmarschierten, zwölfköpfigen Exekutionskommando stoppten die Limousinen.

Eine Trompete ertönte.

Der junge Offizier, der das Kommando befehligte, wirkte etwas irritiert. Wahrscheinlich hatte er Tränen und Widerstand von einer Frau befürchtet. Doch die Delinquentin verließ gefasst den Wagen und half der laut betenden Oberin Léonide sogar noch beim Aussteigen.

Dann umarmte Mata Hari ihren alten Freund Clunet, der am ganzen Körper zitterte.

»Vielen Dank für alles, Eduart«, flüsterte sie ihm zu. »Und sage Henri bitte einen Gruß von mir. Meine letzten Gedanken werden ihm gehören.«

Sie trat zurück, ergriff den Arm Oberin Léonides und ging gemeinsam mit ihr auf die Stange zu, die den Richtplatz bezeichnete.

Leise sagte sie: »Haben Sie keine Angst, Mutter. Ich bin stark. Sie werden einem schönen Tod beiwohnen.«

Mata Hari umarmte die Nonne, die ihr in den vergangenen Monaten eine Freundin geworden war, und legte die letzten Schritte allein zurück.

Als ein Gendarm sie an den Pfahl fesseln wollte, weigerte sie sich jedoch.

»Das wird nicht nötig sein«, sagte sie und ließ es lediglich zu, dass er ihr das Seil locker um die Taille legte. Auch die bei Erschießungen obligatorische Augenbinde lehnte sie ab. Sie wollte ihrem Tod entgegenblicken.

Ein Offizier trat vor, um noch einmal den Urteilsspruch zu verlesen: »Im Namen des französischen Volkes …«

Capitaine Pierre Bouchardon, der ebenso zugegen war wie Capitaine Georges Ladoux und der Vorsitzende Richter des Militärgerichts, Albert Ernest Somprou, lauschte wie versteinert den Worten.

Schließlich war es so weit. Der Offizier, der das Exekutionskommando befehligte, hob seinen Säbel um den Feuerbefehl zu geben.

Mata Hari winkte Clunet und Oberin Léonide zu.

Dann ertönte in die morgendliche Stille hinein die tödliche Salve.

Die Delinquentin sank zu Boden.

Es war 6.15 Uhr.

Vier Minuten zuvor war die Sonne aufgegangen.

Mata Hari, das Auge des Tages, war tot.

9. KAPITEL – WAS DANACH GESCHAH

Es war der 15. Oktober 1917, morgens um 6.17 Uhr.

Mata Hari war zwei Minuten zuvor hingerichtet worden. Wie es das Gesetz verlangte, trat nun ein Offizier an ihren Leichnam heran. Er zog einen Revolver aus dem Halfter, bückte sich, setzte den Lauf an ihre Schläfe und drückte ab.

Gleich darauf ertönte auf dem Richtplatz, hinter dem Schloss von Vincennes, eine Trompete. Das Erschießungskommando trat ab – bis auf einen der Dragoner. Er war in Ohnmacht gefallen.

Während drei Ärzte die Gerichtete untersuchten, um ihren Tod offiziell zu bestätigen, musste der am ganzen Körper zitternde Eduart Clunet fortgeführt werden. Er hatte einen Nervenzusammenbruch erlitten.

Die Stimme des Protokollanten erscholl: »Erhebt jemand Anspruch auf den Leichnam?«

Es war jedoch keiner da, der sich hätte melden können – höchstens Maître Clunet. Doch er war im Augenblick nicht in der Lage zu reagieren. Also wurde die Tote auf eine Bahre gehoben und mit einem weißen Tuch abgedeckt. Ein schwarzer, von zwei Pferden gezogener Leichenwagen fuhr vor. Der Kutscher sprang vom Bock und öffnete die hinteren Türen. Dann wurde die Bahre in den Wagen geschoben.

Gleich darauf setzten sich die Pferde in Bewegung. Rumpelnd fuhr das Gefährt in Richtung Paris davon.

Es war noch immer früh am Tag, als der Wagen die Innenstadt erreichte. Kaum einer nahm Notiz von dem dunklen Gespann. Die Menschen, die auf den Bürgersteigen durch den einsetzenden Regen hasteten, wandten nicht einmal ihre Köpfe. Nur hin und wieder wurde das Kreischen einer Hupe laut, wenn der Chauffeur eines Automobils nicht schnell genug überholen konnte.

Endlich hatte der Leichenwagen das Quartier Latin erreicht und hielt vor der Medizinischen Fakultät der Universität Sorbonne. Dort wurde er bereits von den beiden Professoren Albert Jean Branca und Auguste Prenant erwartet.

Das weiße Tuch, mit der die Tote zugedeckt war, wies einige bräunliche Flecken auf – getrocknetes Blut.

Zwei Sanitäter trugen die Bahre durch lange Flure, in denen es beißend nach Äther und Formaldehydlösung roch. In dem vorbereiteten Raum, in dem die Autopsie vorgenommen werden sollte, warteten die Professoren, bis sie mit der Toten allein waren. Erst dann zogen sie das Tuch vom Leichnam.

Der Kopf war schrecklich zugerichtet – von einer Kugel durchschlagen und zerfetzt. Der Körper war – bis auf drei Einschusslöcher im linken Brustbereich – beinahe unverletzt. Die Professoren begannen mit ihrer Arbeit. Sie waren dankbar für jede Leiche, die sie sezieren durften.

Am gleichen Tag veröffentlichte die französische Regierung eine Amtliche Mitteilung über den Tod Mata Haris.

»Sie sei gestorben, hieß es darin, nachdem sie ein umfassendes Geständnis abgelegt habe.«

Ausgerechnet Untersuchungsrichter Pierre Bouchardon, der maßgeblich an der Verurteilung Mata Haris beteiligt gewesen war und das Todesurteil eigenhändig unterschrieben hatte, entlarvte diese Meldung als Lüge: »Noch vor dem Erschießungskommando hat Mata Hari ihre Unschuld beteuert«, sagte er.

Die drei Briefe, die Mata Hari kurz vor ihrer Hinrichtung geschrieben hatte, wurden ihren Empfängern niemals zugestellt.

Am 30. Januar 1918 wurde Mata Haris gesamter Besitz versteigert. Der Erlös – angeblich weniger als 15.000 Franc – ging zur Deckung der Gerichtskosten an die französische Regierung.

Exmann Rudolph MacLeod, der ein reiches Erbe witterte, meldete in diversen Briefen die Ansprüche seiner Tochter Non an – vergebens.

Am 14. Februar 1918 begann der Prozess des zweiten spektakulären Spionagefalls, den Untersuchungsrichter Pierre Bouchardon bearbeitete. Auch Paul Bolo wurde zum Tode verurteilt und zwei Monate später, am 17. April, in Vincennes hingerichtet.

Im Januar 1919 wurde Capitaine Georges Ladoux der Doppelspionage beschuldigt und verhaftet. Im Mai wurde er aus ungeklärten Gründen wieder freigelassen. Hatte er Mata Hari nach Berlin verraten? Hatte er sie benutzt, um von seinem eigenen Verrat abzulenken? Oder war er, wie die berühmte Tänzerin, auch nur ein Opfer des französischen Spionage-Fiebers? Die Wahrheit wurde nie ermittelt.

Im Herbst des Jahres 1919 – also zwei Jahre nach dem Tod ihrer Mutter – beabsichtigte Non nach Indonesien zu gehen, um dort als Lehrerin zu arbeiten. Nur wenige Wochen vor Antritt der Reise verstarb sie im Alter von erst 21 Jahren an einer Gehirnblutung.

Maître Eduart Clunet – Staranwalt, Präsident des Instituts für Völkerrecht, Vorsitzender der Konferenz der ILA (International Law Association) und Doktor honoris causa der Universität Oxford – starb 1922 als gebrochener Mann. Bis zu seinem Lebensende hat er den Namen Mata Haris nie wieder ausgesprochen.

Und Henri Tailleur?

Im Gegensatz zu den zumeist historischen Figuren dieses Romans, ist er eine fiktive Figur, die von der Autorin aus dramaturgischen Gründen erschaffen wurde.

Zwar hat Maître Eduart Clunet tatsächlich einen Anwaltskollegen eingesetzt, um nach Beweisen für Mata Haris Unschuld zu fahnden, ein Name ist in diesem Zusammenhang jedoch nicht belegt.

Mata Haris exotische Herkunft galt im Übrigen noch lange Jahre als Tatsache. Obwohl bereits früh Zweifel an ihrer Lebensgeschichte aufkamen, wurde die Legende ihrer indischen Herkunft erst 1930 entlarvt. Bis dahin blieben ihr Geburtsort, ihre Eltern und die Umstände, die sie zur Tänzerin machten, ein wohlgehütetes Geheimnis, das nur wenige kannten.

Nach französischem Recht müssen Gerichtsakten bei Spionage 100 Jahre unter Verschluss bleiben. Daher ist damit zu rechnen, dass die Akte Mata Hari in diesem Jahr (2017) – also 100 Jahre nach ihrer Verurteilung – der Öffentlichkeit übergeben wird.

Dann wird sich zeigen, ob die Tänzerin tatsächlich eine der *berühmtesten Spioninnen aller Zeiten* gewesen ist, als die sie bis heute bezeichnet wird, oder ob sie zu Unrecht verurteilt und hingerichtet wurde. In letzterem Fall würde sie posthum rehabilitiert werden müssen – ein später Akt der Gerechtigkeit, der ihr aber das verlorene Leben nicht zurückgeben könnte.

Weitere Krimis finden Sie auf den folgenden Seiten und im Internet:

WWW.GMEINER-SPANNUNG.DE

ANTJE WINDGASSEN
Die Hexe von Hamburg

978-3-8392-1734-4 (Paperback)
978-3-8392-4731-0 (pdf)
978-3-8392-4730-3 (epub)

TEUFLISCHE ZAUBEREY Hamburg 1622. Anneke Claen, Tochter einer wohlhabenden Hamburger Kaufmannsfamilie, wird der Hexerei bezichtigt. Mithilfe eines teuflischen Amuletts soll sie ein Unwetter herbeigerufen und Menschen krank gezaubert haben. Einige mysteriöse Todesfälle in ihrem Umfeld erhärten den Verdacht. Sie wird eingekerkert und soll unter Folter alle Missetaten gestehen. Wird ihr die Flucht ins Holländische gelingen? Dort könnte sie ihre Unschuld mittels der kaiserlichen Hexenwaage beweisen.

UWE KLAUSNER
Staatskomplott

978-3-8392-2132-7 (Paperback)
978-3-8392-5507-0 (pdf)
978-3-8392-5506-3 (epub)

AUFTRAGSMÖRDER West-Berlin, Mai 1970. Waldemar Pawelka, schillernde Figur in der Partyszene, wird tot aufgefunden. Kurz darauf ereignet sich ein weiterer Mord. Pawelkas Frau, ebenso attraktiv wie lebenslustig, ist unter die U-Bahn geraten. Für Hauptkommissar Sydow ist der Ermordete kein Unbekannter. Devisenbetrug, Handel mit Luxuskarossen, Prostitution im großen Stil: Es scheint, der Tote war der Konkurrenz ein Dorn im Auge. Aber nicht nur der Konkurrenz, wie der Fortgang der Ermittlungen zeigt …

IVONNE HÜBNER
Das Mädchen
im schwarzen Nebel

978-3-8392-2126-6 (Paperback)
978-3-8392-5495-0 (pdf)
978-3-8392-5494-3 (epub)

DAS JAHR OHNE SOMMER Das Zigeunermädchen Rosana und ihren Clan verschlägt es 1813 in die Nähe von Weißenberg in der Oberlausitz. Nach dem mysteriösen Tod ihres Vaters, der zu Unrecht in einem Weißenburger Gefängnis saß, verbannt die Stadt den Clan für drei Jahre aus der Gegend. Genau drei Jahre später findet der Jungköhler Lorenz einen bis zur Unkenntlichkeit verbrannten Leichnam in seinem Kohlenmeiler. In der Nähe wurden Rosana und ihre Familie gesichtet. Fasziniert von den Zigeunern versucht Dr. Cornelius Waldeck, Licht in die Verbrechen zu bringen. Hat sich der Clan für den Tod von Rosanas Vater gerächt?

Das Neueste aus der Gmeiner-Bibliothek

Unser Lesermagazin

Bestellen Sie das kostenlose Krimi-Journal in Ihrer Buchhandlung oder unter www.gmeiner-verlag.de

Informieren Sie sich …

www … auf unserer Homepage:
www.gmeiner-verlag.de

@ … über unseren Newsletter:
Melden Sie sich für unseren Newsletter an unter www.gmeiner-verlag.de/newsletter

f … werden Sie Fan auf Facebook:
www.facebook.com/gmeiner.verlag

Mitmachen und gewinnen!

Schicken Sie uns Ihre Meinung zu unseren Büchern per Mail an gewinnspiel@gmeiner-verlag.de und nehmen Sie automatisch an unserem Jahresgewinnspiel mit »mörderisch guten« Preisen teil!

GMEINER SPANNUNG

WWW.GMEINER-VERLAG.DE
Wir machen's spannend